KB012220

"당신, 우쭐대지 마세요.
여기는 왕국 제일의 마술사가 모이는 장소예요.
실력에 자신이 있는 것 같은데,
그 정도 실력이 통하는 곳이 아니에요."
"흐음, 날카로운 의견 고마워.
그럼 네가 나를 상대해줄 거야?"
체리
제1궁정마술사단의
에이스격 존재.
성격이 고지식하지만,
자존심과 출세 욕구가
지나치게 강하다.
전세계 1위의
서브 캐릭터
육성 일기 4
~폐인 플레이어, 이세계를 공략 중!~

앙코
암흑늑대 마인.
「흑염랑」의 돌연변이종
「암흑늑대」가 진화한 모습.
흉악할 정도로 강력한 마술과
거대한 창조차 가볍게 다룰 수
있는 괴력의 소유자.
앙골모아
4대 원소를 지배하는 정령의 대왕이자,
유일한 『번개 속성』 정령.
성별 및 연령 미상의 존재.
눈에 띄는 것을 좋아하고 성격 또한
더럽지만, 세컨드를 주인으로 인정하고 있다.
세컨드
(사토 시치로)
느닷없이 자신이 하던 온라인 게임과
똑같은 이세계에 전생한다.
원래 세계에서는 인생 그 자체를 투자하며
온라인 게임 세계 랭킹 1위 자리를 지켜왔다.
이세계에 와서도 「세계 1위」가 되기 위해
힘쓰는 중.
올라운더 타입.

윈필드
물과 흙의 정령.
앞날을 내다보는 능력이 뛰어나서,
군사(軍師)로서도 유능한 두뇌파.
성격은, 마이페이스 그 자체.
실비아 버지니아
기사 가문의 차녀.
말단 여기사이며
정의감이 강하고
고지식하지만 약간 얼간이.
마궁술사 타입.
최종결전에 맞춰,
각자의 싸움의
막이 오른다!!
에코 리플렛
조그마한 고양이 수인. 겉모습과
다르게 힘이 세다. 항상 웃음을 잃지
않고 기운이 넘친다. 근육승려 타입.

──윈필드는 물론이고
세컨드조차 몰랐던 방법으로
암흑이 넘쳐나오더니,
암흑이 끓어오르면서
이 자리에 있어선 안 되는 존재가
위압감을 뿜으며
그림자 안에서 현현했다.
쓰러진, 실비아의 그림자 안에서…….

전·세계 1위의 서브 캐릭터 육성 일기

~폐인 플레이어, 이세계를 공략 중!~

사와무라 하루타로
Harutaro Sawamura

일러스트 마로

contents

프롤로그 알현, 판결…… 어?

세계 1위. 아아, 정말 가슴 뛰는 단어다.

예전에 목표로 삼았고, 오랫동안 차지했으며, 잃은 끝에, 다시 되찾아야 하는 장소.

VRMMORPG 『뫼비우스 온라인』. 통칭 뫼비온은 내 인생 그 자체였다.

감사하게도, 나는 게임이 그대로 현실이 된 듯한 이 세상에 전생하여 인생을 다시 살 기회를 얻었다.

그런 내가 할 일이라면 하나뿐이다. 세계 1위, 그것뿐이다.

진행 상황은 매우 순조롭다. 마궁술사인 후위 실비아와 근육승려 전위 에코, 대장장이 유카리를 동료로 삼았고, 안전을 중시하면서도 어마어마한 속도로 경험치와 거금을 벌었다. 게다가 이런저런 일 끝에 레어하기 그지없는 정령대왕 앙골모아를 소환했고, 이 녀석을 활용해 약 넉 달에 걸쳐 「어떻게든 조련하고 싶은 마인 랭킹」의 압도적 1위인 암흑늑대 마인 「앙코」의 조련에 성공했다. 그 외에도 왕도 외곽에 어처구니없을 만큼 광대한 대저택을 구입하기도 했고, 노예 고용인을 대량으로 고용했다. 또한 친구인 제2왕자 마인 캐스탈이 차기 국왕이 될 수 있도록 정령계 제일의 두뇌를 지녔다고 명성이 자자한 군사(軍師) 「윈필드」를 소환해서 성생에 참가했고, 제1궁정마술사단의 특별 임시 강사가 되어서 왕국 중추로의 침입을 꾸미는 등 정말 마음껏 일을 벌이고 있다.

이것은 세계 1위가 되는 것과는 관련이 없는 일 같아 보이지만, 세계 1위가 되기 위한 첫걸음인 「타이틀 제패」를 위해서는 필요한 일이기도 했다. 간단히 설명하자면, 제국의 침략 탓에 이곳 캐스탈 왕국에서 매년 두 번 개최되는 『타이틀전』이 열리지 않게 되면 곤란하다.

그것만이 아니다. 유카리의 예전 주인인 루시아 아이신 공작. 그녀는 제국의 앞잡이인 발 모로 재상의 음모에 의해 살해당했다. 나에게 《세뇌 마술》을 남기고 말이다. 그리고 내 퍼스티스트 가의 집사인 큐베로가 속해 있던 의적 팀도 재상의 음모에 의해 학살당했다.

적의 정체는 이미 명백하게 밝혀졌다. 발 모로 재상, 쟈름 제3기사단장, 화이트 제1왕비, 클라우스 제1왕자. 소위 「제1왕자파」에 속한 네 명을 타도하는 것이 왕국의 존속으로 이어진다.

자아, 정쟁이란 이름의 유희(게임)를 시작해볼까.

……하지만, 그 전에 해야할 일이 있다. 오늘 밤에 유카리의 방에 가기로 했다. 부여 장비에 대한 상으로 뭘 받고 싶은지 물어보니, 자기 방으로 와달라는 대답을 들었다.

나는 평소보다 마음을 단단히 다졌다. 마인 일행과의 작전 회의를 마치고 돌아오는 길에 약국에 들러서 「물고기 마물의 부레」를 몰래 구입해서 준비를 마쳤다. 들뜬 상태에서 저녁을 먹고, 기대에 젖은 채로 목욕을 했으며, 흥분된 발걸음으로 유카리의 방에 갔다. 드디어 결전의 막이 올랐다—.

"음, 신기한 일도 다 있구나. 유카리는 늦잠을 자는 건가?"

아침 식사 시간, 거실에 모인 이는 셋뿐이었다. 유카리는 이 자리에 나타나지 않았다.

실비아는 「늦잠을 자나 보구나」 하며 납득하더니, 자리에서 일어났다.

"어쩔 수 없지. 내가 만들까."

"요리할 줄 알아?"

"음. 물론이지."

아침 식사는 실비아가 만드는 것으로 결정됐다. 에코는 약간 불안한 표정을 지으며 그녀의 등을 쳐다보았다. 그리고 나를 보더니, 걱정 섞인 표정을 지으며 고개를 갸웃거렸다.

"으~."

나는 적당한 소리를 냈다. 대답할 기운이 없었다.

"세컨드, 피곤해?"

"……피곤해서 죽을 것 같아."

그렇다. 나는 지칠 대로 지쳤다. 유카리는 강적이었다. 반전의 태세를 갖추고 도전해서, 온갖 수단을 동원해 집중포화를 퍼부었으며, 장기전에 이은 초장기전을 펼쳤다. 하지만 몇 번이고 부활하는 그 무한한 체력과 끝이 보이지 않는 에로스에 이쪽이 점점 밀리기 시작했고, 일진일퇴의 공방에 이어지는 가운데, 포션을 이용한 도

핑도 거의 효과가 없어서 결국 최종수단인《변신》을 써야 했다. 그렇게까지 하고서야 겨우겨우 승리했다. 앙코와 사투를 벌일 때도 이렇게 지치지 않았는데…… 다크 엘프는 정말 무시무시한걸.

에코는 입을 동그랗게 벌리며 고개를 몇 번이고 끄덕이더니, 「그렇구나……」 하고 납득한 듯이 중얼거렸다. 뭐가 그렇다는걸까.

"어이~, 다 됐다~. 가져가라~."

빠르다. 십 분도 걸리지 않았다. 주방을 향해 좀비처럼 걸어가보니, 그곳에는 구운 빵 여섯 개와 커다란 접시에 가득 담긴 고기 채소 볶음이 놓여 있었다. 꽤 이색적인 조합이지만, 맛있어 보였다.

호화로운 테이블 한가운데에 그것을 둔 후, 다들 집게로 그것을 덜어서 노릇노릇하게 구워진 빵에 얹어 먹었다.

"호오. 응, 맛있네."

괜찮은걸. 남자가 만든 요리처럼 투박하지만, 계속 들어갔다. 이런게 좋지, 좋아. 심플 이즈 베스트다. 집에서 먹는 아침 식사는 주식과 반찬 하나 정도의 소박한 태그팀으로 구성해서, 질리기 전에 먹어 치우는게 최고야.

"맛있는 것 같아~!"

"같아, 는 좀 너무하지 않느냐."

실비아는 에코의 반응에 불만을 날렸지만, 안도한듯한 표정으로 미소 지었다.

그리고 우리가 식사를 마쳤을 즈음, 유카리가 거실에 나타났다. 멋쩍은 표정으로 늦잠을 잔 것을 사과한 후, 오늘 일정을 나에게 전하기 위해 수첩을 펼쳤다. 그런 그녀의 얼굴에서는 약간의 피로가 묻어났다.

"유카리, 오늘은 쉬어. 에코도 쉬어도 돼."

"아뇨, 그럴 수는……."

"일정은 어제 윈필드에게 들었어. 오늘은 임시 강사로서 국왕을 알현한 후, 직장 견학을 할 거야. 실비아는 제3기사단에 간다고 했지? 윈필드는 왕도에서 뭔가를 한댔어. 어때? 별일 없잖아."

"하아, 그렇게 말씀하신다면야……. 하지만 주인님. 이 말만은 드려야 할 것 같군요. 국왕 알현은 엄연한 중대사입니다."

"그렇구나."

"……아니, 그렇구나, 하며 넘어갈 일이 아닙니다만……."

나는 농담이라는 듯이 자리에서 일어났다. 그러자, 그 순간을 기다린 듯이 큐베로가 나타나서 인사를 하며 입을 열었다.

"마차는 이미 준비됐습니다."

대단한걸. 시간 낭비가 전혀 없어. 실은 좀 쉰 후에 갈 생각이었지만, 그냥 출발해야겠다. 마차 안에서도 쉴 수 있을 테니 말이다.

"유카리, 그 녀석을 불러줘."

"네."

유카리가 바로 《정령소환》을 발동시키자, 윈필드가 나타났다. 여전히 졸린 듯한 눈을 한 중성적인 외모의 여성이다. 정령은 성별을 자유자재로 고를 수 있다고 하는데, 그녀는 나와 만난 후, 성별을 여자로 정했다고 말했다.

"야호~. 그럼 갈까?"

"응. 빨리 가자."

나는 윈필드와 실비아를 데리고, 큐베로의 뒤를 따랐다. 「쉬는 날~!」 하고 외치며 기뻐하는 에코와 발걸음이 불안정해 보이는 유카리에게 배웅을 받으며, 바닐라 호숫가에 있는 저택을 나섰다.

마차 안에 탄 이는 윈필드를 포함해 네 명이다. 먼저 탄 나는 가장 안쪽에 앉았다. 다음으로 실비아가 타더니, 잠시 망설인 후에 내 맞은편에 앉았다. 윈필드는 주저 없이 실비아의 옆에 앉았다. 그 결과, 큐베로는 내 옆에 앉게 됐다.

"아, 맞다. 큐베로. 네가 있던 팀 『R6』(림스머 식스)의 생존자를 찾고 있는데, 뭐 아는 게 없어?"

마차가 출발하면서 다들 말이 없자, 나는 그런 이야기를 꺼냈다.

"생존자…… 말입니까. 동생 격인 사람 중에 비사이드란 남자가 있습니다."

"동생 격?"

"네. 지위는 낮아도 저보다 나이가 많거든요. 아마 스물아홉일 겁니다."

"흐음."

"……설마, 세컨드 님."

"그래. 찾을거야. 어제 유카리에게 부탁해뒀어. 만능 메이드 부대에 전문가가 있는 것 같거든. 그 녀석이 자신만만한 표정으로 말한 걸 보면, 금방 찾을 수 있을 거야."

수색 건에 관해 전해뒀다. 큐베로는 「정말 송구합니다」 하고 말하며 앉은 자세에게 고개를 조아리듯 머리를 푹 숙였다. 나는 급히 고개를 들게 한 후, 그 R6의 멤버를 『살아있는 증인』으로 이용할 작전에 관해서도 전했다. 그러자 큐베로는 고개를 더욱 숙이며 입을 열었다.

"오랫동안 복수를 할 기회를 기다려온 저에게, 이보다 더 좋은 이야기는 없을 겁니다. 이 큐베로, 진심으로 감사 드립니다."

"그래. 뭐, 감사할 거면 윈필드에게 해. 이 녀석이 짠 작전이거든."

"네. 윈필드 님, 활약할 기회를 주셔서, 진심으로 감사드립—."

"잠깐만, 있어 봐. 애초에, 나는, 복수 같은 건, 관심 없어. 나는, 세컨드 씨에게, 최선이라 생각해, 그런 것뿐이야."

"그게 곧 배려라고 저는 생각합니다만……."

"뭐, 정 감사하고 싶으면, 알아서 해."

윈필드는 대충 그렇게 답했다. 그러자 큐베로는 그것을 허락으로 받아들인 건지, 일방적으로 감사의 말을 입에 담았다. 큐베로는 좋은 녀석이지만, 너무 고지식할 때가 있다니깐.

"그런데 실비아. 너는 아직 제3기사단과 연결점이 있는 거야?"

"음, 아마 문제없을 거다. 나도 깜빡하고 있었다만, 윈필드가 보고를 하러 가라더구나. 그래서 오늘 제3기사단을 찾아가는 거다."

그건 또 무슨 소리야.

"실비아 씨, 2년 계약, 이었지?"

"아, 그래. 세컨드 님의 호위라는 명목의 감시 말이구나. 임기는

2년이다."

아, 그래. 이제 생각나네. 그러고 보니 실비아는 제3기사단으로부터 「세컨드를 구슬려서 기사단에 들어오게 만들어라」라는 지시를 받았다. 요즘 들어 제3기사단과의 접촉이 없어서 완전히 잊고 있었다.

"제3기사단과, 실비아 씨와의 관계를 이용하면, 의적 탄압에 관한, 공문서와, 원본이 있는 곳을, 알아낼 수, 있을지도 몰라."

오호라. 그래서 윈필드는 일부러 실비아에게 오늘 보고를 하러 가게 한 건가.

갑자기 알현하는 자리에 나타난 제1궁정마술사단 특별 임시 강사인가. 으음, 수상하기 그지없는걸. 그런 남자의 정보를 얻는 데 있어서, 전부터 호위 임무를 맡고 있던 제3기사단 소속의 얼간이 정의 마니아 여기사는 적당하기 그지없다. 이 상황에서 제3기사단의 편을 드는 듯한 행동을 취하면, 바로 이중 스파이가 완성되는 것이다.

즉, 이제부터 나와 실비아는 왕국의 중추라 할 수 있는 사람들을 속이러 가는 것이다. 그렇게 생각하니 큰일이긴 하네. 상대방과 같은 편을 속이고, 세뇌를 하면서, 한 나라의 근본을 뜯어고치려고 하는 것이다. 이것은 그 기념비적인 첫걸음인 건가.

"잠깐만…… 어이, 윈필드. 재상을 직접 세뇌하는 건 어때?"

갑자기 그런 아이디어가 떠올랐다. 그게 가능하다면 고생하지 않을 거라는 생각이 들었지만, 그래도 물어보지 않을 수 없었다.

윈필드는 내 단순한 아이디어를 듣더니, 「그러고 싶긴 한데~」 하고 말했다.

"엄청, 경계할거야. 세뇌 공작 건이, 있었잖아. 어쩌면, 이미 대책을 세웠을, 지도 몰라."

"그렇구나."

루시아 아이신 공작을 몰락시킨건 재상 본인, 게다가 그 이유는 「세뇌 마술을 두려워해서」다. 경계하는게 당연한가. 으음, 대책을 세운다면…… MGR(마술 방어력)을 최대한으로 올리거나, 마술 방어 효과가 있는 액세서리를 장비하겠지. 재상이라면 후자를 선택했을까.

"그럼 기절시키고 홀랑 벗긴 후에 세뇌하는 건 어때?"

"그건, 장비로 대책을 세웠을, 경우에 유효해. 장비만이라면, 그걸로 괜찮겠지만……."

"다른 문제가 있어?"

"문제는, 세뇌를 푸는 쪽에 대책을, 세웠을 경우야."

"아!"

우와아, 당했다. 거기까지는 생각 못 했다.

"그리고, 재상을 세뇌하더라도, 결국, 지금과 비슷한 짓을, 해야 하잖아. 그럼, 차라리 재상을 무시하고, 처음부터 민중에게 호소하는 편이, 효율적일 거야."

"……맞는 말이야."

대단하십니다, 윈필드 양. 작전에 빈틈이 없었다. 귀찮다고 잔꾀를 부리려고 했다가, 괜히 일을 키울 뻔했다.

"곧 도착합니다."

창문을 통해 밖을 쳐다본 큐베로가 그렇게 말했다. 그 말을 듣고 다들 대화를 멈췄다. 이제부터는 각자의 소임을 다하기만 하면 된다.

왕궁에 도착하자, 제2왕자 휘하의 메이드가 나를 맞이했다. 그리고 바로 알현실로 안내했다. 그곳에서 마인과 합류했다.

"……세컨드 씨. 긴장했어요?"

"그럴 리가 없잖아."

"아하하, 그건 그래요."

가볍게 잡담을 나눈 후, 알현실에 들어갔다. 국왕으로 보이는 남자가 옥좌에 앉아 있는 모습이 눈에 들어왔다. 그 옆에는 클라우스 제1왕자와 화이트 제1왕비, 발 모로 재상도 있었다.

나는 마인과 함께 바웰 국왕의 앞으로 걸어간 후, 머리를 숙였다.

"고개를 들거라."

예전의 나라면, 바로 고개를 들었을 것이다. 하지만 군사님으로부터 조언을 받았다. 한번 재촉을 받은 후에 고개를 드는 편이 좋다는 말이었다. 아무래도 그것이 왕을 알현할 때의 매너 같았다.

"이제 그만 고개를 들거라."

바웰은 아까보다 부드러운 목소리로 그렇게 말했다. 나와 마인은 천천히 고개를 들었다.

"그대가 제1궁정마술사단의 임시 강사인가."

"네, 세컨드라고 합니다."

나를 대신해 마인이 대답했다. 바웰은 내 가치를 매기려는 듯이 천천히 살펴봤다.

바웰과 시선이 마주쳤다. 내가 게임을 통해 알고 있는 대로, 평범한 인상의 금발 중년이다. 하지만 요즘 잠이 부족한 건지 눈 밑에는 화장으로 숨길 수 없을 만큼 진한 다크 서클이 존재했다.

뫼비온에서 국왕 바웰 캐스탈은 병으로 쓰러져서 퇴위한다. 하지만 그것은 나중의 일이다. 어쩌면 이 세상에서는 재상이 세뇌 마술을 손에 못 넣은 것처럼, 바웰의 몸에도 변화가 발생한 것일지도 모른다.

"저 세컨드란 자는 정체를 알 수 없는 수상한 인물입니다. 궁정 마술사단의 강사에 적합하지 않다 사료됩니다."

제삼자가 끼어들었다. 아니나 다를까, 그 목소리의 주인은 재상이었다.

"나도 반대입니다, 아버님. 이 자는 기사단에 들어오라는 권유를 두 번이나 거절했죠. 왕국에 공헌하려는 의지가 느껴지지 않아요."

이어서 클라우스도 거들었다. 저 자식, 정신 나간거 아니야?. 알현실에서 「나」? 「아버님」? 학식 없는 나도 「그건 아니잖아」라고 할만한 실언을 해댔다. 게다가 아무도 지적하지 않았다. 교육 담당은 대체 뭘 하는 거야?

"어머나! 클라우스의 권유를 거절한 건가요? 참 무례한 자군요! 이 자를 당장 쫓아내세요!"

아하, 제1 코찔찔이 왕자가 저 꼴인 건 제1 천박 왕비 탓이다.

……바로 그때, 제1기사단 소속으로 보이는 기사 두 명이 다가왔다. 이 상황, 그거지? 따끔한 맛을 보여줘도 된다는 거지? 옆을 힐끔 쳐다보니, 마인은 새파랗게 질린 채 고개를 저어대고 있었다. 아무래도 그러면 안 되는 것 같았다. 흥, 목숨 건진 줄 알라고.

"기다려주십시오. 모험가란 원래부터 정체 같은건 없다 해도 과언이 아닙니다. 그리고 지위와 명예에 흥미가 없고, 우수한 능력을 지닌 이에게는 기사단보다 모험가로서의 수입이 더 매력적이라는 것 또한 사실입니다. 클라우스 왕자님의 권유를 거절했다고 쫓아내는 건, 과한 처사가 아닐런지요."

"뭐라고요?! 하일라이!"

아, 저 사람이 하일라이 대신인가. 동그란 안경을 쓰고 바코드 같은 머리를 한, 누가 봐도 관리직이란 인상의 아저씨다. 윈필드에게 저 안경 쓴 아저씨가 제2왕자파의 필두이며, 믿음직한 동지라고 들었다.

"기사단보다 모험가가 더 수입이 좋아서 권유를 거절했다면, 왜 궁정마술사단의 임시 강사 자리를 희망한 거지? 하일라이, 대답해 보도록."

재상이 대신의 반론에 반박했다. 이 두 사람 사이에서 불똥이 튀고 있는걸.

"세컨드 님은 마인 왕자님과 절친하다 들었습니다. 같은 배움의 터에서 지냈고, 같은 밥을 먹었으며, 때때로 마술 시합을 치르며 함께 실력을 정진한 사이지요. 이번 임시 강사 건은 호의에서 비롯

된 일일 겁니다. 두 사람이 절친한 사이라는 건 클라우스 왕자님도 알고 계실 텐데요?"

"저도 한마디 하겠습니다. 대신의 발언대로입니다. 이번에는 세컨드 씨께 무리하게 요청을 드렸습니다. 저는 그보다 강사에 적임인 이를 모르니까요. 그가 강사를 맡아준다면, 궁정마술사단은 분명 비약적인 성장을 거둘 겁니다."

하일라이 대신은 재상의 지적에 술술 답했다. 거기에 마인의 엄호 사격이 더해졌다. 재상은 클라우스에게 시선을 보내 사실관계를 확인했다. 클라우스는 벌레라도 씹은 듯한 표정으로 고개를 슬며시 끄덕였다. 그리고, 결국 재상은 입을 다물었다.

"세컨드 님의 실적은 폐하께서도 이미 알고 계실 겁니다. 부디 윤허해주십시오."

"그의 특별 임시 강사 취임을 허락해주시지 않겠습니까. 한 달 동안 성과를 내지 못한다면, 제가 모든 책임을 지겠습니다. 부디 허락해 주십시오."

마인이 고개를 숙였기에, 나도 함께 고개를 숙였다. 방해꾼 트리오는 금방이라도 혀를 찰 것처럼 인상을 찡그리고 있었다. 그건 그렇고, 중성적인 마인이 이렇게 조신한 태도를 취하니 여자 같아 보이는걸.

"고개를 들거라, 세컨드여, 그대에게 물어볼 것이 있다."

그렇게 딴생각에 잠겨 있을 때, 갑자기 바웰이 그렇게 말했다. 대체 뭘 물어보려는 걸까.

"반년도 더 된 일이지. 그대는 대도서관에서 뭘 했나? 마술학교의 도서실에서 뭘 했나? 그 후 몇 번에 걸쳐 팀 멤버와 함께 대도서관을 찾아서, 뭘 했나?"

—소름이 돋았다. 왕립 대도서관에서 뭘 했냐고? 그야 물론 스킬 서적을 훑어보고 다녔다. 도서실에서는 2형과 3형 마도서를 봤다. 그 후에 대도서관에서 세 사람에게 스킬을 익히게 했다. 내 공략 woki급 해설을 통해, 원래의 몇 배나 되는 속도로 빠르게 스킬을 습득하게 한 것이다.

"이미 보고는 받았다. 내 생각에, 그대의 뛰어난 실력의 비결은 거기에 있지 않느냐?"

아마, 들켰을 것이다. 내가 힐끔 보기만 해도 스킬을 익힐 수 있다는 점을 말이다. 실비아와 에코와 유카리가 내 게임 시점에서의 조언을 듣고, 비정상적일 만큼 빠르게 스킬을 습득했다는 점을 이미 알고 있으리라.

"……."

어떻게 얼버무릴까. 아니면 이야기해버릴까. 내가 고민하고 있을 때, 바웰은 미소를 머금으며 말했다.

"좋다. 세컨드, 그대를 제1궁정마술사단의 특별 임시 강사로 인정하겠노라. 한 달 후의 성과를 기대하지."

……상대방이 순순히 허락하자, 너무 간단해서 맥이 풀렸다.

바웰이 그렇게 말한 후, 알현은 금방 끝났다. 방해꾼 트리오는 나와 마인에게 저주의 말을 퍼부으며 퇴장했고, 납득했다는 듯이 고개를 끄덕인 대신은 안경을 고쳐 쓰며 나갔다.

바웰이 마지막으로 나에게 했던 말. 그 말은 어떤 의미일까. 「너를 감시하고 있다」는 협박처럼 들리기도 했지만, 그렇지 않은 듯한 느낌도 들었다. 비결을 알고 싶을 뿐일까? 말도 안 된다. 내가 고민하는 듯한 반응을 보였기 때문에 허락해준 것처럼 보이기도 했다. 그렇다면 어째서일까? 무엇을 노리는 건지 알 수가 없었다.

하지만, 확실한 것이 하나 있다. 이 세상의 국왕 바웰은, 내가 아는 「이기적이고 돈을 밝히는 국왕」과는 다르다는 것이다. 뿌리 부분은 그럴지도 모르지만, 이 세상에서의 그는 이야기 속 등장인물처럼 각색되지 않았다. 적어도 이 알현에 있어서는 진지한 인물이었다.

"잘 됐네요, 세컨드 씨."

마인은 내 옆에서 기쁜 듯한 표정을 짓고 있었다.

하지만 나는 순수하게 기뻐할 수가 없었다.

"자아. 나도, 할 일을 해야, 겠네."

세컨드가 왕을 알현하러 가고, 실비아는 제3기사단에 보고를 하러 간 사이, 윈필드는 그런 말을 중얼거리면서 왕도 빈스턴의 중심부로 걸어갔다. 하지만, 중심부라고는 해도 어둑어둑하고 눅눅한 장소다. 빛이 드리워지면 그림자가 생기기 마련이다. 이 찬란한 왕도 빈스턴에도, 이면이 존재한다.

윈필드는 가면으로 얼굴을 숨기고, 외투로 몸을 숨겼다. 수상하기 그지없는 모습이지만, 이곳의 분위기에 어울렸다. 키가 커서 그런지 남자 같아 보였다. 그 덕분에 인상 나쁜 남자들이 우글거리는 뒷골목 안에서도, 그녀에게 말을 거는 이는 없었다.

"저기, 할 이야기가, 좀 있는데, 말이야."

"아앙? 누구냐?"

윈필드는 뒷골목 끝에 있는 노숙자 같은 복장을 한 꾀죄죄한 남자에게 말을 걸었다. 언뜻 보면 그 남자는 주위의 노숙자와 별반 다르지 않아 보였지만…… 그녀의 눈을 속이지는 못했다.

"노숙자 놀이, 재미있어?"

"……장소를 옮기지."

그 남자는 잠시 침묵한 후, 식은땀을 흘리면서 쥐어짜낸 듯한 목소리로 말했다.

그는 초조했다. 그리고 생각했다. 어쩌다 들킨건지를 말이다. 확실히 위험한 다리는 몇 번이나 건넜다. 셀 수도 없을 만큼 많은 위험을 헤쳐왔다. 이번에도 마찬가지다. 「노숙자인 척 하며 『왕립 공문서관』 직원이 사는 공동 주택의 쓰레기장을 뒤진다」라고 하는, 과거에 헤쳐온 위험과는 비교도 안 될 만큼 무난한 일이다.

"너, 기자지? 빈즈 신문, 맞아?"

"……그럼 어쩔 건데."

남자는 더욱 초조해졌다. 상대방이 정체를 꿰뚫어 본 것이다. 빈즈 신문사의 신문기자가 이런 장소에서 이런 꼴로 뭘 하는 것인가. 관계자라면 바로 눈치챌 것이다. 바로 제거당해도 할 말이 없다. 본인마저 그렇게 생각했다. 그래서, 그는 전전긍긍했다.

그 모습을 본 윈필드는 코웃음을 치며 입을 열었다.

"괜찮은, 기삿거리가, 있는데 말이야."

정령계 제일의 군사의 계략이, 드디어 시작됐다.

이리하여, 장기판 위의 장기말이 조용히 움직이기 시작했다.

장기말이 격돌할 순간은, 머지 않았다—.

제1장 태동

국왕을 알현한 후, 나와 마인은 궁정 안을 돌아다녔다.

마인은 나와 약속을 기억하고 있었는지, 궁정의 안내라는 명목으로 나에게 『4형 마도서』를 볼 기회를 만들어줬다. 그 결과, 나는 **훔쳐보는 것**에 성공했다. 정말 고마웠다. 이것으로 불, 물, 바람, 흙의 4속성의 4형을 고생 없이 습득했다.

일단 남은 경험치로 4속성을 전부 16급에서 5급까지 올렸다. 참고로 번개 속성은 이미 1형부터 4형까지 전부 고단으로 올려놨다. 5형은 용마 및 용왕처럼 필요 경험치량이 어마어마하기 때문에 초단까지만 올려뒀다.

그리고 산책의 종점, 왕궁 인근에 있는 궁정마술사의 거점에 마인과 함께 인사를 하러 간 나는 훈련장에 줄지어 서있는 궁정마술사들 앞에 서고서야 비로소 눈치챘다.

나, 전혀 환영받지 못하고 있네.

그렇다. 제1궁정마술사단의 특별 임시 강사가 되고서야 눈치챈 것이다. 생각해보니, 머리에 피도 안 마른 듯한 젊은 애송이가 갑자기 강사로 임명된 것을 엘리트 중의 엘리트인 궁정마술사 여러분께서 순순히 받아들일 수 있을 리가 없다.

마인과 함께 온 건 실수였을까. 제2왕자와의 연줄로 발탁됐다고 여기는게 틀림없다. 게다가 연줄을 이용한게 사실이니 더 문제다. 그렇다고 마인이 자리를 피할 수도 없는 상황이었다. 그들은 제2왕자 앞이라 어쩔 수 없이 정렬한 느낌이다. 마인이 사라지면 그대로 해산하려는 분위기가 있었다. 「강사는 필요없습니다」 하고 금방이라도 말할 것 같았다.

“세컨드 씨입니다. 앞으로 한 달 동안 제1궁정마술사단의 강사를 맡아줄 겁니다. 앞으로 여러분은 그의 지시에 따라주세요.”

마인이 나를 소개하자, 궁정마술사들은 「네」 하고 짧게 대답하며 고개를 끄덕였다. 마인의 말에 답하면서 나를 노려보지 말아줬으면 좋겠다. 특히 가장 앞줄 왼쪽 끝에 있는 검은 머리 보브컷의 키 작은 여자는 적의를 숨길 생각 자체가 없어 보였다.

“괜찮을 것 같네요. 그럼 저는 가볼게요. 세컨드 씨, 힘내세요.”

“어이, 잠깐만 있어봐. 뭐가 괜찮다는 거냐고.”

“……에헤헤.”

“에헤헤 할 때가 아니라고.”

“어차피 세컨드 씨라면 괜찮을 건데요, 뭘.”

“……너도 참 말주변이 좋아졌구나.”

마인이 작은 목소리로 그렇게 말하며 훈련장 밖으로 나가려 하자, 나는 그를 어떻게든 말려보려 했다. 바로 그때, 가장 앞줄 한가운데에 서 있던 빨간 머리에 도넛 헤어 스타일을 한 쉰 살 정도의 아저씨가 입을 열었다.

“전하, 기다려주십시오! 아직 납득하지 못한 이가 많습니다. 이대로는 아무것도 안 될 게 명백합니다. 그러니 전하께서 한 마디 해 주셨으면 합니다."

오오. 이 아저씨, 배짱이 좋은걸. 왕자에게 이런 말을 하는 걸 보니, 지위가 꽤 높을 뿐만 아니라 신뢰할만한 인물일 것이다. 아마 이 사람이 제1궁정마술사단의 단장이리라.

"제파 단장. 그건 제가 아니라 이 사단을 이끄는 당신, 그리고 반감을 산 본인이 신경 써야 할 일입니다. 제가 참견을 하면 더욱 도움이 되지 않겠죠. 안 그런가요?"

"으윽……. 하지만……."

마인의 정론이 아저씨에게 꽂혔다. 역시 이 사람이 단장이었다.

……어라? 마인 녀석, 은근슬쩍 나를 디스한 거 아냐?

내가 마인을 쳐다보자, 그는 「아, 잘못 말했네」 하고 말하는 듯한 표정을 지으며 고개를 돌렸다. 이 녀석, 어제 학교에서의 서프라이즈를 아직 마음에 품고 있는 걸지도 모른다.

한편, 궁정마술사들 중에서는 납득한 것처럼 고개를 끄덕이는 이가 드문드문 보였다. 반감을 산 이 강사한테 잘못이 있다는 듯한 태도였다.

나는 딱히 화나지 않았지만, 그 태도를 보고 화난 척을 하기로 했다. 다행히 분노를 퍼부을 대상이라면 이 자리에 잔뜩 있으니 그 중에서 아무나 고르면 된다.

"좋아. 그럼 이렇게 하자. 불만이 있는 녀석은 나한테 덤벼. 여럿이 한꺼번에 덤벼도 돼."

"잠깐만, 그건 안 돼요!"

마인이 허둥지둥 말리려 했다. 하지만 멈출 수는 없고, 멈출 생각도 없다.

"제파 단장이 가장 강해 보이네. 나이가 어떻게 돼? 나는 열일곱이야."

"나는 쉰다섯 살이다."

"그렇구나. 그럼 55년 동안 얼마나 헛수고를 했는지 특별히 가르쳐주겠어."

"……재미있구나, 애송이. 하하, 재미있어. 하하하!"

단장 아저씨는 웃고 있지만, 이마에 시퍼런 힘줄이 불거져 있었다. 꽤 화가 난 것 같았다. 이거, 결과가 뻔히 보이는걸…….

"제가 하겠습니다, 단장님."

바로 그때, 눈치 없는 여자가 나섰다. 유심히 보니, 아까 나를 노려보던 키가 작은 보브컷 여성이었다.

"저 자는 나에게 시비를 걸었으니, 내가 싸우겠다."

"하지만 단장님께서 함부로 사적인 싸움을 벌이시면 마술사단의 규율이 흔들릴 겁니다. 전하의 앞에서, 단장님께서 그런 행동을 취하시는 건 좋지 않을 것 같습니다."

"……그것도 그런가."

"그러니 제가 나선다면, 단순한 실습인 것으로 여기며 안팎에서 납득할 테죠."

"알았다. 체리, 너한테 맡기지."

"네."

아무래도 저 체리라는 여자가 나를 상대해주려는 것 같았다. 저 아저씨는 꽤 남자다워 보였는데, 그렇지 않은 것 같았다. 유감이다.

"당신, 우쭐대지 마세요. 여기는 왕국 제일의 마술사가 모이는 장소예요. 실력에 자신이 있는 것 같은데, 그 정도 실력이 통하는 곳이 아니에요."

체리는 날카로운 어조로 그런 말을 했다. 그런 말을 하면 할수록 패배 플래그가 선다는 걸 모르는 걸까?

……좋아. 그래. 이렇게 됐으니 강사답게 강의를 해주자. 세계 1위로 이어지는 길에서 살짝 벗어나는 것 같지만, 이것도 캐스탈 왕국의 존속에 필요한 일이라 생각하고 제대로 하자. 캐스탈 왕국이 침략을 당하면 타이틀전이 열리지 않을 수 있다. 이것은 세계 1위가 목표인 나에게 사활이 걸린 문제다.

잠깐만 있어 봐. 그러면 말이야, 이 녀석들에게 강의와 실습을 해줘서 한 달 후에 성과를 내게 하는 것도 타이틀전의 일환이 아닐까? 오오, 왠지 의욕이 샘솟는걸.

"흐음, 날카로운 의견 고마워. 그럼 네가 나를 상대해줄 거야?"

"……네. 각오하세요. 신동이나 천재라 칭송받던 자일지라도, 여기서는 일반인 취급도 못 받으니까요."

"자기소개를 하는 거야?"

"한마디 한마디가 사람 속을 긁는군요. 당신 이야기를 하는 거예요. 저는 궁정마술사단의 서열 상위예요."

"흥…… 그런데, 우물 안 개구리라는 말을 알아?"

"네."

"그게 바로 너야."

"……크!"

"이야~ 화내지 말라고. 화를 내면 낼수록 약해진단 말이야."

콤마 몇 초 차이로 승패가 갈리는 PvP(플레이어 버서스 플레이어)에서, 감정 표현은 낭비에 지나지 않는다. 이러자, 저러자 생각하는 것조차 낭비다. 평소의 단련과 과거의 경험을 통해 「생각을 최소화」해서 움직여야만 하는 것이다. 즉, 감정을 겉으로 드러낸다는 것 자체가 **패배를 의미한다**.

"지금, 아마 너는 이런 생각을 하고 있을걸? 왜 이렇게 젊은 남자가 강사를 맡는 걸까. 나는 궁정마술사가 되기 위해 최선을 다했는데, 제2왕자와의 연줄로 강사가 된 게 틀림없어. 그딴 녀석한테 가르침을 받는 건 자존심이 허락 안 해. 그리고 이 남자는 태도가 왜 이 모양이야. 얕보지 말란 말이야. 마음에 안 들어, 마음에 안 들어, 마음에 안 들어."

"……흐음, 잘 아네요. 그 말이 맞아요."

"얕보여서 분한 거야? 체리 양."

"윽…… 아뇨. 그리고 그 호칭으로 부르지 말아 주겠어요?"

"이 세상에는 말이지. 얕봐도 되는 경우와 안 되는 경우가 있어. 전자는 얕보이는 쪽이 나쁘고, 후자는 얕보는 쪽이 나쁘지. 너는 명백하게 전자야. 궁정마술사는 무슨. 하나같이 싸울 줄 모르잖아?"

"당신……!"

“이거 봐, 몇 초 전에 가르쳐준 것도 기억하지 못하네. 화내지 말라고 했잖아. 사람 말을 못 알아듣는 거야?”

체리 양은 부들부들 떨며 화를 냈다. 마인이 「지나치잖아요!」라고 말하며 팔꿈치로 나를 찔렀다. 「나름대로 강의하는 거야」하고 대꾸하자, 「네에?」 하며 어이가 없다는 표정을 지었다.

“체리? 저기, 이걸 가져오긴 했는데…… 관두는 편이…….”

“……고마워, 아이리.”

그러자, 아이리라 불린 여자가 체리 양에게 뭔가를 건네줬다. 그게 도착할 때까지 기다리려고 쓸데없는 대화를 이어간 걸까? 대체 뭘까. 크기를 보니 액세서리 같은걸.

“자아, 이 『대국관(對局冠)』으로 대국하죠. 이제 와서 도망칠 생각 마세요.”

체리 양은 자신만만한 표정으로 나에게 대국관을 건네주며 그렇게 말했다. 도망칠 생각을 하지 말라는 소리를, 진지하게 늘어놓으면서 말이다.

…….

“풉, 푸하하하하핫!!”

“뭐, 뭐가 그렇게 웃긴 거죠?!”

나는 무심코 배를 붙잡고 웃음을 터뜨렸다.

“하하하하! 아니, 그게, 하하핫!!”

이 상황에서 웃지 말라는 건 무리다.

“하아~, 잘 웃었어. 이야, 너희 참 대단하네.”

"그러니까, 뭐가 말이죠? 저희를 무시하는 건가요?"
"그래. 너희들, 항상 이걸로 훈련하는 거냐?"
"그, 그래요. 당신과는 상관없는 일이지만요."
"……대단하네. 정말 대단해."
대단하기 그지없다. 나는 「몇 명이든 한꺼번에 덤벼도 돼」라고 말했다. 그런데 수다를 떠는 동안에도, 포복절도하며 빈틈을 보이고 있을 때도 공격하는 이가 단 한 명도 없었다. 그 후에도 훈련장을 둘러보는 척하며 빈틈을 보였지만, 아무도 공격하지 않았다.
"하아."
나는 땅이 꺼지게 한숨을 내쉰 후, 입을 열었다.
"자신만만한 표정으로 한다는 소리가 고작 대국? 도망칠 생각 말라고? 헛소리 마. 뇌가 평화에 찌든거냐? 이 중에서 그나마 쓸만한 녀석은 두 명뿐이야. 제파 단장과 아이리 씨, 두 사람 말고는 전부 거론할 가치도 없어."
단장 아저씨는 한순간도 경계심을 풀지 않았다. 나와의 직접적인 대결은 성사되지 않았지만, 언제든 요격할 수 있도록 집중하고 있는 것 같았다. 즉, 대국 같은건 생각도 하지 않았다는 것이다. 그리고 대국관을 가지고 온 아이리 씨는 「이런게 아니라고 생각하는데……」 하고 말하는 듯한 당혹스러운 표정을 지으면서 체리 양에게 그것을 건네줬다. 투지는 느껴지지 않았지만, 요점은 이해하고 있는 것이다. 체리 양은 아무짝에도 쓸모가 없기에 거꾸로 호감이 갔다. 다른 이들은 「어차피 대국이잖아」, 「나와는 상관없어」 하고 생각하는건지, 완전히 긴장을 풀고 있었다. 멀뚱멀뚱 가만히 서서 나와 체리 양을 쳐다보고 있기만 했다. 마음에 안 들었다.

하지만 이 마음에 안 드는 녀석들을 한 달 동안 눈에 띄는 수준까지 성장시키는 것이 나에게 주어진 일이다. 하기로 했으니, 최선을 다해주겠다. 기왕이면 어마어마하게 강한 마술사 집단으로 만들어주겠어. 다들 기쁘지?

"잘 들어. 대국이라는건 전부 **가상**이야. 공격이 명중해도 아프지 않고, 죽지도 않으며, 회복할 필요도 없는 데다, 손쉽고 편리해서 몇 번이든 할 수 있지. 너희는 이게 좋은 훈련이 된다고 생각하나 본데, 그건 엄청난 착각이야."

뫼비온에서는 사망에 페널티가 따랐다. 구체적으로는 사망할 때마다 스테이터스의 일부가 미세하게 저하됐다. 일반 플레이어에게는 별일이 아니지만, 최상위 랭커한테는 뼈아픈 대미지다. 그래서, 이 세상과는 다른 의미에서 다들 죽음을 두려워했다. 그 긴장감이, 실로 중요했다.

"그리고 그것은 방심을 불러와. 그리고 부주의로 이어져. 어차피 아프지도 않으니 한 방 정도는 맞아도 되겠지. 어차피 죽지 않을 테니 조금은 무리해도 되겠지. **어차피**가 의식 밑바닥에 눌러앉고 마는 거야. 그리고, 손쉽게 몇 번이나 할 수 있기에 전투 자체가 허술해져. 다들 그렇지 않다고 생각하겠지만, 무의식적으로 그렇게 됐다는 것을 너희는 눈치채지 못했을 뿐이야."

반론을 들을 거라고 생각했는데, 뜻밖에도 다늘 묵묵히 내 말에 귀를 기울이고 있었다. 그럼 끝까지 말해버릴까.

"문제는 말이지. 자칫하면 죽을 수도 있는 상황에 처했을 때야. 공격을 받고 고통을 느낄 때라고. 나는 알아. 대국에 너무 익숙해진 녀석은 십중팔구 겁쟁이가 돼. 공격을 해야 할 때 제대로 하지 못하고, 공격을 받았을 때도 피할 생각만 해. 미세한 버릇일지라도, 그걸 놓치지 않는 강자는 얼마든지 있어."

체리 양을 힐끔 쳐다보니, 통명한 얼굴로 지면을 내려다보고 있었다. 내 말이 옳다고 여기면서도, 이 말을 한 내가 마음에 안 들기에 불만 섞인 표정을 짓고 있는 것 같았다.

"대국이라는건 놀 때나 써먹는 거야. 실전에서 쓰는 게 아니라고. 똑똑히 기억해둬. 안 그랬다간 창피를 당할걸? 시비가 붙어서 싸우게 됐는데, 트럼프를 꺼내 드는 녀석이 어디 있는데?"

와하하 하고 몇 명이 웃음을 터뜨렸다. 분위기가 약간 누그러졌다. 먹힐 거라고 예상하긴 했지만, 오늘은 이쯤에서 끝내도록 할까.

"그럼, 오늘 강의는 여기까지야. 내일 또 오겠어."

"기, 기다려요! 당신 실력을 아직 확인 못 했어요!"

하고 싶은 말만 하고 마인과 같이 돌아가려고 했지만, 체리 양이 나를 불러세웠다. 실력이라. 자기보다 약한 사람에게 가르침을 받는게 싫다는 그 바보 같은 발상일까, 아니면 종교적인 이유일까. 아니면 그저 내가 마음에 들지 않는 걸까. 아무래도 내가 마음에 안 들 뿐인 것 같았다.

"……흠."

앞으로의 일을 고려해 기왕이면 멋진 모습을 보여주자고 생각한 나는 적당한 퍼포먼스가 없을지 생각했다.

문뜩, 손에 쥔 대국관이 눈에 들어왔다. 좋아, 이걸 써먹자.

"에잇."

나는 아무도 없는 곳으로 대국관을 집어던졌다. 그리고 즉시 《번개 속성·4형》을 준비한 후, 낙하 중인 대국관에 좌표를 맞췄다.

"당신, 뭘 하는—."

체리 양이 딴죽을 날리려고 한 바로 그때였다.

팟— 하는 소리마저 자아낼 듯한 눈부신 섬광이 주위를 비추더니, 그 직후에 굉음이 지면을 뒤흔들었다. 다들 귀를 막으며 무슨 일이 일어난 건지 몰라 허둥댔다.

《번개 속성·4형》은 『낙뢰』 범위 공격 마술이다. 지정된 좌표의 일정 범위에 있는 대상에게 강력한 번개 속성 공격을 가한다. 그게 얼마나 강력하냐면, 한 방 한 방이 3형의 위력에 필적했다. 범위 안에 마물이 다섯 마리 있다면, 동시에 3형 마술 다섯 발이 작렬하는 것이다. 패키지 같은 마술이다.

"……버, 번개가, 떨어졌어……?"

내가 마술을 시전했다는 것을 눈치채지 못한 체리 양과 다른 마술사들로부터 돌아서면서 「내일 봐~」 하고 말한 나는 당혹스러워하는 마인을 데리고 훈련장을 나섰다.

복도를 한동안 나아간 후, 마인은 머뭇거리면서 입을 열었다.

"아까 그건, 세컨드 씨가 쓴 거예요?"

"그래."

"번개 마술 같은 건 본 적도, 들은 적도 없어요……."

뭐, 그렇겠지. 나도 「플레이어용 번개 속성 마술」에 관해서는 알지 못했다. 정령대왕 앙골모아를 소환하면서 어찌 된 건지 자동으로 등록되어 있어서 알게 된 스킬이다. 아마, 이 세상의 오리지널 특성일 것이다.

"……어? 잠깐만요. 번개 속성, 번개 속성…… 으음, 어딘가에서……."

마인이 갑자기 중얼거리기 시작했다. 그리고 몇 초 후, 「혹시」 하고 말하는 듯한 표정으로 나를 쳐다봤다.

"세컨드 씨. 정령대왕……을, 알아요?"

마인은 아는구나! 소환술 책 같은 것에 쓰여 있었던 걸까? 역시 수석은 다른걸.

나는 이참에 《정령소환》으로 앙골모아를 불러내서 마인에게 소개했다.

쿠르르르릉 하는 소리와 함께 허공에서 무지갯빛의 비틀림이 생겨나더니, 회전하기 시작한 비틀림 안에서 강림하듯 등장한 이는 야단스러운 복장을 한 중성적인 미인이었다.

"—짐의 이름은 앙골모아. 4대 원소를 지배하는 유일무이한 존재, 정령대왕이니라."

"…………."

잠시 후, 마인은 「우핫?!」 하며 놀라더니, 다리가 풀린 것처럼 그 자리에서 주저앉았다. 마인의 큰 목소리를 듣고 새파랗게 질린 얼굴로 뛰어온 메이드는 앙골모아를 보고 눈을 동그랗게 떴지만, 곧 마인을 부축하며 일으켜 세웠다. 아무래도 너무 놀라게 한 것 같았다.

"이야, 미안해."

"미안하다는 말로 넘어갈 일이 아니잖아요. 하아…… 심장이 멎는 줄 알았다고요."

마인은 가슴을 누르며 나를 흘겨봤다. 볼이 붉었고, 호흡도 약간 거칠었다. 마치 내가 성희롱이라도 한 것 같은 상황이다.

"그래도, 엄청나네요! 설마 정령대왕님을 사역하다니…… 아니, 엄청나다는 말로 넘어갈 일이 아니에요. 마술뿐만 아니라 소환술도 일류라니, 세컨드 씨는 대체 뭐가 될 작정인 거예요?"

"세계 1위야. 참고로 궁술과 검술도 이미 초일류지. 다른 것들도 하나하나 차례차례 그 수준까지 올릴 거야."

"짐의 세컨드는 세계 제일의 남자이니라. 그리고 짐은 정령계 제일의 대왕. 즉, 우리는 삼라만상의 지배자라고 할 수 있노라."

"……어이가 없지만, 세컨드 씨가 같은 편이라 정말 다행이라고 생각해요."

"참고로 정령계 제일의 군사도 짐의 세컨드에게 꽤 빠져 있느니라. 정령계에서 짐의 세컨드의 이야기만 하고 있지. 그런 대현자를 길들이다니, 짐의 세컨드도 여간내기가 아니구나."

처음 듣는 이야기다. 그리고 이건 그렇고 그런 이야기가 아니라 「이렇게 강력한 카드를 손에 넣었어~」 같은 느낌의 자랑 같았다.

"군사? 아, 윈필드 씨…… 어, 그 사람도 정령이에요?!"

"음."

"어라, 말 안 했던가?"

"안 했어요! 정말……."

오래간만에 만난 후로, 마인은 툭하면 놀라기만 했다. 내 친구를 이렇게 놀라게 하다니, 절대 용서 못 해. 대체 어느 놈이야. 가만두지 않겠어.

"그럼 이쪽은 마음 놔도 되겠네요. 더할 나위 없는 포진이라고 생각해요."

"응? 그게 무슨 소리야?"

"그 군사는 정령이라면서요? 사역자가 누구인지 밝혀지지 않는 한, 암살당할 일이 없을 거잖아요. 군사의 약점을 극복했네요. 그리고 전투 면에서는 세컨드 씨가 있고, 정령대왕님도 있어요. 제가 생각하는 이상적인 포진을 넘어섰네요."

그래, 암살. 그렇게 생각하면, 윈필드는 이상적인 군사라고 할 수 있다. 정령이니 전투력 또한 일반적인 인간보다 뛰어날 것이며, 식사와 수면도 필요 없다.

"네놈, 마음에 드는구나. 짐의 세컨드의 맹우로 인정해주겠노라."

"가, 감사해요."

왕자를 네놈이라고 부르다니…… 역시 앙골모아다. 마인도 왠지 기뻐보였다.

"하지만 아무리 이상적이라고 해도, 무력만으로 이겨선 민중이

납득하지 않을 거야."

"그래요. 나라를 구성하는건 백성이니까요. 제가 정신을 똑바로 차려야겠네요."

"아냐. 네가 정신을 차려야 할 때는 차기 국왕으로 내정된 후야. 그때까지는 우리한테 맡겨둬."

"……네?"

"네가 말한 이상적인 상태를 충분히 활용해서, 솜으로 목을 조르듯 야금야금 제국의 개들과 그들을 편드는 바보천치를 궁지로 몰겠어. 그리고 일망타진해서 제국에 살아선 돌아가지 못하게 만들어주지. 그래서 다시는 캐스탈 왕국에 산 채로 들어오지 못하게 해주는 거야……. 윈필드가 그렇게 할 거야."

"그래도 될까요……. 그것보다, 세컨드 씨가 하는게 아닌 거예요?"

"이번 정쟁에서, 나는 윈필드의 **장기말**에 불과하거든."

"그렇게 기쁜 목소리로 자기를 장기말이라고 말하는 사람을, 저는 처음 봤어요……."

그후에도 마인과 잡담을 나눈 후, 해가 질 즈음에 궁정을 나섰다.

내일부터는 강사로서 본격적인 활동을 해야만 한다. 강의 계획이라도 짜둘까. 그런 생각을 하면서 큐베로가 기다리고 있을 마차로 걸어갔다.

하지만, 그곳에는 마차는 고사하고 큐베로도 없었다.

그리고, 그 대신은 아니겠지만 그 자리에는—.

"……실비아?"

"으, 음. 늦었구나, 세컨드 님. 기다리고 있었다."

약간 긴장한듯한 기색이 역력한 실비아가 예쁘게 꾸민 모습으로 서 있었다. 사복 차림은 오래간만에 보지만, 원래 미인이라 그런지 참 잘 어울렸다.

그리고, 실비아는 볼을 붉힌 채 이야기를 시작했다.

"약속했지 않느냐. 정령 티켓 건으로…… 이, 잊은 것이냐?"

"아니, 기억해. 휴일에 쇼핑하자고 안 했어?"

"이제부터 바빠질 거다. 그러니 잠시라도 좋으니 어울려줬으면 한다. 적당히 가게를 둘러본 후에, 저, 저녁이라도 같이 먹지 않겠느냐?"

"응, 좋아. 좋은 생각이네. 옛날 생각이 나는걸."

"음. 뭐, 그래봤자 반년 전의 일이다만…… 왠지 먼 옛날 일 같구나."

그녀가 어딘가 어색해 보였던 것은 처음뿐이었다. 그후에는 별것 아닌 이야기를 나눴고, 진심 어린 웃음을 터뜨렸으며, 즐겁게 쇼핑을 했을 뿐만 아니라, 옛날처럼 여관 1층의 술집에서 흥겹게 술을 마셨다.

역시, 실비아와는 이렇게 동성 친구처럼 어울릴 때가 즐거웠다.

그렇게 생각했지만…….

술을 마시다 보니 점점 분위기가 좋아졌고, 실비아의 맹렬한 어필이 작렬하더니, 이러쿵저러쿵하는 사이에 우리는 여관 2층으로 장소를 옮기게 됐다—.

◇◇◇

처음으로 본 실비아의 몸은 엄청나다는 말로는 부족할 정도였다. 복근은 여섯 개로 나뉘어 있었고, 몸은 탄탄했으며, 나올 곳은 나왔을 뿐만 아니라 부드러운 곳은 부드럽기 그지없었다. 그 균형 잡힌 육체는 일류 운동선수를 연상케 했다. 스테이터스가 몸에도 반영된 것일까. 아니면 몸이 스테이터스에 반영된 것일까. 아니면 전혀 상관이 없는 것일까. 잘은 모르겠지만, 내가 어쨌든 몸을 단련하는 편이 좋겠다는 생각을 하게 할 만큼 아름다웠다.

솔직한 감상을 전하자, 실비아는 「세컨드 님이 더 아름답다」고 말했다. 딱히 거울을 보는 습관이 없어서 잘 모르지만, 아무래도 내 몸 또한 비슷한 상태 같았다. 뭐, 혹독하다 해도 과언이 아닐 만큼 단련을 해왔으니 이상한 것도 없다. 식생활도 유카리가 철저하게 관리해주고 있기에, 어쩌면 우리 모두가 자연스럽게 운동선수의 몸을 지니게 된 것일지도 모른다.

"좋은 아침."

다음 날 아침에 눈을 떠보니, 실비아가 옆에 있었다. 멋쩍은 투로 「음」 하고 답한 그녀는 여전히 아름다웠다.

갑자기 어제 일이 생각났다. 어마어마하게 정열적이었던 유카리와 달리, 실비아는 그저 나와 포옹하고 있기만 해도 만족하는 순정파 소녀였다. 유카리와의 사투로 지쳐있던 나에게는 기쁜 오산이었으며, 덕분에 충분히 여유를 가지며 그녀를 귀여워해 줄 수 있었다.

실비아와 함께 1층으로 내려가서 아침을 먹었다. 불가사의하게도, 유카리로부터 팀 한정 통신은 오지 않았다. 아마 사전에 유카리와 실비아가 담합을 한 것이리라. 아무리 일부다처제가 허락되는 나라일지라도, 이런 건 내가 모르는 편이 낫다.

"참, 세컨드 님. 어제 제3기사단과 접촉했다."

"맞아. 어땠어?"

"덩실덩실 춤을 추며 기뻐하더구나. 기사단이 지금 가장 원하는 정보라면서 말이다."

"배신을 의심받지는 않았어?"

"글쎄. 그래도 평소 행실은 좋은 편이었으니까 말이다."

"실비아에게 배신당한다면…… 나, 인간 불신이 될 것 같아."

"그만해라. 나는 세컨드 님의 기사다. 배신할 리 없지 않느냐!"

게다가 세컨드 님을 적으로 돌리는 것만큼 무서운 일도 없거든, 하고 중얼거렸다. 맞는 말이다.

"이제부터는 제3기사단에 정기적으로 보고를 하러 가기로 했다. 그러면서 우리 쪽이 유리해질 정보를 조금씩 건네주라고 윈필드가 말했지. 그와 병행해서—."

"공문서와 원본 수색, 이구나."

"음. 뭐, 수색이라기보단 정보 수집에 가깝지만 말이다. 제3기사단 측으로부터 직접적으로 얻어내는 정보는 효과적일 테지. R6와 협정을 맺었던 당사자니까 말이다."

"분명 뭔가를 숨기고 있을 거야. 아니면, 숨기라는 지시를 받았겠지."

"그걸 밝혀내는게 우리의 현재 목표이려나."

실비아는 의욕이 넘치는 것 같았다. 그도 그럴 것이, 정의 마니아인 그녀에게 이번 일은 보람차기 그지없다고 해도 과언이 아니다.

"그럼 나는 슬슬 출근할까."

내 인생에서 출근이란 말을 쓸 날이 올 줄은 생각도 못 했지만, 현재 나는 제1궁정마술사단의 특별 임시 강사로 일하고 있다. 그러니 출근한다고 해도 과언이 아닐 것이다.

여관과 식사 요금을 지불하고 여관을 나섰다. 실비아는 「다녀와」 하고 말하며 얼굴을 붉히더니, 나에게 키스를 해줬다.

완전 힘내서, 다녀오겠습니다―.

"오늘은 여러분이 평소 어떤 훈련을 하는지 확인하겠습니다~."

나는 훈련장에 도착하자마자 그렇게 선언한 후, 털썩 앉았다.

제1궁정마술사단 단원들은 줄지어 서 있을 뿐, 움직이지 않았다. 단장의 지시를 기다리는 걸까. 아니면 내 지시에 따를 생각이 눈곱만큼도 없는 걸까. 아마 양쪽 다일 것이다.

내가 앉아서 앞으로 어떻게 할지 생각하고 있을 때, 두 명의 남녀가 다가왔다. 제파 단장과 체리 양이었다.

"헛소리 좀 적당히 하세요."

여전히 적의를 풀풀 풍기고 있는 체리 양이 나를 노려보며 그렇게 비난했다.

"평소에 어떤걸 하는지 몰라서야 지적을 할 수가 없거든?"

"지적이라고요? 그딴건 할 필요 없어요."
"그래선 곤란해."
"얼마든지 곤란해지세요."
"—기다려라. 체리."
체리 양과 말다툼을 벌이고 있을 때, 제파 단장이 끼어들었다. 표정이 굳어있기는 하지만, 불평을 하려는 것 같지는 않았다. 이 사람이라면 말이 통할 것 같았다.
"애송이. 네가 어제 돌아가기 직전에 썼던 마술, 그건 《번개 속성·3형》 아닌가?"
"4형이야."
"……그런가."
대뜸 나를 애송이라고 부르며 질문을 던진 제파 단장은 내 대답을 듣더니, 생각하는 사람이 되어버렸다. 이 사람은 대체 뭐야…….
"4형? 거짓말 좀 적당히 하세요. 번개 속성 같은 마술이 존재할 리가 없고, 이딴 사람이 4형 마술을 쓸 수 있을 리가 없잖아요."
"저, 저기……."
나를 마구 디스해대는 체리 양의 뒤편에서, 한 여성이 머뭇거리며 모습을 드러냈다. 저 애는 아이리 씨였던가? 갈색 세미롱 헤어스타일에 부드러운 인상의 눈매와 얼굴을 지닌, 평범&평범한 분위기의 여성이다. 성실한 사람 같아 보이는데, 그녀도 나에게 불평을 하러 온 것일까? 그렇다면 충격이다. 나는 약간 마음을 다지면서 그녀의 말에 귀를 기울였다.

"세컨드 씨…… 사인을 부탁드려도 될까요?"

나는 순간 벌러덩 엎어질 뻔했다. 이 타이밍에? 무슨 소리지?

"괜찮긴한데, 이유가 뭐야?"

"여동생이 마술학교에 다니는데, 그게, 세컨드 씨의 광팬이에요. 어제 집에서 세컨드 씨의 이야기를 했더니, 좋아 죽으려고 하지 뭐예요……. 그리고 사인을 꼭 받아다 달라고 했어요."

"아, 그렇게 됐구나."

나는 일부러 태연한 척했지만, 실은 엄청 기뻤다.

전생에서 세계 1위였던 시절에는 사인, 악수, 사진이 일상다반사였다. 그들이 원하는 「세계 1위의 이미지」를 깨지 않도록 행동하는 건 힘들었지만, 이 세상에 온 후로는 그런 고생 자체를 잊고 있었다. 세계 1위의 영광이 잠시 되살아난 것만 같아서, 말로 형용할 수 없을 만큼 감격하고 말았다.

"이름이 어떻게 돼?"

"아, 네. 아로마예요."

그녀가 가지고 온 사인 색지에 익숙한 손길로 「seven」이라고 쓰기…… 직전에, 세컨드로 수정했다. 큰일 날 뻔했다. 색지에는 「세계 1위의 사나이 세컨드」라고 썼다. 그리고 좀 지나친 것 같아서, 세계 1위 앞에 「언젠가」를 덧붙였다. 그리고 마지막으로 「아로마에게」라고 쓴 후, 그 앞에 「아이리&」을 덧붙이는 편이 낫겠다 싶어 그렇게 했다.

"자아, 받아."

나는 아이리 씨에게 색지를 건네주며 미소 지었다. 미소라는 것은 이럴 때 써먹는 것이다. 「사인을~」이라는 말을 꺼낸 단계에서 웃어줬다간 이미지가 훼손될 수 있다. 처음에는 냉담하게 대응하는 편이 낫다. 그렇게 갭을 연출하는 것이다. 좀처럼 웃지 않기에 때때로 보여주는 미소의 가치가 상승한다는 것을, 나는 전생의 팬서비스를 통해 배웠다.

"가, 감사, 감사해, 요."

아이리 씨는 볼을 붉히면서 몇 번이나 고개를 숙이며 돌아갔다. 아무래도 크리티컬 히트였던 것 같았다.

그 순간, 눈치챘다. 그녀의 주위에는 부러움에 찬 시선을 보내는 여성 단원이 있었다. 아하. 전혀 환영을 못 받나 했더니, 극히 일부는 나에게 호의적인 것 같았다. 고마운걸. 그 대신, 남성 단원에게는 한동안 지지를 못 받을 것 같지만 말이다.

"………."

체리 양은 그런 나를 노려보고 있었다. 외모가 좀 반반하다고 실력도 없는 녀석이 우쭐대기는…… 이라는 생각을 하는 걸까. 이 애는 참 알기 쉬워서 좋은걸.

……역시, 강사로서 원만하게 활동하기 위해서는 그들에게 내 실력을 똑똑히 보여줄 필요가 있을지도 모른다. 어제 보여준 것으로 이해하지 못한다면, 4대 원소의 5형을 마구 날려대는 방법밖에 없을 것 같았다.

내가 그런 생각을 하고 있을 때, 제파 단장이 천천히 입을 열었다.

"좋다. 내가 지시를 내리지."

"단장님?!"

"체리. 이 애송이의 실력은 진짜배기다. 너도 그만 인정하도록."

"아니……."

체리 양은 같은 편이라고 여겼던 단장의 뜻밖의 발언에 아연실색했다. 댕~이라는 효과음이 연상되는 표정을 짓고 있었다.

"이제부터 평소와 같은 훈련을 하겠다! 강사님에게 질문을 받는다면 우선적으로 답하도록! 그럼 훈련 개시!"

단장이 그렇게 말하자, 이제까지 의욕이 없어 보이던 제1궁정마술사단의 단원들이 기민하게 움직이기 시작했다. 체리 양도 마찬가지였다. 역시 단장의 명령은 단원에게 있어 절대적인 것 같은걸.

하지만 아까는 나를 애송이라 불렀으면서, 방금은 강사님이라고 부르잖아. 단장도 고생이 많네. 어제 내 폭언이 아직 머릿속에 맴돌고 있는 거겠지. 말이 좀 심하긴 했지만, 사실이니까 취소할 생각도 없다. 저 콧대가 꺾인 후에 사과해도 되겠지.

……그리고, 몇 시간 후. 단도직입적으로 말하겠다.

"완전 꽝이네."

궁정마술사단. 왕국 굴지의 마술사라는 집단의 수준에, 나도 조금은 기대했다. 어제 얼추 결론은 났지만, 그래도 만의 하나, 억의 하나의 가능성이 남아 있는 것이다.

그런데 오늘 그 기대도 박살이 나버렸다. 「재롱잔치 하나?」라는

게 내 솔직한 감상이다.

"궁정마술사는 전쟁에 나서기도 하지?"

"그렇다."

"마술사끼리 뭉쳐서 다니는 거야? 아니면 흩어져서 행동해?"

"섬멸, 유격, 엄호, 보조. 전부 하지."

"대충대충 활동한다는 거야?"

"아니다. 전황에 맞춰 바꾸는 거다."

"아하, 그래서구나……."

그들의 훈련은 신호에 맞춰 대열을 바꾸거나 흩어지면서 배치를 바꾸는 것이 메인이었다. 「이 신호에서는 이 진형으로 이 마술을 쓴다」라는 전법을 여러 종류 기억한 후, 전장에 나가면 그에 맞춰 행동하는 것이다. 바보스럽기 그지없다.

"핵심인 마술은 어쩌는데?"

"개개인에게 맡기고 있다."

"뭐?"

"마술사마다 특기인 마술이 다르기에, 같이 훈련할 수 없거든."

"아니, 그게 아니라 마물을 사냥하러 가지는 않는 거야?"

"아, 경험 단련 말인가. 일주일에 한 번, 광산이나 숲에 사냥을 하러 가지."

"뭐……? 그게, 다야?"

"그렇다만…… 무슨 문제 있나?"

어이어이어이어이. 이 녀석들, 제정신이야? 레저 감각인가? 휴일에 사슴이라도 사냥하러 가는 거냐고. 강한 마물을 사냥하면 할수록 스킬이 강해진다고.

"왜 경험치를 얻으러 안 가는 건데?"

"위험해서다. 반대 의견도 많지. 그리고 예산 문제도 있다. 그리고 지금은 필요성도 떨어지거든. 그래서, 경험 단련은 개인의 재량에 맡기고 있다."

아, 그래. 경험치 벌이를 강요했다간 『악덕』하다고 여겨지는 건가. 납득……이라고 말하고 싶지만, 그렇지 않다. 평화에 물든 것이다. 너희는 일단 군인이잖아. 일반기업에 다니는게 아니라고. 자기 실력을 키우는 것에 의욕을 더 내란 말이다.

"혹시나 해서 묻는 건데, 마지막으로 전쟁이 벌어진 건 언제야?"

"……22년 전이다."

"오케이. 알았어. 더는 아무 말도 하지 마."

여기 있는 녀석들 대부분이 어린애일 때잖아. 체리 양은 아직 태어나지도 않았을 거야. 그러니 의욕이 날 리 없지.

"특단의 개혁이 필요하겠는걸."

전생의 뫼비온에는 『팀전』이라는 대전 게임이 있었다. 팀 대 팀으로 전쟁놀이를 하는 것인데, 이게 꽤나 반응이 좋았다. 검술사, 궁술사, 창술사, 마술사처럼 운용에 일장일단이 있는 병과를 밸런스 좋게 조합해서 면밀한 전략을 짜야만 시합에서 이길 수 있다. 대규모 팀간의 팀전은 진짜 전쟁 같았다. 수많은 플레이어가 광대한 필드에서 격돌하는 광경은 장관이었다.

나는 세계 1위가 되느라 바빠서 팀전에서는 풋내기였지만, 그래도 관련 지식은 지녔다. 언젠가 나도 최강의 팀을 만들어서, 팀전에서도 세계 1위가 될 생각이어서다. 뭐, 그 꿈은 이루지 못했지만 말이다. 그런 나의 어설픈 지식에 비춰봐도, 제1궁정마술사단의 훈련 방법은 「이상하다」는 것을 알 수 있었다.

애초에 전제부터 이상했다. 섬멸, 유격, 엄호, 보조를 전부 맡기 때문에 전황에 맞춰 진형을 바꾼다— 듣기엔 좋지만, 사실 그것은 마술사가 할 일이 아니다.

마술사란 「광범위에 고화력으로 공격을 퍼붓는 중거리병」이다. 제대로 먹혔을 때의 위력은 엄청나지만 검술사 같은 근거리병의 돌격에 대응하지 못하며, 궁술사 같은 장거리병의 저격에도 간단히 무너지고 만다. 즉, 「화력적으로는 한두 명만으로 충분」하며 「방패 역할을 해줄 근거리병의 엄호가 필수」인 것이다.

마술사만으로 섬멸대를 짜서 집단행동을 시켜도, 적 근거리병의 돌격에 바로 무너진다. 그렇다고 유격을 시켰다간 방패 역할을 해줄 이가 없으니 궁병의 집중포화에 끝장나고 만다. 엄호 또한 메인 화력인 4형과 5형이 광범위 공격이기 때문에 연계가 치밀하지 않다면 아군까지 휘말린다. 보조적 운용으로는 편리하겠지만, 그것은 마술사를 낭비하는 짓이라고 할 수 있다.

그것을 모르는 걸까. 아니면 알면서도 어쩌지 못하는 이유가 있는 걸까. 왜 이렇게 진형만 훈련하는 건지 의문이었다.

바로 그때, 나는 문뜩 떠올렸다. 체리 양은 분명 「이만 사람이 4

형을 쓸 수 있을 리가 없잖아요」라고 말했었다.

설마…….

"어이, 이 중에 4형을 쓸 수 있는 사람은 몇 명이나 있어? 어느 속성이든 상관없으니까, 솔직하게 손들어봐."

슥, 슥. 200명 중에서 20명 정도만 손을 들었다. 우와아…….

"……5형은?"

이번에는 제파 단장만 손을 들었다. 맙소사!

팀전에서 마술사를 **마술사로서** 효과적으로 활용하기 위해서는 4형과 5형이 필수다. 게다가 4대 속성의 1형~5형 전부를 높은 수준까지 육성한 『INT 마인』이 이상적이라고 여겨진다. 마술사의 강점은 「광범위 고화력 공격」— 그걸 못하는 마술사는 짐짝에 지나지 않는다.

……현재, 이 제1궁정마술사단은 팀전에서 아무짝에도 쓸모없는 신병 집단이다.

분명 적국의 마술사도 같은 레벨의 집단이며, 22년 전까지 어린애 싸움 같은 전쟁을 해왔을 것이다. 하지만 내가 강사가 됐으니 그딴 진흙탕 싸움을 벌이게 둘 수는 없다.

그렇다고, 뭔가 방법이 있을까. 이 녀석들 한 명 한 명에게 4형을 가르쳐줄까? 그렇게까지 돌봐줄 수는 없다. 어떻게든, 이 녀석들을 이대로 운용할 방법을 모색할 수밖에 없다. 그렇다. 어떻게든, 어떻게든………….

"어떻게든 되겠냐고! 나는 이만 간다!"

"애, 애송이! 어디 가는 거냐!"
"내일 다시 올게!"

"—움직이지 마."
느닷없이 그런 목소리가 들려오며 목덜미에서 차가운 감촉이 느껴지자, 내 몸은 그대로 굳어버렸다. 완벽한 타이밍이다. 이대로 살해당했더라도, 나는 아무 소리도 내지 못했을 것이다.
"왜, 왜 이러십니까? 저한테 무슨 볼일이라도 있나요?"
나는 불쌍한 거지를 연기했다. 여기는 『카멜 교회』 뒤편. 허름한 로브로 얼굴을 숨겨도 의심받을 이유가 없다. 들켰을 리가 없다. 그렇게 생각했지만…….
"어이쿠!"
갑자기 구속에서 풀려났다. 나는 허둥지둥 앞쪽으로 도망치며 뒤를 돌아보았다.
검은색 옷으로 온몸을 숨기며, 어둠 속에 숨어 있는 그림자가 눈에 들어왔다. 남자인지 여자인지 알 수 없는 목소리와, 한순간도 틈을 보이지 않는 모습. 이 녀석은—『암살자(프로)』인가.
"쳇……. 넌 뭐야? 어디 소속이냐고. 내 정체를 알고 있는 거냐."
더는 숨길 필요가 없어졌다. 나는 후드를 벗으며 시야를 확보했다.
"역시 비사이드 님이셨군요."

"그게 어쨌다는 거냐고, 이 자식아."

"큐베로 님께서 당신을 찾고 있습니다."

"—윽!!"

오랫동안 듣지 못했던 이름이자, 단 하루도 잊은 적이 없는 이름이다. 우리들, R6의 부두목의 이름인 것이다.

"부, 부두목은 살아있는 거냐!"

잠깐만. 나를 유인하기 위한 함정일지도 모른다.

"부두목은 어디 있지?"

"저희 거점에 있습니다."

"거점? ……윽."

한 걸음 내디디려고 한 순간, 내 앞을 막듯 실이 쳐졌다. 【실조종술】인가. 성가시겠는걸.

"……너는 누구냐?"

"세컨드 퍼스티스트 님을 모시는 메이드 십걸 중 한 명인 이브 님이 이끄는 암살대의 일원. 암살자인지라 얼굴, 목소리, 이름을 밝힐 수 없습니다. 죄송합니다."

"어이, 암살자가 주인의 이름을 밝혀도 되는 거냐?"

"제 주인께서는 이 정도 일로 어찌 할 수 있을 만큼 연약한 분이 아니니까요."

"호오."

"게다가, 숨길 필요도 없습니다."

"응? 그게 무슨— 커억?!"

등 뒤에서 충격이 가해진 순간, 나는 의식이 멀어졌다. 암살자는 한 명이 아니었던 건가. 하긴, 그래…… 아아, 부두목이 제발 살아 있기를.

"주인님, 빈즈 신문의 조간입니다."

"우물, 고마버."

나는 아침을 먹으면서 유카리가 건네준 신문을 받았다. 그건 그렇고, 웬 신문이지? 나는 신문을 읽는 습관이 없다. 뭐, 아침이라 돌아가지 않는 머리로 생각해봤자 소용없을 테니, 일단 신문의 1면을 펼쳐서 읽었다.

"푸으읍―!!"

수프가 기관지에 들어가더니, 간헐천처럼 입 밖으로 뿜어졌다.

나는 쿨럭거렸다. 실비아는 「우와아, 대참사구나!」 하며 놀리기만 할 뿐, 딱히 아무것도 하지 않았다. 그 옆에 앉아 있는 에코는 왠지 즐거워 보였다. 유카리는 사방으로 튄 해산물 수프를 걸레로 닦는가 싶더니, 내 사타구니 주변을 집중적으로 닦았다. 알고는 있었지만, 이 녀석은 진짜 색골 엘프네.

"세컨드 님. 신문에 뭐라고 적혀 있는 것이냐?"

"아~, 내가 설명, 할게."

대체 이느새 소환된 건지, 윈필드가 서실에 나타났다.

그녀는 신문을 테이블 한가운데에 펼치더니, 그 내용을 해설하듯 이야기했다.

"제목은, 이래. 『기사단 협정 위반? 의적 탄압을 둘러싼 의혹』이야."

"음. 내용은 예상이 된다만……."

"이번 신문에서는, 기사단이 의적 탄압에 관련된 무언가를 숨기고 있다, 라는 것만 알아주면, 오케이."

"그럼 제1이나 제2, 제3기사단과는 상관없는 것이냐?"

"응. 우선, 민중이 기사단에게, 나아가서 제1왕자파에게 의문을, 품게 할 거야. 내일이나 모레 신문에서, 무슨 일이 일어났는지, 상세하게 밝혀져. 정보를 조금씩, 반복적으로, 인상에 남도록, 전달하는 거지. 이런 건, 기본, 이야."

이렇게 눈길을 끄는 의혹을 보면, 민중은 신경이 쓰여서 정보를 원하게 된다. 그리고 정보에 굶주린 민중에게 새로운 미끼를 던져주는 건가. 애초에 제1기사단의 의적 철저 탄압에 의혹을 품고 있는 이들도 적지 않을 것이며, 의견의 대립도 발생할 것이다. 그러니 정보를 내놓으면 내놓을수록 일이 더 커지면서 정보가 확산되리라. 게다가 협정 위반 의혹 후에는 R6 생존자의 증언과 공문서 개시 청구, 그리고 위조 의혹과 그 증거까지 기다리고 있다. 그야말로 완벽한 작전이다.

"……저기, 이 정보를 흘린 건……."

"맞아~, 나. 세컨드 씨, 칭찬해줘도, 되거든?"

"베리베리 나이스, 윈필드. 베리 굿~!"

"어~, 왠지, 건성으로, 칭찬하는 것, 같은데…… 뭐, 됐어."

윈필드는 불만스러운 표정으로 항의했지만, 곧 타협했다.

"아, 실비아 씨. 오늘, 제3기사단에서, 부를 거야. 그러면, 이렇게, 말해. 그 남자라면 뭔가 알고 있을지도 모른다, 라고 말이야."

"세컨드 님이 뭔가를 알고 있다는 느낌을 풍기라는 것이냐?"

"그래. 뒷골목에서 험상궂은 남자와 이야기를 나누고 있었다, 같은 식으로, 말이지. 이유를 물으면, 그렇게, 말해."

"음, 알았다."

"세컨드 씨는, 궁정 안에서, 활동할 수 있게, 해줘. 그리고, 쫓겨나지 않게, 조심해."

"전자는 맡겨둬. 후자는 일단 힘내겠어."

그 쓸모없는 궁정마술사들을 쓸모없는 상태에서 쓸모 있게 만든다, 라고 하는 골 때리는 문제를 가지고 있지만 말이야. 뭐, 하룻밤 생각해보니 답이 나왔다. 잘 될지는 모르겠지만…….

"—환담 중, 실례하겠습니다."

바로 그때, 집사인 큐베로가 아니라 메이드가 나타났다. 유카리는 그녀를 보더니 「빨리 처리했군요」 하고 중얼거렸다. 무슨 소리지?

"R6의 멤버인 비사이드 님을 하인용 저택에 확보해뒀습니다. 어떻게 할까요?"

"아, 전에 부탁한 건이구나. 정말 빨리 처리했네. 베리 나이스!"

"……화, 황송합니다."

메이드는 부끄러워하며 고개를 숙였다. 그렇다면, 그녀가 그들

잡아온 것일까. 유카리는 「조사에 있어 프로」라고 말했는데…… 으음, 그렇게 보이지 않네. 어디에나 있을 법한 평범한 여자애다. 역시 사람은 겉모습만 보고 알 수 없다니깐.

"나와 큐베로가 만나러 가보겠어. 준비를 부탁해."

"알겠습니다."

그런 지시를 내린 후, 나는 아침을 빨리 먹어 치웠다. 윈필드는 「드디어, 시작이네」 하고 중얼거리며 왠지 즐거워 보이는 표정을 짓고 있었다.

그리고, 몇 분 후. 나와 큐베로는 하인용 저택 지하실에서 증인이 되어줄 생존자와 대면했다.

"부두모오오오옥! 무사하셔서, 무사하셔서 다행입니다!"

시끄러워……라는 것이 첫인상이었다. 두 번째 인상은 얼굴 한번 무시무시하네, 였다.

역시 의적, 약자를 돕고 강자에게 맞서는 협객다운 면모가 얼굴에서 드러나고 있었다. 기사단에 의해 송곳니가 부러진 후에 뿔뿔이 흩어졌다지만, 눈빛은 날카롭게 벼린 단검처럼 날카로웠다. 뼈가 앙상한 얼굴과 올백으로 넘긴 검은 머리카락도 박력 만점이었다.

"비사이드. 그 지옥에서 용케 살아남았구나. 나는 네가 자랑스러워."

"과분한 말씀이에요! 저 같은게 살아있든 죽었든 중요하지 않아요! 부두목! 당신이 살아있다는 것이, R6에게는 중요하다고요! R6의 부활도 꿈이 아닙니다!"

"아냐. 너희가 목숨을 걸고 도망치게 해준 덕분에, 나는 여기 있는 거야. 그리고 그 지옥을 아는 네가 살아있다는게, 우리들 R6와 내 주인께 큰 힘이 될 거다."

"어……? 주인……이라고요?"

"세컨드 퍼스티스트 님. 너도 나와 마찬가지로, 이 이름을 가벼이 여기면 안 된다."

"……그래. 그 암살자……."

큐베로한테서 내 이름을 들은 비사이드는 혼잣말을 중얼거리며 몸을 일으켰다. 그의 시선은 나를 향하고 있었다.

"비사이드! 괜한 짓—."

"아니, 상관없어. 이미 각오를 다졌잖아? 네 동생 격 다운걸. 너를 닮아서 좀 개구쟁이 같은 구석이 있잖아."

"……부끄럽기 그지없습니다."

나와 비사이드는 서로를 노려보았다. 큐베로는 말리려다 내 말을 듣고 얼굴을 붉히며 물러났다.

"실례를 무릅쓰며…… 당신을 시험해보겠습니다."

비사이드는 우두둑 소리가 나게 목을 풀며 다가왔다. 딱히 자세를 취하지도 않았다. 이 녀석, 싸움박질에 꽤 익숙해 보이는걸. 뫼비온이 아니라 다른 곳에서 만났다면 절대 이기지 못할 거야.

"미안하지만, 너는 내 상대가 못 돼."

하지만, 여기는 뫼비온이다. 결국은 온라인 게임인 것이다. 1대1로 싸운다면, 그것은 싸움이 아니라 PvP다. 스테이터스 차이는 웬만해선 극복할 수 없으며, 습득 스킬 숫자와 랭크 차이도 크다. 그리고 무엇보다, PS(플레이어 스킬)의 차이가 절대적이다.

"—슛!"

비사이드가 오른손 스트레이트를 날렸다. 우선 상대의 실력을 파악하려는 듯한 《보병체술》이다. 움직임을 차분히 관찰한 후에도 여유롭게 피할 수 있을 만큼 느렸다. 어이어이, 방심 플레이냐…….

"오오, 이걸 피하는 겁니까!"

"…………."

비사이드는 우쭐댔다. 그 모습을 본 큐베로는 머리를 감싸 쥐었다.

그렇다. 그것만은 해선 안 되는 행동이다. 「경애하는 부두목의 주인이 얼마나 강한지 시험해보고 싶다」라는 심정이라면 이해해줄 수 있다. 하지만 아무리 실력을 시험해보기 위한 싸움일지라도, 세계 1위를 얕보는 것은…… 악수 중의 악수다.

약간 울컥한 나는 화가 났다. 그래서, 약간 겁 좀 주자는 생각으로 《정령소환》을 썼다.

"(앙골모아, 빙의.)"

"(알았느니라.)"

염화(念話)로 《정령빙의》를 지시했다. 그 순간, 앙골모아는 무지개색 빛이 되어서 나와 일체화됐다.

"저, 저게, 뭐야……?!"

"아니……?!"

비사이드만이 아니라 큐베로도 놀랐다. 맞아, 이건 처음 보겠네.

"이건 정령빙의라고 한다. 9단에서 모든 스테이터스를 4.5배가 되지."

"구, 9단……?!"

"4.5……배……."

단순히 생각해도, 비슷한 수준의 상대가 갑자기 자기보다 4.5배나 강해진다는 것을 의미했다. 절망적인 실력 차다. 큐베로는 예전에 나한테 두들겨 맞은 적이 있으니, 내 순수 스테이터스가 어느 정도인지 예상이 될 것이다. 거기에 4.5배가 된 것이다. 그의 얼굴이 새파랗게 질리는 것도 무리는 아니다.

"쳇…… 어디 해보자고! 그 정도로 겁먹을 것 같냐!"

하지만, 깜빡했다. 이 녀석은 큐베로의 동생 격이다. 아무리 실력이 차이가 나더라도, 그것을 개의치 않으며 맞서려 하는 남자다.

퍼억—. 내 턱에 《은장체술》이 정통으로 꽂혔다.

"아, 아야야야야야얏?!"

비명을 지른 건 비사이드였다. 오른손을 감싸쥔 채 지면을 굴러다녔다. 나는 꿈쩍도 하지 않았다. 비사이드의 STR과 내 VIT(방어력)가 너무 차이가 나기에 그의 공격은 전혀 먹히지 않았고, 갈 길을 잃은 대미지가 그의 주먹으로 되돌아간 것이다.

"하아, 바보 자식……."

나는 어쩔 수 없이 비사이드의 오른손에 《회복·소》를 걸어줬다. 타박상 정도는 이 정도면 낫는다.

"……죄, 죄송합니다. 그리고 감사합니다."

비사이드는 몸을 일으키더니, 나를 향해 깊이 고개를 숙였다. 완전히 전의를 잃은 것 같았다.

그리고 어찌된 영문인지, 큐베로도 비사이드의 옆에서 고개를 숙였다. 큐베로는 성실하기 그지없는 녀석이니 비사이드의 실수를 자기 실수처럼 여기고 있으리라.

"시건방 떨지마, 조무래기."

나는 앙골모아를 《송환》하면서 일단 꾸짖었다. 두 사람은 고개를 더욱 깊이 숙였다.

"평생, 이딴 짓거리는 안 하겠습니다. 제발, 제발 봐주세요."

"아뇨, 이 일은 부두목이자 이 녀석의 형 격인 제 잘못입니다. 제가 책임을 지게 해주십시오. 비사이드는 책임을 어떻게 져야 하는지 배울 기회가……."

이야기가 이상한 방향으로 나아가고 있었다.

"어이, 괜히 일을 키우지 마. 다시는 시건방을 떨지 않으면 그걸로 충분해."

"그럴 수는 없습니다! 세컨드 님은 R6 재생의 희망이시자, 저를 구원해주신 은인입니다. 아무리 몰랐다고 해도 그런 분께 이를 드러냈으니, 세컨드 님께서 용서하시더라도 저는 용서 못 합니다."

"그, 그랬습, 니까. 제가 그런 짓을…… 이렇게 되면, 제 목숨으로……."

"일단 멈춰! 둘 다 사람 말을 안 듣…… 어?"

나는 눈치챘다. 혹시 큐베로…… 그런 생각인 건가?

내가 표정을 살펴보니, 큐베로도 마침 내 얼굴을 쳐다보고 있었다. 아하, 역시 그런 거구나.

"……좋아, 비사이드. 책임을 지고 싶다면, 너한테 부탁할 게 있어."

"부탁, 인가요……?"

"그래."

큐베로의 유도로 상황이 절묘하게 갖춰졌다. 덕분에 임시 강사 일도 지각하지 않을 것 같았다. 나는 마음속으로 큐베로에게 감사하면서, 입을 열었다.

"네가, 민중의 앞에서 증언을 해줬으면 해."

"—마막(魔幕)?"

"그래. 너희가 대활약하기 위해서는 그 방법뿐이야."

궁정 부근, 훈련장 근처에 있는 회의실. 현재 이곳에서는 조장회의가 열렸다. 제1궁정마술사단의 각조 조장을 모아서, 앞으로의 방침을 정하기 위한 회의를 하고 있는 것이다.

나는 그 자리에서 어젯밤에 생각한 아이디어를 말했다. 실은 『탄막』이라고 말하고 싶었지만, 포격전이 없을 듯한 이 세상에서는 그 말을 이해하지 못할 것 같았기에 『마막』이라는 단어를 새롭게 만들어 설명했다.

마막. 즉, 탄막이다. 쿨타임이 짧은 마술, 그러니까 전원이 1형을 사용해 막을 펼쳐서 적을 압도하는 것이다. 공격뿐만 아니라 방어

용도로도 쓸 수 있는 매우 유명한 전술이다.

이 전술에서 가장 중요한 것은 바로 「꾸준히 흩뿌린다」는 점이다. 조악한 총으로도 여러 발을 쏘면 한 발은 맞기 마련이며, 일정 수준까지는 질보다 양으로 대항할 수 있다. 방어 면에서 보자면 적의 화살과 마술을 이 전술로 밀어버릴 수 있으며, 결사의 돌격 또한 격추 혹은 견제를할 수 있다. 육상에서라면 말이다.

"어이, 애송이. 그래서는 위력이 줄어서 섬멸에 어렵지 않겠느냐? 유격과 엄호 및 보조도 힘들어질 거다."

"당연하지. 4형도 못 익힌 녀석들이 태반이니까 말이야. 그러니 전부 포기하는 수밖에 없어. 게다가 섬멸 같은 건 애초부터 필요가 없고, 그건 마술사가 할 일이 아냐."

"그게 무슨 소리지?"

"너, 일단은 전쟁 경험자 맞지? **사망자보다 부상자를 늘려야 한다**는 건 전쟁의 정석 아냐?"

"아…… 그렇지."

제파 단장은 그 말을 듣고서야 눈치챘다. 마지막 전쟁이 22년 전이었다고 하니 그런 정석을 잊는 것도 무리는 아니다. 참고로 나도 우쭐대며 전쟁에 대해 이야기하고 있지만, 이건 전부 『팀전』에 관한 지식이다. 현대 일본인이자 은둔형 폐인 온라인 게임 플레이어인 내가 전쟁을 경험해봤을 리가 없잖아.

"사망자보다 부상자를? 그게 무슨 말인가요?"

"체리 양한테는 좀 어려웠나 보네~."

"당신한테 물은게 아니에요."

"음, 나한테 물은 건가. 적병을 죽이면 그걸로 끝이지. 하지만 일부러 부상병을 남겨두면 적에게 부담을 줄 수 있다. 이동, 치료, 간호. 거기에 인원을 할애해야 하고, 금전적으로도 부담이 상당하지."

"그렇군요. 납득했어요. 감사합니다, 단장님. 그럼 마술사가 할 일이 아니라는건 무슨 말인가요?"

"……그건, 미안하지만 나도 모른다."

단장이 항복을 선언하자, 체리 양은 인상을 한껏 찌푸리며 나를 쳐다봤다.

"으응~?"

"큭……."

"왜 그래?"

"……가르쳐, 주시지 않겠어요?"

"어쩔 수 없지. 좋아."

체리 양은 분해 죽겠다는 투로 나에게 부탁했다. 그녀를 놀리는 건 참 재미있다. 실비아 이후로 이런 인재를 만난 건 처음이다.

"마술사는 원래 『고화력 광범위 중거리 공격병』이야. 고랭크의 4형과 5형 마술 한 방으로 적진에 커다란 구멍을 낼 수 있는, 매우 포텐셜이 뛰어난 병사지."

"모순되지 않나요? 그렇다면 그 탄막이라는 건 마술사가 할 일이 아니지 않을까요?"

"너희가 내가 말하는 수준의 마술사라면 말이야. 너희 중에 고랭

크 4형과 5형을 쓸 수 있는 녀석이 몇 명이나 돼?"

"……쓸 수 있는 건 약 스무 명이며, 고랭크라는 조건이 붙는다면 더 적어지죠. 저는 물 속성 4형이 7단이지만요."

"뭐, 정말?"

의외다. 7단이면 꽤 높은 랭크다.

"네. 어때요? 다시 봤나요?"

"다른건 어때?"

"물 속성은 1형에서 3형까지 전부 9단이에요."

"괜찮은걸. 다른건?"

"바람 속성이라면 3형까지 어느 정도 쓸 수 있어요. 다른 속성은 별로지만요."

"우리 마술사단에서, 물 속성으로 체리보다 뛰어난 자는 없다."

체리 양은 우쭐댔고, 단장은 그런 그녀를 자랑스러워했다. 어이어이어이…….

"다른 속성은 1형도 익히지 않은 거야?"

"네. 그것보다는 자신 있는 속성을 우선하는 편이 좋을 테니까요."

"익히긴 한거지?"

"물론이죠. 하지만 1형만 올린다고—."

"말이 안 통하네. 마술사를 지망하는데, 한 속성만 단련하는 거야?"

"……네? 당신이야말로 무슨 소리를 하는 거죠?"

"아니, 모든 속성을 공평하게 기르는게 마술사의 상식이라고 생각했거든."

필요 경험치 양이 적은 1형부터 차례차례 모든 속성을 육성한다면, INT의 절대량을 효율적으로 올릴 수 있다. 한 속성만 9단까지 올릴 경우와, 네 속성을 전부 9단까지 올릴 경우의 INT 차이는 네 배나 된다. 그러니 초반부터 마술사로서 화력을 발휘하고 싶다면, 모든 속성을 다 육성하는 편이 훨씬 낫다. 특히 4형과 5형은 필요 경험치 양이 많은 만큼, 그것을 올리기 전에 1~3형의 단을 최대한 올려두는 것이다.

"당신, 바보인가요? 다들 특기 속성이 있으니, 그것을 집중적으로 올리는 편이 낫잖아요. 자기와 맞지 않는 속성에 시간을 할애하는건 낭비에 지나지 않아요. 이 세상에는 모든 속성이 특기인 사람도 있겠지만, 그건 수십만 명에 한 명밖에 안 될 거예요."

"—!"

특기 속성…… 그건 생각 못 했다. 나처럼 마도서를 힐끔 보기만 해도 마술을 익힐 수 있는 것이 특수한 경우이며, 다들 마술학교에 다니든가 하며 시간을 들여 마술을 익힐 거야. 그리고 그 시간에는 개인마다 크게 차이가 나는 건가. 그렇다면 자기에게 맞지 않는 속성의 2형을 익히는데 십 년 넘게 걸리는 사람이 있을지도 모른다. 그렇게 심각한 문제라면, 자신 있는 속성에 힘을 쏟고 싶어지는 것도 무리는 아니다.

하지만, 왜 그렇게 사람마다 차이가 나는 걸까. 그럴 만한 이유가 있을 것 같았다.

마술의 행사는 심오한 이해가 중요— 문뜩, 마술학교에 들어간 첫날에 들었던 수업의 내용이 생각났다. 그게 핵심 같은데…… 아니, 역시 모르겠다. 다음에 척척박사 윈필드에게 물어봐야겠다.

그것보다, 이대로는 큰일이다. 지금은 어떻게든 이 녀석들의 환상을 박살 내야 한다.

"좋아. 그럼 체리 양이 말하는 상식을 박살내는 것부터 시작할까."

"네?"

의자에서 일어난 나는 아이리 씨한테 대국관을 가져오라고 부탁했다. 아이리 씨는 「네」 하고 답하며 어딘가로 뛰어갔다.

그 후, 우리는 훈련장으로 이동했다. 목적은 「체리 양과 내가 쓴 1형의 위력 비교」다. 이것으로 그들의 상식은 자존심과 함께 박살이 날 것이다.

그래서 『대국관』을 쓰기로 했다. 설정은 「DPS 표시 기능 ON」만이다. 내가 가장 자주 쓰는 설정이다.

DPS란 「Damage Per Second」, 그러니까 초당 대미지량을 의미한다. 원래는 일정 시간 동안의 연속 공격에 대한 초당 대미지를 나눠서 대략적인 화력을 측정할 경우에 사용하지만, 이번에는 마술 한 발의 대미지를 재는데 이용하기에 계측 시간을 1초로 설정했다.

1초에 한 발만 펼친다면, 결국 표시되는 DPS는 그 한 발의 대미지인 것이다. 1초 동안 펼친 한 발의 공격을 1초로 나누면, 그 공격 대미지가 그대로 표시된다. 그러니 이번에는 「대미지 표시 기능 ON」으로 괜찮을 것 같지만, 그러면 공격이 명중하는 것과 동시에 표시되기에 공격 이펙트 탓에 잘 보이지 않는다. 그래서 약간 늦게 표시되는 DPS 표시 기능을 쓰기로 했다.
"대국관은 쓸모없다고 하지 않았나요?"
"이런 식으로는 쓸모가 있거든."
"하아. 대체 어떤 식으로 쓰려는 거죠?"
나는 대국관 중 하나를 제파 단장에게, 그리고 다른 하나를 체리 양에게 건네줬다.
"단장은 그냥 서 있어. 체리 양은 물 속성 1형으로 단장을 공격해."
"내가 표적인 건가……."
"아하, 이제 알겠네요."
전부 가상이니 고통은 전혀 느끼지 않는다. 그래서 마음 편히 인간을 표적으로 삼을 수 있다.
"그럼 쓰겠어요."
많은 이들이 지켜보는 가운데, 체리 양의 목소리에 맞춰 대국이 시작됐다.
체리 양은 마주 서자마자 《물 속성·1형》 9단을 펼쳤고, 농구공만 한 물 덩어리가 소용돌이치며 단장의 머리를 향해 날아갔다.
철썩, 하는 소리가 나며 그 물 덩어리가 명중했다. 크리티컬은 발생하지 않았다. 잠시 후, 단장의 머리 위에 「DPS:873」이라는 표시가 떴다.
"뭐, 이 정도예요."
체리 양은 우쭐대듯 가슴을 폈다. 보브컷 헤어스타일의 검은 머리카락과 굴곡 없는 체형 탓에, 내 눈에는 길쭉한 막대 인형 같아 보였다.

"너, 막대 인형 같네."

"누가 막대 인형이라는 거죠?!"

알아들었다. 이 세상에도 막대 인형이 있나 보네.

"나는 막대 인형이 귀엽다고 생각하는데 말이야."

"시끄러워요. 입 다무세요."

화났나보다.

"그럼 다음은 내가 단장에게 마술을 쓰겠어. 다들 DPS를 잘 보라고."

"또 내가 표적인가……."

단장을 뭐로 보는 거냐, 라는 제파 단장의 중얼거림을 못 들은 척하면서 그와 마주 섰다.

그리고, 대국 개시. 체리 양과 마찬가지로, 나도 《물 속성·1형》을 펼쳤다. 랭크는 마찬가지로 9단이다. 하지만, 그녀와 비교하면 명백하게—.

"……우왓."

누군가가 탄성을 터뜨렸다. 그렇다. 체리 양의 1형보다 명백하게 **작았다**. 배구공만 했다. 뫼비온의 【마술】은 사용자의 INT가 높을수록 발동 이펙트가 단순해지는 특징이 있다. 어째서일까. 일설에 따르면 PvP의 마술 발동 시에 상대방의 INT를 얼추 간파할 수 있게 하기 위해서라고 한다. 그리고, 이펙트가 작아질수록 시야가 덜 방해되며, 다루기 쉬워진다. 반대로, 상대방은 피하기 어려워진다.

즉, 「마술이 작다=위력이 세다」인 것이다. 즉, 그 점을 아는 이가 탄성을 터뜨린 것이다.

"간다~."

나는 일부러 늘어지는 목소리로 그렇게 말했다. 별일 아니라는 듯이 말이다. 하지만 속내는 달랐다.

이거나 먹어라, 하고 생각하며 힘껏 《물 속성·1형》을 날렸다.

……이 한 방으로, 이제 나올 숫자로, 너희가 얼마나 밑바닥에서 우쭐대고 있었는지 똑똑히 알게 해주마.

겨우 1형. 어차피 별 볼 일 없는 위력일 거라고 생각하지? 이건 이제까지 너희가 궁정마술사란 지위에 만족하며 기초를 제대로 갈고닦지 않은 결과다. 실컷 분통을 터뜨리라고. 그리고 마음을 바꿔. 내 앞에서 「다른 속성의 1형도 9단까지 올리겠습니다」 하고 맹세하라고.

인생이 걸려 있잖아. 즐겜파가 아니니까 응석 부리지 말라고. 빡겜파가 돼. 이러고도 너희가 왕국 제일의 마술사냐. 목숨을 걸고 싸워야 하잖아— 마술로 싸워야 할 거 아냐!

"우와앗?!"

명중. 단장은 뒤편으로 몇 미터 날아가더니, 그대로 지면에 쓰러졌다. 그리고, DPS가 표시됐다.

한순간 정적이 흐른 후…… 다들 웅성거리기 시작했다.

다들 놀란 것이다. 그리고 자신의 눈을 의심했을 게 틀림없다. 하지만, 표시된 숫자는, 무자비하게도, 나와 그들 사이의 차이를 똑똑히 보여줬다. 거짓 없는 사실로서…….

「DPS:4693」—라는 형태로 말이다.

"뭐, 뭘…… 한 거죠……?"

"아무것도 안했어. 아까 말했잖아. 마술사는 이 정도 대미지를 낼 수 있어야 밥값을 한다고."

"……."

경악을 금치 못했다. 【마술】 스킬을 골고루 올리는 것의 메리트가 이 정도일 줄은 생각도 못 했으리라. 그리고 진정한 마술사가 얼마나 레벨의 높은 존재인지를 깨닫고, 궁정마술사인 자신이 마술사조차 아니라는 것을 자각한 것이다.

"4대 속성은 1, 2, 3형 전부 9단이야. 4형은 일률적으로 5급이지. 번개 속성은 1, 2, 3형이 9단이며, 4형은 7단, 5형은 초단이야. 이것만으로도 1형의 위력이 이렇게 상승해."

부정할 수 없는 증거를 보여준 후에 이야기했다. 덕분에 내 말은 더할 나위 없는 설득력을 지녔으며, 다들 묵묵히 내 목소리에 귀를 기울였다.

"너희도 다른 속성의 1형을 전부 9단까지 올려. 최우선 사항이야."

"……그것만으로, 대미지가 얼마나 상승하죠?"

"얼추 1.5배. 2형까지 올린다면 2배. 3형까지 가면 3배는 되겠지."

"그건, 확실히, 엄청……나군요."

납득할 수밖에 없다. 체리 양은 분통을 터뜨리는 것조차 잊은 채, 입을 다물며 팔짱을 꼈다.

"그런 거야. 속는 셈 치고 1형을 올려봐. 속성 중에 도저히 익힐 수가 없는 게 있다면, 내가 가르쳐줄 테니까 마도서를 가지고 나중에 나를 찾아와."

내가 지시를 내리자, 제1궁정마술사 단원들은 「네」 하고 대답했다. 한목소리는 아니었지만, 이제까지 반쯤 무시당했던 것에 비하면 큰 진척이라 할 수 있었다.

"그리고, 스킬을 골고루 9단까지 올리려면 뭐가 필요한지 알고 있겠지?"

"경험 단련, 인가."

"바로 그거야."

제파 단장이 벌레라도 씹은 듯한 표정으로 내 물음에 답했다. 겨우 경험치 벌이를 하러 가는 건데 왜 저런 표정을 짓는 것일까. 아마 그것이 「가장 손쉬운 성장 방법」이라는 것을 알면서도, 조직이라는 족쇄 혹은 다른 무언가 때문에 수행할 수가 없는 것이리라. 위험, 예산, 의욕이라는 문제를 단장이 혼자서 해결하는 것은 어려우리라.

하지만…… 아마 이번에는 충분히 가능할 것이다. 「자기도 힘내면 저 정도 대미지를 낼 수 있다」라는 것을 알았으니, 의욕이 나리라. 온라인 게임이란 그런 것이다. 하위 플레이어는 상위 플레이어를 동경해서 행동하게 된다. 그것을 위한 『간단한 방법』만 알면, 그 후에는 꾸준히 그 작업을 하기만 하면 된다.

"내 지시에 따르면 위험하지 않아. 예산 쪽은 마인에게 이야기를 해두겠어. 의욕도, 보아하니 충분히 있어 보이네. 남은 건 언제 가느냐, 야."

다들, 흥분을 감추지 못했다. 1형 정도라면 별 수고 없이 올릴 수 있다고 여기는 것이다. 그런 간단한 노력을 꾸준히 하기만 하면 편하게 『저런 대미지』를 낼 수 있을 거라 진심으로 믿는 눈치다. 단순한 녀석들이다.

아까 같은 강렬한 광경을 목격하면, 그에 대한 동경심에서 절대 벗어날 수 없다. 내가 풋내기였던 시절에 세계 1위가 되고 싶단 생각에 사로잡혔던 것처럼, 이 녀석들도 아까 같은 대미지를 자기 손으로 내고 싶단 생각에 사로잡혔다. 저렇게 굶주려 있는 자들에게, 그 방법이 무상으로 제공되는 것이다. 거머쥐지 않는 자가 있을 리 없다.

"이상적인 목표는 전원이 전 속성 1형을 9단까지 올리는 것. 그리고 전장에서 마막을 펼치는 거야. 한 발 한 발이 적군의 곱절이나 되는 위력을 지닌 1형이 비처럼 퍼부어서, 적을 벌집으로 만드는 거지. 어때? 제1궁정마술사단은, 정예 중의 정예가 되는 거야. 아무도 다가올 수 없어. 돌격은 허용하지 않아. 화살도 전부 격추해. 기존의 전술을 전부 뒤엎어버리는 존재가 되는 거라고."

약간 과장된 연설. 하지만 그 효과는 엄청났다. 자신의 자존심과 지위를 일시적으로 잃은 궁정마술사들에게 「이 강사의 말은 사실일지도 모른다」는 생각을 하게 하고, 기대를 품게 하기에 충분한 내용이리라.

"전인미답의 도전이야. 해보지 않겠어?"

내 마지막 한 마디에, 제파 단장은 결의에 찬 표정을 지으며 고개를 끄덕였다.

"그럼 오늘 강의는 여기까지. 다음 강의를 기다리라고."

"빈즈 신문 놈들!"

제3기사단장 쟈름은 집무실에서 분노를 터뜨렸다. 조간신문을 책상에 던진 후, 그 위에 주먹을 날렸다. 온몸은 부들부들 떨렸고, 안색 또한 빨간색, 파란색, 자주색으로 계속 변하고 있었다.

왜 이렇게 화가 난 것일까. 그것은 신문에 실린 내용이 엄연한 사실이라서다. 그 사실이 밝혀지면 자신은 물론이고, 제1기사단도, 재상도, 제1왕자마저 위험에 처할 수 있다. 그렇기에 정보가 공개된 것을 보고 이렇게 마음이 흐트러진 것이다.

신문을 찢고, 책상을 때리고, 물건을 던지고, 발을 동동 굴려봤지만 분노는 가라앉지 않았다. 그렇게 한동안 날뛴 결과, 집무실은 폭풍이라도 휘몰아친 것처럼 난장판이 됐다.

그런 이 방에, 그의 부하가 찾아왔다. 부하는 엉망이 된 방을 힐끔 쳐다보더니, 「또인가」 하고 말하는 듯한 표정을 지으며 입을 열었다.

"쟈름 단장님. 국왕 폐하께서 찾으십니다."

"뭐라고?!"

—빨라! 쟈름은 그 말을 듣자마자 분노를 잊더니, 이번에는 허둥대기 시작했다.

아마 국왕 앞에서 해명해야 할 것이다. 답변의 주체는 제1기사단이겠지만, 예의 공문서는 제3기사단이 관여한 것이다. 만약 추궁이 이어진다면, 공문서의 공개를 요구받을 것이다.

"……금방 가겠다."

쟈름은 부하에게 그렇게 말한 후, 필사적으로 머리를 굴렸다.

어떻게든 시간을 벌어야 한다. 왜냐하면…….

"빨리 위조해야 해……!"

의적 R6와 제2, 제3기사단 사이의 협정에 관한 공문서는 아직 위조되지 않았다. 제2왕자파에서 위조 전의 공문서를 확인한다면, 제1왕자파는 궁지에 몰린다. 적어도, 제3기사단장인 쟈름은 책임을 지게 될 것이다. 자칫하면 도마뱀 꼬리처럼 잘려나갈지도 모른다.

그것만은 피해야 한다. 쟈름은 그 일념을 품으며 국왕의 호출에 응했다.

"그대들은 이 자리에 소집한 이유는 오늘 빈즈 신문 조간 1면에 실린 기사에 관해 묻기 위해서다. 재상, 할 말이 있으면 해보도록."

바웰 왕의 앞에 모인 이는 발 모로 재상, 하일라이 내신, 제1기사단장인 클라우스 제1왕자, 제2기사단장 멤피스, 제3기사단장 쟈름. 이렇게 다섯 명이다.

공적인 자리에서 이야기를 꺼내기 전에, 관계자만을 불러 사실 확인을 하려는 생각 같았다.

"네. 사실무근이옵니다. 정말 분통 터질 일이군요."

"그런가. 클라우스는 어떻게 생각하지?"

"협정 위반 같은 건 있을 수 없는 일입니다, 아버님. 반정부 세력의 탄압은 당연한 일이며, 애초에 협정을 맺을 필요가 없죠. 철저하게 진행해 마땅한 일인데, 왜 협정 같은 이야기가 나오는 건지…… 나는 이해가 안 됩니다."

클라우스는 당당한 어조로 「정전 협정 자체를 모른다」고 선언했다. 그런 그를 「뻔뻔하다」고 여긴 이가 두 명 있었다. 하일라이 대신과 멤피스 제2기사단장이다.

"멤피스는 어떻지?"

"네. 저는 그런 협정에 대해, 현시점에선 알지 못합니다. 서둘러 제2기사단 내부에서의 조사를 추진할 생각입니다."

멤피스는 마음속으로 확신하고 있었다. 「자신이 모르는 곳에서 협정 위반이 일어났다」는 것을 말이다. 하지만, 증거가 부족했다.

제2기사단은, 간단히 말해 육군이다. 멤피스는 타고난 애국자이며, 제국에게 꼬리를 흔드는 것을 참을 수 없는 군인이다. 즉, 제2왕자파다. 그래서 예전부터 제1왕자파를 궁지에 몰기 위한 정보를 수집하고 있었지만, 그들은 좀처럼 빈틈을 보이지 않았다.

그런 와중에, 스캔들이라는 형태로 기회가 찾아왔다. 이 기회를 놓칠 수는 없다. 지금은 초조해하지 말고 신중하게 움직이면서, 확실한 증거를 수집해야 한다고 판단했다.

"쟈름은 어떻지?"

"아, 네. 저도 처음 듣는 이야기입니다. 저는 제2, 제3기사단의 탄압대만으로 버거운 상황에서 제1기사단의 가세로 조기에 해결됐던 것으로 기억하고 있습니다."

쟈름 제3기사단장은 부인하기로 결심했다. 끝까지 잡아떼면서, 공문서의 공개를 최대한 늦추는 것이다. 그리고 그 틈에 공문서를 위조할 속셈이었다.

"하일라이."

"네. 여러분의 안색을 보니, 짐작되는군요. 협정 위반은 사실일 겁니다."

"뭐라고! 하일라이, 이놈! 감히 우리를 우롱하는 것이냐!"

대신이 태연한 어조로 그렇게 말하자, 재상이 발끈했다.

"기다려라. 하일라이, 그렇게 생각하는 이유를 말해 보거라."

"만약 제가 의혹을 받은 당사자라면, 결백을 증명하기 위해 의적 탄압에 관한 공문서를 공개할 것을 스스로 제안할 겁니다. 하지만 아무도 그 말을 하지 않고 있지요. 그 공문서에는 남들이 알아선 안 되는 사실이 실려있는 것이 아닐까요. 지극히 단순한 추측입니다."

"그래. 공문서인가."

바웰은 납득한 듯이 고개를 끄덕였다. 그 모습을 본 재상은 인상을 썼고, 쟈름은 얼굴이 창백하게 질렸다. 그리고 대신은 공세를 이어가려는 듯이 이렇게 말했다.

"만약 이 협정 위반이 사실이라면, 기사단, 그리고 국정이 위기에 처할 겁니다. 대대적인 재검토가 필요할 테지요. 반정부 세력의 탄압이라는 명목으로 학살이나 다름없는 박해를 독단적으로 저지른 것이라면, 그것은 이 나라의 파탄으로 이어질 겁니다. 그런 극악무도한 자들이 캐스탈 왕국의 정치에 관여하는건 있을 수 없는 일이지요."

"뭐가 학살이라는 것이냐! 반정부 세력의 탄압은 당연한 일이다!"

"재상은 알고 계십니까? 현재, 왕도 빈스턴의 빈곤 지역 부근에서는 절도와 강도 등의 범죄가 문제시되고 있습니다. 지금까지 억지력이 되고 있던 의적 R6가 사라지면서, 통솔에서 벗어난 조무래기 악당들이 증가하면서 치안이 전보다 악화됐지요. 이대로 가면 의적보다 질 나쁜 범죄자 집단이 왕도에 생겨날 겁니다만……. 어찌 된 건지, 그 후로는 진압대가 조직되지 않고 있습니다. 이건 태만 아닐런지요?"

"……물론, 알고 있다. 하지만 이런 일은 끝이 없지. 잠시 시간을 둔 후, 일망타진할 예정이다. 그러니 학살이라는 소리를 들을 이유가 없어. 방금 발언의 철회와 사죄를 요구하겠다."

"이야, 혀가 참 잘 돌아가는군요. 혹시 혀가 두 개인가요? 저는 말이지요. 의적 R6가 당신에게 있어 **정치적**으로 방해가 된다는 이유로 탄압한 것이 아닌가 하고 우려하고 있어요. R6는 민중에게 매우 지지를 받았죠. 특히 제국과 손을 잡는 것에 반대하는 이들은 R6를 기대하기까지 했습니다. 제국과의 교역이 진행되면, 빈곤 차이가 더 심해질게 뻔하니까요."

"그거야말로 사실무근이다! 헛소리를 늘어놓지 마라! 그렇게 우리를 밀어내고 정권을 쥐려는 속셈이지?! 폐하 앞에서 부끄럽지도 않은 것이냐!"

"당신이야말로 그렇게 흥분하는 것이 부끄럽지 않습니까? 자백하는 거나 다름없는데 말이지요."

"이놈이 감히……!"

"그만하지 못할까."

흥분한 재상, 그리고 차분하게 상대방을 조롱하는 대신은 바웰의 한마디에 입을 다물었다. 두 사람은 입을 꾹 다물며 고개를 숙였다. 그리고 바웰은 그들에게 판결을 내리듯 침묵을 깼다.

"아무래도 그저 허황된 소문은 아닌 듯하구나. 각자 조사를 한 후, 상세하게 보고하도록. 내가 직접 확인한 후, 필요하다면 공문서의 공개를 명하겠다. 경우에 따라선 당사자의 신문도 진행하도록 하지. 이상이다."

—대파란의 막이 올랐다.

"쟈름을 불러와라."

발 모로 재상은 의외로 냉정했다. 그의 입장에서 볼 때, 이번 소동은 쟈름 제3기사단장처럼 불안에 떨어도 이상한 것이 없는 큰일이다.

하지만 재상은 오히려 감탄을 금치 못했다. 「용케 이 허점을 찔렀군」— 하고 생각하면서 말이다.

그가 예상한 제2왕자 진영의 약점은 클라우스 제1왕자와 화이트 제1왕비가 저지른 수많은 불상사, 아이신 공작 처형에 관한 추궁처럼 명백하게 『급소』로 보이는 부분이다. 그래서, 그런 일에 대해서는 철저하게 대책을 세워뒀다.

하지만 실제로 돌파구로 쓰인 것은 뜻밖에도 「의적 탄압」이었다. 설마 그것을 노릴 거라고는 생각도 못했다.

하지만 이렇게 찔리고 보니…… 그것은 경악을 금치 못할 만큼 취약한 급소였다. 단 한 방에, 자칫하면 이제까지 해온 고생이 전부 물거품이 되어버릴 수도 있었다.

"……누구냐……."

재상은 꿰뚫어 보고 있었다. 이 교묘한 방식은 하일라이 대신이나 마인 제2왕자의 수완이 아니다. 이제까지의 정적과는 확연히 다를 만큼 기발하고 현명한 책략이다. 누군가가 이면에 숨어 있다는 것을 직감했다. 그렇다면, 그건 대체 누구인가. 그 답은 몇 초가 흐르기 전에 찾아냈다.

"그 마술사인가……!"

제2왕자 주변에서 일어난 최근의 변화를 고려하며 판단해봤다. 제1궁정마술사단의 특별 임시 강사, 세컨드 퍼스티스트라는 남자. 이름만 봐도 수상하기 그지없었다.

"젠장, 정보가 부족해."

이제까지 전혀 경계하지 않았던 인물이 갑자기 부상했다. 정보가 부족한게 당연했다.

재상은 후회했다. 제2왕자파의 유력자 중 한 명인 폴라 메멘토의 아성이라고는 해도, 지금보다 더 왕립 마술학교에 스파이를 보내 정보망을 두텁게 만들 수 있었다. 모험가 업계에 더 많은 수하를 보내는 것도 가능했다. 세컨드에 관한 정보는 마음만 먹으면 충분히 얻을 수 있었다. 하지만 이미 때를 놓쳤다. 후회를 금할 수가 없었다.

"실례합니다. 늦었습니다."

"쟈름인가. 무슨 이야기를 하려는 건지 알고 있겠지?"

"네. 예의 문서를 어떻게 위조할지 논의하려는 것이지요?"

"알고 있다면 됐다. 서둘러, 그리고 신중히 진행해라. 아마 상대방은 감시에 힘을 쏟을 거다."

"네. 대신 수단은 가리지 않겠습니다."

"외부에 알려지지만 않으면 문제 될 게 없지. 그렇게 하도록. 대신, 완벽하게 해내라."

"……알겠습니다."

쟈름의 관자놀이를 타고 땀 한 방울이 흘러내렸다. 아침부터 그의 위는 비명을 질러대고 있었다. 하지만 이제 돌이키기에는 늦었다.

"그런데 쟈름. 얼마 전에 제1궁정마술사단의 임시 강사가 된 남자에 대한 정보를 조사할 수 있겠나?"

“임시 강사, 말입니까?”

“그래. 이번 일에는 그 세컨드란 남자가 관여했을 가능성이 커.”

“뭐라고요……?!”

쟈름은 깜짝 놀란 표정을 짓더니, 곧 흠칫했다. 세컨드란 이름이 귀에 익었던 것이다.

“……재상 각하. 그자는 저에게 맡겨주십시오.”

“뭐? 이미 손을 써둔 건가?”

“네. 제3기사단 소속의 여자를 심어뒀습니다.”

“잘했다!”

이 상황에서, 쟈름이란 남자의 나쁜 면이 드러났다. 윈필드가 깔아둔 함정에 그대로 걸려든 것이다. 그 동기 또한 「공적을 독차지하자」라는 불순하기 그지없는 것이었다.

“쟈름. 전화위복의 기회다. 그자에 관한 정보 수집, 그리고 문서 위조 건은 맡기겠다. 경우에 따라선…….”

“네. 맡겨만 주십시오.”

음흉한 웃음을 흘리는 그들이 헤어나올 수 없는 수렁에 빠질 때까지의 카운트다운이 시작됐다.

◇◇◇

“우리들, R6는 속았다! 두목인 림스머는 자신의 목숨을 내주는 조건으로 제2, 제3기사단과 정전 협정을 맺었다! 한시도 잊을 수가 없다! 중재자는 제1기사단! 협정은 맺어졌다! 하지만 그로부터 며칠 후! 협정이 무시됐을 뿐만 아니라, 제1기사단까지 우리를 탄압하기 시작했다!"

왕도 중앙에 있는 분수 광장에서, 의적 R6의 생존자인 비사이드가 힘찬 목소리로 연설을 했다.

그 주위에 모인 천 명이 넘는 민중은 대부분 아무 말도 하지 않으며, 그의 말에 귀를 기울였다.

"지금도 선명하게 기억한다. 우리는 처절한 탄압으로 잃은 동료들의 유해를 모아, 장례식을 치렀다. 그 자리에서…… 그 자리에서! 그놈들은! 조화를 짓밟았고! 유해를 걷어찼으며! 집에 불을 지른 걸로 모자라! 저항하지 않는 우리를 학살했다!"

비사이드는 주먹을 으스러질 만큼 말아쥐며 연설을 이어갔다.

드디어, 말할 수 있다. 전부 밝힐 수 있다. 국민에게 그 녀석들의 횡포를 알릴 수 있는 것이다. 불쑥 생각날 때마다 고통에 몸부림치게 했던 그 지옥 같은 광경은, 이 자리에서만큼은 강력한 무기로 변모했다. 싸움이 끝날 때까지, 이 무기를 계속 휘둘러야만 한다. 그는 굳게 결의를 다졌다. 그렇기에, 그의 말은 다른 누구의 말보다 진실하게 느껴졌다.

"기습대의 선두에 서 있던 녀석의 얼굴은, 똑똑히 기억한다! 클라우스 캐스탈이다! 틀림없다! 클라우스다! 클라우스 제1기사단장이다! 클라우스 제1왕자다! 우리는 그 녀석을 절대 용서 못 해!"

민중은 술렁거렸다. 당연했다. 비사이드의 발언이 진실이든 거짓이든, 큰 문제가 된다.

하지만, 비사이드는 연설을 멈추지 않았다. 그 날, 그 밤에, 무슨 일이 있었는가. 자신이 겪은 지옥 같은 시간을 상세히 이야기했다. 얼마나 잔혹한 일을 겪었는지, 그 분노가 얼마나 큰지…… 그의 진심 어린 그 피에 젖은 말 한마디 한마디를 똑똑히 들은 민중은 깨달았다. 그리고 그들의 마음속에서, 클라우스 제1왕자에 대한 의문이 커져만 갔다.

"비사이드, 이제 충분해."

"부두목! 하지만 아직……."

"시간이 됐어."

큐베로가 그를 말렸다. 큐베로도 좀 더 연설을 이어가게 두고 싶지만, 제3기사단이 비사이드를 제1왕자 모욕죄로 잡아가기 위해 근처까지 온 탓에 중지할 수밖에 없었다.

"……저는 제 역할을 다 했을까요?"

광장에서 도망치던 와중에, 비사이드가 그런 말을 했다.

마치 「자기가 곧 죽을 것」을 예감한 듯한 말이었기에, 큐베로는 코웃음을 쳤다.

"네 연설이 이번 한 번으로 끝일지라도, 그 녀석들의 성벽에 구멍을 낸 건 분명해. 이제부터는 민중이 알아서 그 구멍을 넓혀주겠지. 세컨드 님께서는 네가 목숨을 잃을 때까지 연설을 하라고 지시하시진 않았어."

"그런가요……. 솔직히 말해, 안심했어요. R6의 재건을 이 눈으로 볼 수 없는 건가 싶어서 결심이 흔들렸거든요."

"세컨드 님은 R6 재건, 그리고 혹시나 있을 생존자의 수색에도 손을 써주고 계시지. 수색이 난항을 겪는 것 같으면, 군사님과 상의하라고 하셨다."

"……그것보다 더 믿음직한 말은 들어본 적이 없어요."

"나도 그래. 세컨드 님의 의협심에 눈물이 날 것 같아. 윈필드 님이라면 간단히 문제를 해결해주실 거다."

"세컨드 님과 그 누님 쪽으로는 발도 뻗고 못 자겠네요……. 그건 그렇고, 참 무시무시한 일을 벌이네요."

"그건 나도 동감이야."

도망치는 두 사람의 뒤편에서는 민중과 제3기사단 사이에서 다툼이 벌어지고 있었다.

벌써 시작된건가. 비사이드의 연설에 감화된 민중이 제3기사단을 방해하고 있다. 「비사이드를 잡히게 둘 수 없다」고 다들 생각한 건지, 위험을 감수하며 행동에 나서고 있었다.

윈필드는 이 전개를 예상하고 「제3기사단이 최대한 접근할 때까지 연설을 계속할 것」이라고 큐베로에게 지시를 내렸다. 즉, 이 다툼은 의도적으로 일으킨 것이다. 그리고 민중과 제3기사단의 대립이 이어질수록, 클라우스 제1왕자와 제1기사단에 대한 의문은 더 커진다.

게다가 이 자리에서 비사이드를 바로 체포하지 못한 탓에, 제1왕지 진영은 비사이드를 건드리기 매우 어려워졌다. 시간이 지날수록 비사이드의 증언은 퍼져나갔고, 민중의 감정은 나빠질 것이기 때문이다. 그렇다고 비사이드의 입을 막지 못한다면, 증언은 더욱 퍼져나갈 것이다. 남은 수단은 암살 정도지만, 그것이야말로 최악의 수다. 결코 손대선 안 되는 독사과다. 그렇다……. 제1왕자 진영은 비사이드의 연설을 허용한 시점에서, 이미 궁지에 몰리고 말았다.

대체 이 국면을 몇 수 앞까지 읽고 있는 것일까. 그것은 군사만이 알 것이다.

세컨드와 윈필드. 이 두 사람만은 절대 적으로 돌리고 싶지 않다…… 그런 당연한 사실을, 두 사람은 재확인했다. 큐베로는 자신의 주인과 그 군사를 진심으로 자랑스럽게 여겼고, 비사이드는 온몸이 떨릴 정도의 경외심을 품었다.

이리하여, 정쟁은 중반전에서 종반전으로 돌입하려 하고 있었다—.

"어째서냐! 왜 내가 이렇게 비난을 당해야 하냔 말이다!!"

클라우스 제1왕자는 왕궁의 자기 방에서 불같이 화를 내고 있었다.

빈즈 신문은 매일 같이 의적 탄압에 관한 의혹을 보도하고 있었다. 다른 신문사도 빈즈 신문에게 질 수 없다는 듯이 정보를 긁어모아서 기사단의 협정 위반을 의심하는 기사를 내놓고 있었다.

그중에는 제1왕자를 완곡하게 비판하는 기사와 공문서를 언급하는 기사, 익명으로 협정 위반의 진상을 폭로하는 기사도 있었다.

한편, 제국의 침략 정책에 따라 왕국에 몰래 보내진 대량의 공작원들은 제1왕자를 지지하는 제국의 앞잡이 중 필두인 발 모로 재상을 지원하기 위해, 제1왕자를 지키기 위한 소규모 로비를 했다. 그리고 신문사를 매수해 제1왕자 진영을 옹호하는 기사를 내게 하는 등, 공작 활동에 필사적이었다. 그 보람이 있는지, 적지 않은 민중이 선동됐다. 그 덕분에 왕도의 백성은 둘로 나뉘어 대립하고 있었다.

그러면 어떻게 될까. 대립이 이어지는 한, 이야기는 계속 퍼져나간다. 제1기사단의 작위적 협정 위반 의혹은 제1왕자파 VS 제2왕자파라는 구도로 바뀌었으며, 이제 양쪽은 물러설 수 없는 상황에 처했다.

"나는 반정부 세력을 탄압했을 뿐이라고! 협정 위반 같은건 유언비어란 말이다!"

클라우스는 진짜로 납득이 되지 않았다. 왜냐하면, 클라우스 본인이 R6과의 정전 협정이 무엇인지 모르는 것이다. 그는 그저 재상에게 「반정부 세력의 탄압」이라고 듣고, 의기양양하게 나섰을 뿐이다. 그 바람에 이렇게 비난을 당하게 됐으니, 클라우스는 이제 누구를 믿으면 좋을지 알 수가 없었다.

단순한 유언비어로 이렇게 소동이 일어난 것일까, 아니면 재상에게 속은 것일까. 클라우스는 판단이 서지 않았다. 현재 제1기사단과 제3기사단에서는 「협정을 위반했다」는 목소리가 나오지 않았다. 발 모로 재상과 쟈름 제3기사단장이 입단속을 시킨 것이다.

하지만 멤피스 제2기사단장의 조사 결과, 제2기사단에서 목소리가 나오고 있었다. 그것이 거짓인지 진실인지 알 수 없기에 결정적인 증거는 되지 못하지만, 그래도 「목소리가 나오고 말았다」는 사실이, 이야기를 더욱 크게 만들었다.

바로—, 공문서를 공개하라는, 이야기를 말이다.

만약 공문서에 R6와의 정전 협정에 관해 적혀 있다면, 아마 클라우스는 제1기사단장으로서 책임을 지게 될 것이다. 자신이 알지도 못한 상태에서 벌어진 협정 위반에 대한 책임을 말이다.

"빌어먹으으으을!"

납득할 수 있을 리가 없다. 이 건으로, 차기 국왕 자리에서 멀어지고 말 것이다.

그리고 제1왕자인 클라우스가 아니라, 제2왕자인 마인이 그 자리에 앉게 되리라는 것은 명명백백한 사실이다.

"—클라우스! 아아, 클라우스! 불쌍한 아이. 너는 아무 잘못 없단다."

갑자기 클라우스의 방에 찾아온 이는 그의 친모인 제1왕비 화이트였다. 화이트는 거친 숨을 내쉬며 화풀이하듯 집기를 부수는 클라우스를 보자마자, 그에게 다가가서 안아줬다.

"너를 나쁘게 말하는 신문은 내가 입 다물게 만들 테니 안심하렴. 누가 뭐라든, 너는 네 방식으로 왕이 되는 거야."

"어머님…… 지금 그런 행동을 취했다간, 더 나쁜 기사를 쓰지 않을까요?"

“그럼 더욱 입을 다물게 만들면 돼. 자기들이 누구를 모욕하는 건지 똑똑히 가르쳐주면 된단다!”

“하지만…….”

“클라우스. 너는 차기 국왕이 되는 것만 생각하렴. 아아, 그 사람은 대체 뭘 하고 있는 걸까. 자기 자식이 이렇게 비난을 당하고 있는데, 감싸주지도 않다니 말이야!”

“…………”

클라우스는 화이트가 거북했다.

정치를 모르면서 권력만 지닌 성가신 여자…… 그것이 자기 어머니에 대한 평가였다.

그의 20년에 걸친 인생에서, 어머니로부터 진짜 애정을 느낀 적이 없었다. 화이트가 하는 말은 전부 **체면치레**였다. 애정이란 가죽을 쓴 이기적인 기대다. 「차기 국왕이 되어라」라는 말은 만날 때마다 들었다. 「그 첩의 자식에게는 절대 지면 안 된다」는 말도, 어릴 적부터 들어왔다. 그래서 클라우스는 국왕 자리에 집착했고, 마인을 비정상적일 정도로 눈엣가시처럼 여겼다.

“머리 좀 식히고 오겠어요.”

“그래? 응. 기분 전환 좀 하고 오렴.”

제1왕자를 모시는 메이드에게 「홍차는 아직 멀었어?」 하고 말하며 재촉하는 화이트를 곁눈질하며 방을 나선 클라우스는 작게 한숨을 내쉬었다. 「또 눌러앉으려는 건가」 하고 중얼거린 그는 가능한 한 늦게 방으로 돌아가기 위해, 호화로운 복도를 천천히 걸었다.

클라우스는 가을바람에 유혹된 것처럼 발코니로 향했다. 그곳에는 아름다운 여성과 시녀가 있었다. 그가 이 발코니로 향하며 만나기를 어렴풋이 고대했던, 바로 그 인물이다. 마인의 친모인 프론 제2왕비다.

"이야, 프론 캐스탈 제2왕비. 이런 곳에서 느긋하게 티타임을 즐기고 계십니까. 참 우아하시군요."

입에서는 비아냥 섞인 공격적인 말이 흘러나왔다. 그런 클라우스를 본 프론은 마치 반항기인 자기 자식을 대하듯 상냥히 미소 지었다.

"사람은 여유를 잃었을 때야말로 여유가 필요하답니다. 클라우스 캐스탈 제1왕자."

프론은 일부러 의자에서 일어나더니, 맞은편 의자를 직접 뒤로 빼주며 클라우스를 바라보았다. 그 미소는 마인과 똑같았기에, 「쳇」 하고 혀를 찬 클라우스는 언짢아하면서도 그 의자에 털썩 앉았다.

시녀가 찻잔에 홍차를 따랐다. 클라우스는 찻잔을 손에 쥐지 않으며 입을 열었다.

"무슨 짓이지. 나와 당신은 적대관계일 텐데? 온정이라도 베푸는 건가?"

"그건 예전이나 지금이나 변함없으니까요. 당신은 항상 이랬어요. 괴로운 일이 있으면 몰래 저를 찾아와서, 몰래 어리광을 피우고 돌아갔죠."

"뭐……."

클라우스의 얼굴이 약간 벌게졌다. 이제까지 자각하지 못했지만, 듣고 보니 정곡을 찔린 느낌이 들었다.

“너무 심술궂었나요.”

우후후 하고 장난스레 웃은 프론은 역시 마인과 많이 닮았다. 클라우스는 증오스러운 동생을 떠올리며 평정심을 되찾았다.

“메이드 앞에서 나를 조롱해서 만족했나?”

“그녀는 당신의 검술 지도를 맡고 있는 제2기사단 부단장 가람 님의 아내랍니다. 당신이 어릴 적부터 봐온 사람이죠. 이제 와서 부끄러워할 필요 없어요.”

“크……. 역시 그 유약한 겁쟁이의 어미답군. 참 음습해.”

“어린애는 잠시 눈을 뗀 사이에 상상 이상으로 성장하죠. 그 아이가 언제까지나 유약한 겁쟁이일 거라고는 생각하지 마세요.”

“네가 말 안 해도 알아!”

“그렇겠죠. 그 아이는 좋은 만남을 가진 듯하니까요.”

“……칫.”

프론의 입에서 마인의 이야기가 나오자, 클라우스는 기분이 더 나빠졌다. 「그 녀석보다 내가 뛰어나다」는 생각을 떨쳐버릴 수가 없었다. 화이트 제1왕비의 교육 탓이다.

“부디 당신도 그런 만남을 가지길 빌겠어요.”

“흥. 나는 타인에게 영향을 안 받으면 강해지지 못할 만큼 약해빠지지 않았어. 나는 내 방식으로 그 어리석은 동생을 넘어서서, 차기 국왕이 될 거야.”

"……보답받을 방법은, 국왕이 되는 것만이 아니랍니다. 그걸 눈치채지 못하는 건, 역시 당신의 잘못이 아니에요."

꿈을 이야기한 클라우스는 말과는 달리 괴로운 표정을 지었다. 그런 그의 모습을 오랫동안 봐온 프론은 슬픈 듯한 표현을 지으며 중얼거렸다.

"무슨 소리지? 내가 알아듣게 말해라."

"머지않은 미래에, 당신은 궁지에 몰리겠죠. 그리고 직접 속죄해야 할 때가 올 거랍니다. 그래도…… 그래도…… 당신은 구원받아 마땅한 마음을 지녔어요. 걱정하지 마세요. 다른 누가 당신을 버릴지라도, 저만은 당신의 그 마음을 계속 응시하겠어요. 그것만은 잊지 마세요."

"……그러니까, 무슨 소리냐. 차기 국왕을 포기하라는 거냐?"

클라우스가 날카롭게 노려보자, 프론은 상냥히 미소 지으며 말했다.

"재상은 당신의 적이라고 여기세요. 당신은 당신 방식으로 차기 국왕이 될 거라면서요?"

◇◇◇

"저쪽이 불쌍하다 싶을 정도로 효과가 끝내주네."

비사이드가 연설을 하고 사흘이 지났다. 식탁에 나란히 놓인 각 신문사의 조간은 「제1기사단을 비난하는」 기사로 가득 채워져 있었다. 그중에는 옹호 기사를 내놓는 곳도 있지만, 왕도에서 조사하고 있는 메이드의 말에 의하면 매국노가 쓴 신문이란 평가라 아무도 보지 않는다고 한다. 그리고 메이드를 통해 들은 이야기에 따르면, 왕도 민중의 목소리는 「제1왕자에 대한 반감」으로 점철된 것 같았다.

……거짓 정전 협정을 이용해 기습했다는 『의혹』이 나왔을 뿐인데 이렇게 되는 걸 보면, 정치는 참 무섭다. 나는 진심으로 그렇게 생각했다.

"하지만~. 이렇게 별것 아닌 다툼으로, 국정이 흔들리고 있을 때야말로, 이면에서는, 위험한 일이, 벌어지고, 있기도 해."

내 옆에 있는 윈필드가 그렇게 중얼거렸다. 그런 별것 아닌 다툼이 벌어지도록 유도한 사람은 바로 너잖아, 라는 딴죽을 날리지 않기로 했다.

"위험한 일?"

"침략, 이나, 제3세력, 같은 거야."

"그래. 확실히 기회이긴 할 거야."

"응."

"그리고 너라면, 이미 손을 써뒀겠지?"

"맞아. 현재, 조사 중~."

윈필드는 「그러니까, 뽀뽀」 하고 말하며 입술을 내밀더니, 나에게 다가왔다. 장신의 무기력 타입 쿨뷰티 정령이 그런 짓을 하면, 나는 확 해버리는 놈이라고.

바로 그때, 휘잉— 하며 《송환》됐다. 아무래도 유카리의 역린을 건드린 것 같았다.

"주인님. 오늘은 제1궁정마술사단과 던전에 가실 예정이시죠? 이런 데서 여유를 부릴 짬은 없지 않을까요."

"아, 그랬지. 평소보다 좀 일찍 나가봐야 하긴 해. 농땡이 부릴 때가 아니네."

오늘은 바로 경험치 벌이를 하는 날이다. 제파 단장의 표현을 빌리자면 경험 단련의 날이다.

아니, 2박3일 일정이니 『날』이라고 하긴 그건가. 경험 단련 『여행』? 왠지 수학여행 같아서 가슴이 뛰는걸.

"음, 세컨드 님은 여유를 부려도 된다. 홍차 한 잔 정도 할 시간은 있겠지. 나는 이 틈에 에코의 준비를 돕도록 하겠다."

단원 전원의 안전을 확실하게 지키기 위해, 이번에는 실비아와 에코도 데려가기로 했다. 병(丙) 등급 던전이기는 해도, 방심할 수는 없다. 과잉 전력 웰컴, 유비무환, 만전을 기할수록 좋은 결과로 이어질 게 틀림없다.

"에코. 준비하자. 식사는 이만 끝내라."

"응~ 으응~."

"자아, 조개껍데기를 입에서 빼라. 언제까지 물고 있을 거냐. 그렇게까지 관자에 집착 마라."

"응~!"

"응~ 좀 그만해라! 에코!"

"으응~!"

"정말! 이제 그만 뱉어라! 뱉어!"

"으으응~!"

실비아와 에코의 공방전은 내 예상보다 세 배는 길어졌다. 최종적으로 입 밖에서 다른 조개껍데기를 이용해 관자를 다 떼어내 먹여주자, 에코는 만족했다.

결국, 조금만 더 여유를 부렸다가 지각할 뻔했다. 뭐, 항상 있는 일이다. 이리하여 나와 실비아와 에코는 제1궁정마술사단과 합류한 후에 경험 단련 여행을 떠났다.

목적지는 상업 도시 레냐드. 병등급 던전「그루텀」이다.

한담1 기분전환 JORUNEY

“세컨드 님. 이 심각한 시기에 사흘이나 왕도를 비워도 괜찮겠나?”

상업 도시 레냐드로 향하면서, 실비아가 불안한 표정으로 나에게 물었다.

확실히 나도 왕도를 비우는게 좀 불안하기는 했다. 내가 없는 사이에 비사이드의 목숨을 노리는 암살의 가능성이나 재상이 다른 수작을 부릴 가능성도 있다. 걱정거리를 꼽자면 끝도 없이 나왔다. 하지만…….

“윈필드 말로는 『통구이』라네.”

“호오.”

“통구이?”

에코가 고개를 갸웃거렸다.

“이빨과 발톱을 전부 뽑힌 채, 통으로 구워지는 비참한 상태지. 시간이 흐르면 흐를수록 안에 열이 전해져서, 고통이 심각해져. 반격하고 싶어도 무기가 없는 거야.”

“즉, 윈필드는 끊임없이 고통을 가해서 상대방이 무모한 짓을 벌인 순간에 통째로 먹어 치울 속셈인 건가.”

“그럴 거야. 뭐, 그러니까 아무 걱정하지 말고 기분전환을 하고 오라네.”

“군사님은 전부 내다보고 있는 건가. 못 당하겠는걸.”

에코는 이해가 안 되는지 「그거, 맛있어?」 하고 물어봤기에, 나는 볼을 핼쑥하게 만들면서 「맛없어」 하고 대답했다. 남들에게는 바보 같은 소리처럼 들리겠지만, 에코가 재미있어했기에 만족스러웠다.

……그렇게 온종일 이동한 우리는 레냐드에 도착했다.

목적지에 도착한 후, 우리 셋과 제1궁정마술사단 전원은 여관에 체크인부터 하기로 했다. 제2왕자와 럼버잭 백작의 이름을 이용해, 사흘 전에 통째로 빌린 고급 여관이다.

“이 여관은 뭔가요…….”

체리 양은 비싸 보이는 여관을 올려다보며 그렇게 중얼거렸다.

“백작이 소개해줬어. 좋은 곳이지?”

“하아, 그런가요. 당신이 묵을 여관을 왜 저희에게 보여주는 거죠? 자랑하는 거예요?”

“응? 너희도 여기 묵을 건데?”

“어?”

“어?”

방금 들은 말이 이해가 안 된다는 듯이 침묵에 잠긴 체리 양은 그 말이 이해되자마자 눈을 치켜뜨며 나에게 따지듯 말했다.

“이, 이 여관에서 200명이나 묵을 방을 잡은 거예요?”

“아니, 통째로 빌렸어.”

“통째로……!”

체리 양은 말을 끝까지 잇지 못하며 경악했다. 그런 우리의 대화를 들은 제파 단장이 당황하며 나에게 다가왔다.

"애, 애송이! 그럴 예산은 없다! 비용이 얼마나 드는지 알긴 하는 거냐!"

"숙박지 수배와 비용은 전부 내가 부담한다고 말했을 텐데?"

"그래도 상식이라는게 있지 않느냐!!"

아아~, 되게 화내네.

"세컨드 님, 큰일 났다."

실비아가 나에게 귓속말을 했다. 무슨 말이 하고 싶은 건지 곧 눈치챘다.

뒤편에서 대열을 짠 채 대기하고 있는 단원들은 깜짝 놀란 체리 양과 화난 단장을 보며 우울한 표정을 지었다. 그럴 만도 했다. 온종일 이동하느라 지친 상황에서 이제 겨우 쉴 수 있나 했더니, 이런 일이 벌어진 것이다. 우울해하는 것도 무리는 아니다. 내일 아침 일찍부터 그루텀 던전에 들어가야 하는데, 사기가 바닥까지 떨어졌다.

"어이~, 다들 잘 들어!"

문뜩 어떤 생각이 난 나는 대열 앞에 서서 큰소리로 그렇게 외쳤다. 그들의 사기를 끌어 올리는 것과 동시에 호감도를 올릴 일석이조의 아이디어가 생각난 것이다.

"여기 숙박비는 모두 내가 부담할 거다! 마음껏 먹고 마시고 놀고 온천도 즐기고 푹 자라고~!"

내가 힘찬 목소리로 그렇게 선언하자, 다들 환성을 터뜨렸다. 박수와 휘파람 소리가 들려왔다. 그런데도 대열이 흐트러지지 않는 걸 보면 역시 군인다웠다. 푼돈을 쓸 뿐인데 이렇게 기뻐해 주니, 나도 기분이 좋아졌다. 편하게 번 돈은 이렇게 마음 편히 쓰는 편이 좋다는 것을 배웠다.

"하지만 오늘은 과음하지 마. 내일 만약 숙취로 고생하는 녀석이 한 명이라도 있으면, 마물이 아니라 내 손에 죽을 줄 알아."

농담을 섞어서 그렇게 말하자, 뜻밖에도 잘 먹혔다. 다들 기분이 좋아져서 별것 아닌 농담에도 웃음을 터뜨리게 된 것 같았다. 잘 됐네.

"애송이. 이런 말은 좀 그렇다만…… 정말 괜찮은 거냐?"

"이미 예약했으니 어쩔 수 없잖아. 물릴 수 없다고."

"그, 그런가."

"뭐, 단장도 마음 놓고 즐겨. 걱정하지마. 이 정도 지출은 아무것도 아니거든."

"……하하. 그러는 편이 좋겠군."

제파 단장은 「고맙다」 하고 말하며 고개를 살짝 숙인 후, 단원들을 데리고 여관에 들어갔다. 족쇄에서 해방된 것처럼 환한 미소를 짓고 있었다. 그리고 왠지 발걸음도 매우 가벼워 보였다. 정말 기쁜 것 같았다.

"어라, 왜 그래? 체리 양도 들어가."

"되게 노골적으로 호감도를 버네요. 이래서 벼락부자는 싫어요."

"맞아. 갑자기 큰돈을 벌어서, 이런 식으로밖에 돈을 쓸 줄 몰라."

"……흥. 그런가요."

체리 양은 고개를 휙 돌리더니, 단장들의 뒤를 따라갔다. 기분 나빠 보이네~ 하고 생각하며 뒷모습을 쳐다보고 있을 때, 피곤해 보이는 에코를 업은 실비아가 다가왔다.

"저 막대 인형 같은 여자애, 누구를 닮은 것 같지 않느냐?"

"그래?"

"음. 누구였지…… 으음, 누구였더라……."

"누구지?"

"……닮은 것 같지 않느냐?"

"그러니까 누구를 말이야."

결국 실비아는 계속 끙끙거리기만 할 뿐, 그게 누구인지 떠올리지 못했다. 누구를 닮은 것 같다…… 체리 양의 저 독설과 냉담한 분위기는 유카리를 닮은 것처럼 보이기도 했다. 키만 보면 에코 느낌도 나지만, 실비아가 떠올리지 못하는 것을 보면 그 두 사람은 아닌 것 같았다.

뭐, 됐다. 그것보다 밥과 술과 목욕을 즐기자. 기왕 고급 여관에 왔으니, 즐기지 않으면 손해다.

나는 「내가 한턱 쐈다고!」 하고 말하는 표정으로, 당당히 여관에 들어갔다.

다음날. 아직 하늘이 밝기 전, 총 200명이 넘는 제1궁정마술사단과 우리 셋은 병등급 던전 「고루텀」의 입구에 집합했다.

그루텀 던전은 통칭 「환각 던전」이라고 불린다. 그 외에는 「버섯 던전」이나 「마약 던전」이라고 부르기도 한다.

이 던전의 마물은 버섯 타입의 괴물이나 머리에서 포자가 뿜어져 나오는 좀비 같은 것이며, 뫼비온의 운영 측의 괴상한 취향이 반영된 듯한 던전이다.

사실 이 던전은 매우 간단하게 깰 수 있다. 환각 대책만 세우면 여기보다 간단한 던전은 없을 정도다. 출현하는 마물은 전부 《환각 마술》을 쓴다. 만약 걸리면 약 10초 동안 환각을 보게 되며 행동 불능이 된다. 그 틈에 마물들이 총공격을 펼치는 것이다.

대책은 두 가지다. 《환각 마술》을 피하거나―『바나나』를 먹는 것이다.

「무슨 소리를 하는 거야?」 하며 웃어넘길지도 모르지만, 사실이니 어쩔 수 없다. 바나나를 먹으면 한 시간 동안 《환각 마술》에 면역이 된다. 왜 바나나에 그런 효과가 있는 건지는 모른다. 아무튼 뫼비온은 『그런 설정』이다. 참고로 확인 삼아 내 몸으로 바나나를 이용한 환각 대책을 시험해봤는데, 역시 이 세상에서도 바나나는 효과적이었다.

"뭐? 무슨 소리를 하는 거죠?"

그런 이야기를 궁정마술사들에게 해주자, 체리 양을 비롯해 다들 어이없어했다. 예상대로의 반응이었다.

"환각 마술에는 바나나가 특효약이라는 건 상식이야."

"그런 이상한 상식은 당신의 머릿속에만 있지 않을까요?"

아무래도 모르는 것 같았다. 아니, 이 세상에는 환각 대책이 알려지지 않은 것 같았다.

딱히 힌트가 없는 건 아니다. 레냐드의 NPC(논플레이어 캐릭터) 중에는 대뜸 바나나를 권하는 「바나나 권장 아저씨」가 존재하며, 인근 상점에서는 바나나를 부자연스러울 만큼 대량으로 팔고 있다.

그래도 알려지지 않았다는건…… 그 아저씨가 정신을 차렸거나, 아니면 상점의 영업 방침이 바뀐 걸까. 그렇게 대량으로 바나나를 들여놨는데도 팔리지 않으니 말이다. 아니, 애초에 모르는 아저씨가 별 이유도 없이 바나나를 권해봤자 대부분의 사람은 먹지 않으려나.

즉, 이 온라인 게임 세계가 현실 세계가 되면서 그런 「게임 특유의 이상한 부분」 같은 것이 현실에 가깝게 바뀐 것이다. 억지스러운 점이 억지스럽지 않도록 말이다. 흥미로운 변화다. 세계 1위가 된 후에는 그런 점을 찾는 여행을 다니는 것도 나쁘지 않아 보였다.

"아무튼, 한 시간에 한 번 바나나를 먹으면 환각 마술은 걱정할 필요 없어. 그것만 철저하게 지킨다면, 그루텀의 마물은 조무래기나 다름없다고."

나는 인벤토리에서 2000개의 바나나를 꺼내서 한 사람당 열 개씩 지급했다. 이걸로 다들 열 시간은 버틸 수 있을 것이다.

"이제 와서 이상하게 여기는 것도 좀 그렇지만, 세컨드 님의 인벤토리는 비정상적으로 용량이 크구나."

옆에서 심심해하던 실비아가 갑자기 그런 말을 했다.

"아마 다른 사람의 60배는 될 거야."

"육십……! 대단한걸!"

전생 후에 조사를 해보고 알게 된 것인데, 이 세상의 사람들은 다들 무과금 상태다. 하지만 내 서브 캐릭터 「세컨드」는 인벤토리 확장 과금을 최대한 해뒀다. 그리고 과금 상태인 채로 전생한 것이다. 그 차이는 60배다. 가격은 만 엔 지폐 한 장 정도라 꽤 비싸지만, 바로 과금했다. 서브 캐릭터인데도, 가 아니다. 서브 캐릭터라서, 했다. 왜냐하면 이 세컨드는 원래 「창고 캐릭터」인 것이다. 인벤토리가 좁다면 존재 의미가 없다.

그런 생각을 하면서, 바나나를 전부 나눠줬다.

"그럼 반별로 나누어서 순서를 정해. 나는 보스 앞에서 기다리겠어. 실비아와 에코는 순찰을 부탁해."

"알았다."

"라져~!"

이번에는 열 명씩 조를 이뤄서 반복으로 돌게 했다. 그 루트에서 등장하는 마물은 바나나만 먹어두면 궁정마술사 열 명의 적이 못 된다. 하지만 보스만은 걱정되기에, 내가 보스가 재등장하는 장소에서 나타날 때마다 죽일 예정이다. 그리고 만의 하나의 경우가 벌어질 수 있다. 그러니 실비아와 에코 콤비에게 던전 안을 순찰하게 했다. 하지만 순찰이라고 해도 그냥 어슬렁거리기만 하는 게 아니다. 비정상적일 만큼 빠른 속도로 몇 번이나 순찰한다고 하는, 그녀들의 콤비네이션을 활용한 독특한 순찰 방법으로 도는 것이다.

"그럼 시작해."

내가 손뼉을 치자, 첫 조부터 차례차례 던전 안으로 들어갔다.

이리하여, 제1궁정마술사단의 그루텀 던전 반복 돌기가 시작됐다.

"자아, 16조구나. 어, 네 바퀴째구나. 괜찮은걸. 현재 1등이야."

내가 스탬프 카드에 도장을 찍어주자, 16조의 여자애들이 환성을 질렀다.

이곳은 그루텀 던전의 종점, 보스가 출현하는 돔 형태의 동굴이다. 하지만 한 번 해치우면 15분 동안 나타나지 않기에, 지금은 보스가 없었다.

나는 여기서 도장을 찍어주며 몇 바퀴를 돌았는지 셌다. 최종적으로 가장 많이 돈 조에게는 경품을 줄 예정이다. 그러니, 다들 쉬는 시간을 아껴가며 던전을 계속 돌고 있었다.

"저기, 세컨드 씨. 이 카드, 다 끝나고 나면 기념으로 받아도 될까요?"

돌아가기 전에 그런 질문을 던진 이는 아이리 씨였다. 그녀가 속한 16조는 여자 열 명으로 구성된 조지만, 반복 페이스가 가장 빠른 것만 봐도 알 수 있을 만큼 매우 우수했다.

내가 「마음대로 해」 하고 대답하자, 16조에 속한 그녀들은 꺄아 하고 환성을 토했다. 가위바위보와 경매 같은 단어가 들린 것 같은데, 슬슬 보스가 부활할 시간이기에 신경 쓰지 않기로 했다.

"뭐, 한방감이지만 말이야."

그루텀 던전의 보스는 「매지컬 펑거스」라고 하는, 컬러풀한 무늬를 지닌 커다란 독버섯 마물이다. 《환각 마술》 말고도 독 효과가 부여된 공격을 날리는 성가신 마물……이지만, 불 속성에 매우 약하다. 지금의 나 같은 수준으로 스테이터스를 육성했다면, 《불 속성·3형》으로 일격사, 원펀킬 감이다.

"잘 가~."

매지컬 펑거스가 지면에서 기어나와서 「그오~!」 하고 울부짖은 직후, 내가 작별 인사를 하며 날린 《불 속성·3형》이 복부에 크리티컬 히트했다. 눈부신 무지갯빛 섬광이 뿜어져 나오더니, 불꽃이 온몸을 감쌀 즈음에는 버섯의 숨통이 끊겼다.

술렁술렁—. 이 동굴 입구에서는 몇 명의 놀란 듯한 목소리가 들려왔다.

그 집단의 선두에 서서 나를 향해 성큼성큼 걸어오는 여자애가 한 명 있었다.

"빨리 스탬프를 찍어주세요."

체리 양이었다. 왜 이렇게 기분이 나쁜 걸까. 아마 그녀가 속한 4조가 1등이 아니기 때문이리라.

"응, 4조네. 네 바퀴째야. 현재 2등인걸."

"알아요. 빨리 돌려주세요."

"어이, 왜 그렇게 신경이 곤두선거야? 여유를 좀 가지라고."

"쓸데없는 참견이에요."

나한테서 빼앗듯이 스탬프 카드를 채간 체리 양은 휴식을 취하고 있는 조원들을 내버려 둔 채, 앞장서서 걸음을 옮겼다. 다른 조원들은 당혹과 피로가 섞인 얼굴로 그녀를 쫓아갔다. 왜 저렇게 화가 난 건지는 모르겠지만, 저대로 내버려 둬봤자 좋을 게 없다. 나는 팀 한정 통신으로 실비아에게 일단 연락을 해뒀다.

……아아, 문제가 발생한 것 같다. 정말 귀찮네.

전에도 이런 일이 있었던 것 같은데 말이지. 으음, 누구였더라…….

정말 열받는 남자다. 처음에는 제2왕자 전하와의 연줄로 강사 자리를 꿰찬 입만 산 녀석이라고 생각했다.

하지만 분하게도 엄청난 실력을 지녔으며, 말도 안 되는 것 같은 소리를 하지만 전부 사실이다.

그 점이 가장 마음에 들지 않았다. 저 틀에 얽매이지 않는 방식이, 저 호탕한 행동거지가, 자신감 넘치는 여유가 마음에 들지 않았다.

이제까지의 내 노력을, 인생을 전부 부정당하는 것 같아서 아무튼 마음에 안 들었다.

원래라면, 나도 그랬는데. 마술 재능이라면 누구한테도 지지 않았는데.

그는 내 자존심을 산산이 깨부쉈다. 그뿐만 아니라 규율도, 분위기도, 상식도 내 주위의 모든 것을 가루로 만들었다.

이 남자의 열받을 정도로 잘생긴 얼굴을 보면, 짜증이 샘솟으며 마음이 술렁거렸다.

이제는 내 감정을 컨트롤할 수가 없었다.

어제도 그랬다. 나와 단장을 악역으로 만들고, 자기 인상만 좋게 만들었다.

그저 자신한테 있어 푼돈으로 한턱 냈을 뿐인데 말이다.

확실히 여관은 정말 좋은 곳이었다. 식사도, 욕실도, 방도 호화로웠다.

하지만 이런 성격을 지닌 내가, 그 녀석의 호의를 순순히 받아들일 수 있을 리가 없다.

나도 제1궁정마술사단의 에이스다. 이 정도 고급 여관에 사적으로 묵을 돈이 있다. 나만 나중에 자비로 계산하기로 마음먹었다.

나는, 나 혼자만의 힘으로 일류 궁정마술사가 됐다.

그리고, 앞으로도 그래야만 한다.

저딴 녀석의 공적이 아니라, 나 자신의 실력으로 말이다. 그러지 않으면…….

◇◇◇

"오전 일정은 이걸로 끝이야. 밖에 나가서 점심 먹고 휴식을 취해~."

나는 다섯 바퀴를 마친 마지막 조에게 휴식을 취하라고 말했다. 아이리 씨가 속한 16조와 체리 양의 4조는 현재 여섯 바퀴를 돌고 있으니, 그 두 조가 올 때까지 기다린 후에 나도 휴식을 취하기로 했다.

매지컬 펑거스가 모습을 드러내는 족족 해치우며 그들이 오기만 기다리다 보니, 30분 정도 지나서 16조가 도착했다.

"수고했어. 점심 휴식을 하도록 해."

그녀들은 「네~」 하고 힘차게 대답한 후에 돌아갔다. 마치 놀러 온 듯한 분위기였다. 「같이 식사 안 할래요?」라고 말했지만, 아직 할 일이 남아 있어서 거절했다.

그로부터 3분 후, 4조가 도착했다.

……16조와 다르게, 다들 지칠 대로 지쳐 보였다. 아니, 조장인 체리 양만은 달랐다. 피로감이 느껴지는 그녀의 표정에서는 초조와 분노 같은 부정적인 감정이 확연히 느껴졌다.

"점심 휴식을 취하도록 해. 푹 쉬라고."

그렇게 말하자, 4조 멤버들은 안도한 것처럼 한숨을 내쉬었다.

그 모습을 본 나는 어떻게 된 건지 짐작할 수 있었다. 아마 체리 양이 혼자만 앞서나가면서 조원의 컨디션 관리를 제대로 하지 않은 것이다.

확실히 체리 양과 다른 아홉 명 사이의 실력 차는 상당할 것이다. 그렇기 때문에 체리 양은 「실력이 낮은 이들에게 맞춰주며 행동」할 필요가 있다. 상급자가 하급자를 데리고 던전을 공략할 때도 그렇다. 뫼비온에서는 이것을 캐리라고 불렀으며, 「상급자가 하급자에게 맞추는 것이 능률적이다」는 것은 캐리의 상식이었다.

하지만 입으로 조언을 해준다고 그녀가 순순히 내 말에 따를 것 같지 않았다.

어떻게 하면 좋을까. 내가 고민하고 있을 때, 체리 양이 천천히 입을 열었다.

"한 바퀴 더 돈 후에 쉬겠어요."

이 녀석은 바보야……! 나는 너무 어이가 없어서 얼이 나갔다.

"체리 씨, 이제 좀 쉬는게……."

"우리 조는 1등이 아니잖아요. 마음 같아서는 휴식도 취하고 싶지 않을 정도예요."

"그래도 휴식은 필요해."

"저는 딱히 필요 없어요. 게다가 전장에서는 휴식을 취할 시간이 1초도 없잖아요. 뭐, 정 식사해야겠다면 걸으면서 먹으면 안 될까요?"

조원들이 불평을 늘어놓자, 체리 양은 의연하게 반박했다. 그녀가 제1궁정마술사단의 서열 상위이기에, 조원들은 위축됐다.

"하지만, 저희는, 이제……."

"이제 어쨌다는 거죠? 애초에 제가 지금 지고 있는 건, 당신들의—."

"세컨드 님!"

체리 양이 절대 해선 안 되는 말을 입에 담으려던 순간— 실비아의 맑은 목소리가 그녀의 목소리를 막았다.

허둥지둥 이곳으로 뛰어들어온 이는 고속 순찰 중인 실비아와 에코였다. 나는 평소처럼 허리를 끌어안는 에코의 머리를 쓰다듬어주면서, 실비아에게 말을 건넸다.

"수고했어. 나도 점호를 마쳤으니까 별문제는 아닐 거라고 생각하는데, 무슨 일이야?"

"아, 순찰 쪽에는 아무런 문제도 없다. 하지만……."

"생각이 났대~."

"생각이 나?"

뭘?

"그래, 본인을 만났다! 덕분에 똑똑히 생각났지!"

본인을? 만나? 내가 영문을 모르겠다는 듯이 고개를 갸웃거리고 있을 때, 내 뒤편에 있던 4조 멤버들이 술렁거렸다. 무슨 일인가 싶어서 그들의 시선을 향하고 있는 방향을 쳐다보니…….

"—오래간만이야! 세컨드!"

"오래간만이에요~, 세컨드 씨~."

갈색 세로 롤 헤어 스타일을 한 눈매 사나운 말괄량이 상류층 아가씨 셰리 럼버잭, 그리고 갈색 피부와 흰색 머리카락을 지닌 흙의 대정령 테라가 눈에 들어왔다.

진귀한 손님의 방문 탓에, 체리 양의 휴식 문제는 그냥 넘어가게 됐다. 백작 영애이자 천재 정령술사이며 A랭크 모험가이기도 한 유명인이 왔으니, 멋대로 행동하는 것 자체가 무리였다.

"우선 너와 점심을 같이 먹을래! 이야기는 식사 후에 하자!"

셰리는 당연하다는 듯이 그렇게 말했다. 그리고 이러쿵저러쿵하다 보니, 제1궁정마술사단이 점심 휴식 장소로 이용하고 있는 광장으로 그녀를 안내하게 됐다.

광장은 시끌벅적했다. 예를 들자면 국민 아이돌이 패밀리 레스토랑에 갑자기 나타난 것 같았다. 예상치 못한 유명인의 등장에, 제파 단장마저 놀라고 말았다.

"다들 움직이지 말라고~. 밥 먹었으면 푹 쉬어~."

너무 시끄러웠기에 그런 지시를 내린 나는 비어 있는 공간에 앉았다. 셰리는 약간 망설인 후에 내 맞은편에 앉았다. 「약았어」, 「직권남용」, 「망할 강사」 같은 불평이 광장 곳곳에서 들려왔다. 셰리 녀석, 이렇게 인기가 있었구나…….

"오, 오래간만이야."

그것이 도시락을 펼친 셰리가 나를 쳐다보며 한 첫 마디였다.

"그 말은 아까도 들었어."

"그, 그것도 그러네!"

"괜찮아? 안절부절못하는 것 같네. 아, 볼일이 급한 거야?"

"정말 무례하네! 괜찮거든?!"

왠지 긴장한 것처럼 보였다. 딴죽도 예전처럼 날카롭지 못했다.

"그래. 그럼 일단 밥부터 먹자."

"그게 좋겠네."

"잘 먹겠습니다."

"다녀오세요."

"너, 역시 괜찮지 않은 거지?!"

내가 무심코 딴죽을 날리자, 셰리는 「실수했어」 하고 말하며 얼굴을 붉혔다. 혹시 이 녀석은 딴죽 담당에서 개그 담당으로 전향한 걸까. 아니면 정신적으로 맛이 가버린 걸까.

그로부터 식사를 마치는 15분 후까지, 진심인지 개그인지 알 수 없는 기행을 벌이는 셰리에게 내가 딴죽을 날려댄다는 불가사의한 시간이 흘렀다.

실비아는 떠받들어지는게 좋은지 주위에 자랑하듯 염랑지궁을 계속 손질했고, 에코는 평소처럼 식사에 몰두하고 있었으며, 셰리의 옆에 있는 흙의 대정령 테라는 부드러운 미소를 지은 채로 아무 말도 하지 않았다. 나를 도와주는 사람은 한 명도 없었다. 애초부터 기대하지 않았지만 말이다.

"저기, 아까 그 이야기를 나한테도 해줘."

내가 식후의 홍차를 즐기고 있을 때, 셰리는 실비아를 손짓으로 불러서 그런 말을 했다. 실비아가 고개를 갸웃거리자 「생각이 났느니 마느니 했잖아」 하고 셰리가 말하자, 실비아는 손뼉을 쳤다.

"음. 셰리 님과 닮은 애를 찾았다."

"흐음, 나와? 꽤 고귀한 신분의 미인이겠네."

"저 바위 옆에 있는 애다."

"흥. 뭐야, 평범한 애잖아. 하나도 안 닮았거든?"

"아니, 그 옆의 애다."

"저 애, 눈매가 너무 험상궂지 않아?!"

아, 체리 양 말이구나. 아하! 여유가 없는 점이라든가, 질투가 심한 점 같은 거 말이구나. 누구를 닮은 건가 했더니, 예전의 셰리를 쏙 빼닮았네. 휴우, 이제 속이 개운해졌어.

……아, 맞다. 이참에 닮은꼴인 셰리와 체리 양에 대해 상의해볼까.

"저기, 셰리."

"나는 저렇게 눈매가 험상— 왜, 왜 그래~?"

어라? 문뜩 눈치챈 것인데, 셰리의 반응이 이상한 건 나 때문만이 아닌 것 같았다. 왜? 오래간만에 만나서? 테라를 힐끔 쳐다보니, 입가를 히죽거리고 있었다. 잘은 모르겠지만, 화가 났다.

"앙골모아를 불러낼까?"

"그것만은 봐주세요~."

일단 테라에게 정신 공격을 가한 후, 셰리와 마주했다.

"저 셰리라는 애 말이지? 독설가에 엄청 신랄한데다, 우등생인데 반항적이거든. 내 말을 도통 듣지 않아. 아까도 쉬라는 내 지시를 무시하며 한 바퀴를 더 돌겠다더라고."

"어머! 그런가요~."

그 말에 반응한 이는 셰리가 아니라 테라였다. 몇 초 전까지 대왕의 이름을 듣고 겁먹어서 웅크리고 있었으면서, 어느새 원래대로 돌아와서 히죽거렸다. 한편 셰리는 볼을 살짝 붉히더니, 항의하듯 테라를 노려보았다.

"그 녀석의 조는 현재 2등이라서 1등을 하려고 힘쓰는 것 같은데, 애석하게도 너무 무리하고 있어. 조장인 저 녀석이 무리를 강요하니까, 조원들도 지쳐버린거지. 내가 설득을 해봤자 반발할게 뻔하고…… 어떻게든 정신을 차리게 해주고 싶은데, 좋은 방법이 없을까?"

"뭐. 으음……."

셰리는 내 말을 듣고 뭔가를 눈치챈 듯한 반응을 보이더니, 곧 벌레라도 씹은 듯한 표정을 지었다. 그리고 한동안 입을 다문 채 고민에 잠겼고, 그리고 그 침묵을 깬 이는 테라였다.

"닮았네요~, 마스터."

"……윽."

놀리는 것처럼 들리는 테라의 그 말에, 셰리는 겸연쩍은 표정을 지었다. 체리 양과 공감하는 걸지도 모른다.

"간단해요~, 세컨드 씨. 한 번쯤 따끔한 실패를 경험하면~, 정신 차릴 거예요~."

"실패를 경험하게 해주라는 거야?"

"네~. 바로~, 예전의 제 마스터처럼—."

"입 좀 그만 놀려~!!"

화난 셰리가 그 자리에서 바로 테라를 《송환》시켰다.

아, 생각났다. 그러고 보니 이 녀석은 나보다 먼저 프롤린을 공략하겠다며 혼자서 들어갔다가 미스릴 골렘에게 두들겨 맞고 빈사 상태에서 코피와 함께 오줌을…….

"……풉."

"정말~! 웃지 마~!"

얼굴이 새빨갛게 붉힌 셰리가 내 가슴을 두드렸다. 이 녀석이 이런 반응을 보이는 건 자기가 오줌을 지린 모습을 내가 봤기 때문일까? 그것만이 아닌 듯한 느낌이 들었지만, 그것도 이유에 포함되는 것 같았다.

"세컨드 님. 슬슬 시간이 됐다."

바로 그때, 당초 예정했던 휴식 시간이 끝났다. 셰리는 볼을 부풀리며 어쩔 수 없다는 듯이 나한테서 떨어졌다. 주위를 둘러보니 남자들이 질투심에 찬 무시무시한 눈길로 나를 노려보고 있었다. 꼴좋다~. 일단 미소를 지으며 가운뎃손가락을 세웠다.

"그럼 5분 후에 오후 파트를 시작하겠어~. 한 시간에 바나나 하나를 먹는 걸 잊지 마~."

내가 그렇게 말하자, 일일이 지시하지 않더라도 조별로 모여서 준비와 작전 회의를 시작했다. 그런 부분은 군인다웠다. 매일 질리지도 않고 진형 연습을 해온 이들이다.

그럼 나는 보스가 나오는 곳으로 돌아갈까— 그루텀 던전을 향해 걸음을 뗐을 때였다. 갑자기 셰리가 내 옷자락을 잡아당기며 이런 말을 했다.

"……저기, 나한테 좋은 생각이 있는데—."

셰리가 떠올린 방법. 그것은 조원의 교환이었다. 내용은 단순했다. 현재 1위인 16조의 조장 아이리 씨와 2위인 4조의 조장 체리 양을 교환하는 것이다.

그 이야기를 꺼내자, 16조에서는 「세컨드 씨의 지시라면야」 하고, 4조에서는 「제발」 하고 대답했다. 그리고 순순히 조장이 바뀌었다.

자아, 조장을 교환한 두 조가 그 후에 어떻게 됐냐면…….

"오. 빠르잖아, 4조. 열세 바퀴째. 1위 유지네~."

"만세~. 세컨드 씨, 이 스탬프 카드도 끝난 후에 챙겨가도 될까요?"

"그렇게 해~."

셰리의 생각대로였다. 처음에는 체리 양이 조장인 16조가 1등이었지만, 열 바퀴 때부터 페이스가 떨어지기 시작했다. 그리고 열한 바퀴째에서 아이리 씨가 이끄는 4조에게 추월당했다.

여전히 마이페이스한 평범녀 아이리 씨와, 혼자서 폭주하는 여유제로녀 체리 양. 어느 쪽이 리더로서 우수한지는 일목요연했다.

단독으로의 섬멸력에는 한계가 있다. 개개인의 MP에도 한도가 있다. 육체와 정신에도 피로가 축적된다. 수많은 요소를 종합적으로 고려해 최적의 답을 찾아내지 못하면, 효율이 떨어질 수밖에 없다.

레이싱카가 아무리 빨라도, 기름이 떨어진 차를 여러 대 견인하며 레이스를 치를 수 있을 리 없다. 당연히, 승용차 열 대로 구성된 팀에게도 이기지 못한다.

혼자만 앞서나가면 어떻게 되는지, 체리 양은 이미 눈치챘을지도 모른다. 그래도, 물러설 수가 없는 건지, 아니면…….

"왔구나, 16조. 열세 바퀴째, 현재 2등이야."

"알거든요?!"

호흡이 거칠어진 체리 양이 필사적인 표정으로 스탬프 카드를 내밀었다. 16조의 조원은 다들 지칠 대로 지쳐서 금방이라도 쓰러질 것 같았다. 오전의 4조보다도 상태가 심각했다.

체리 양은 일류 레이싱카, 그것도 몬스터 머신일 것이다. 처음 손발을 맞춰보는 멤버로 이만큼이나 해낸 것을 보면, 실력은 확실히 뛰어났다.

동료들을 돌아보며 보폭을 맞추는 법만 익힌다면, 그녀의 조는 1위가 될 수 있다. 하지만 그녀는 앞만, 오직 위만 바라본다. 너무 위만 보느라 아래가 눈에 들어오지 않는 것이다. 자존심이 방해하는 걸까. 아니면 괜히 고집을 피우는 걸까. 이번 실패가 그런 의식의 개선으로 이어졌으면 하지만…….

그리고, 드디어, 타임 리미트가 찾아왔다.

4조가 1등으로 골인했다. 모든 조 중에서 유일하게 열일곱 바퀴라는 기록을 세웠다.

한편, 16조는…….

"……늦네요."

내 옆에서 아이리 씨가 걱정스러운 목소리로 그렇게 중얼거렸다. 4조에 속한 다른 아홉 명도 나와 함께 16조의 도착을 기다리고 있었다. 16조는 2위에서 더 순위가 떨어졌다. 이제 시간이 끝났다는 내 말을 무시하더니, 마지막으로 열여섯 바퀴를 돌고 있다. 순위는 5등이다. 엄청난 근성이다. 체리 양이 아니라, 다른 아홉 명이 말이다. 개인적으로는 특별상을 주고 싶을 정도다.

"세컨드 님, 지금 돌아왔다. 16조는 바로 뒤편에 있다."

"다녀왔어~."

그리고 16조보다 한발 먼저 실비아와 에코가 돌아왔다. 그 뒤편에는 셰리와 테라가 있었다. 아무래도 같이 순찰을 한 것 같았다.

셰리는 지친 표정으로 「이 두 사람, 너무 터프한 거 아냐?」 라고 투덜거렸다. 뭐, 누적 경험치량의 자릿수가 다른데다, 오늘 이 던전을 돈 횟수도 자릿수가 다르니 말이다. 우리 파티가 자랑하는 후위와 전위다.

"앗."

갑자기 아이리 씨가 목소리를 냈다. 그 직후, 나는 동굴 입구에 나타난 체리 양을 봤다.

체리 양의 얼굴에는, 으음…… **분노**인가. 불길한 예감이 들었다.

"열여섯 바퀴를 도느라 수고했어. 최종 순위는 5위야."

내가 스탬프를 찍기 전에 그렇게 말하자, 체리 양은 말아쥔 주먹을 부들부들 떨었다. 손에 쥔 스탬프 카드가 그대로 구겨졌다.

"아……."

16조의 조원 중 누군가가 가녀린 신음을 흘렸다. 「끝나고 나면 기념으로 받을 수 있다」는 말을 듣고 기뻐하던 사람 중 한 명이었다.

"—윽!"

체리 양은 조원들을 돌아봤다. 용서할 수 없다— 그렇게 말하는 듯한 표정을 짓고 있었다.

"저는 아직 돌 수 있는데! 왜 다들 녹초가 된 거죠?! 당신들 탓에 졌잖아요!"

이제까지 쌓인 그녀의 불만이 폭발했다. 당신들 탓에, 라고 말한 것이다. 「자기를 따라오지 못하는 쪽이 나쁘다」라는 듯이 폭언을 쏟아냈다.

확실히, 체리 양의 실력은 뛰어나다. 다른 이들이 그녀의 발목을 잡은건 사실일지도 모른다. 그렇기에, 조원들은 아무 말도 못 했다.

하지만…… 그건 아니다. 아니라고, 체리 양.

이 녀석한테 똑똑히 알려줘야겠는걸. 내가 그렇게 생각하며 한 걸음 내디딘 순간이었다. 아이리 씨가 뚜벅뚜벅 걸어가서 체리 양에게 다가갔다. 화났다……는 것을 바로 알 수 있었다. 그녀는 체리 양을 자기 쪽으로 돌려세우더니, 오른손을 들어 올렸고—.

아이리 씨가 체리 양의 뺨을 때릴 거라고, 이 자리에 있는 이들 모두가 생각했다.

하지만, 그런 일은 벌어지지 않았다. 내가 그것을 허락할 수 없었기 때문이다.

"……윽."

아이리 씨는 자신의 오른손을 움켜쥔 나와 시선을 마주했다. 그 순간, 당혹스러운 표정을 짓더니…… 곧, 표정에 후회가 어렸다.

한순간 감정이 격해진 탓에, 친구에게 손찌검을 하려 했다—는 것을, 후회하는 것이리라.

나는 씨익 웃으며 아이리 씨의 손을 놔준 후, 체리 양을 돌아봤다.

"왜, 왜 그러죠—."

그녀가 말을 끝까지 잇기도 전에…….

나는 주먹을 치켜든 후, 그대로 그녀의 안면에 꽂았다.

체리 양은 몇 미터 날아가서 지면을 뒹굴더니, 코피를 흘리며 그대로 기절했다.

"—?!"

다들, 경악과 혼란에 사로잡힌 탓에 말문이 막혔다.

……주먹이 닿기 직전에 힘을 빼면서 최대한 약하게 했지만, 설마 이렇게 멀리 날아갈 줄이야……. 큰일날 뻔했다. 때리는 척만 해도 됐을 것 같다. 때렸다는 사실만을 원했는데, 이건 명백한 상해 사건이다.

아, 아니, 하지만, 이제 와서 없었던 일로 할 수도 없다.

"에코, 치료해줘."

"라~져~!"

나는 최대한 태연한 척을 하며, 왠지 기분이 좋아 보이는 에코에게 지시를 내린 후에 이 자리를 벗어났다.

바로 그때, 셰리가 「너는 의외로 남들을 잘 챙겨주네. 뭐, 뒷일은 나한테 맡겨」하고 말했다. 무슨 말인지는 모르겠지만, 일단 의미심장한 느낌으로 고개를 끄덕였다.

그리고, 밤이 됐다—.

오래간만에 만난 그 녀석은 내 예상보다 열 배는 멋있어졌다. 아니, 멋있어 보였다는 게 정답일까? 그루텀에 그 녀석이 있다는 이야기를 들은 순간부터 내 가슴은 쉴 새 없이 뛰었다. 그리고 이렇게 만나보니, 가슴의 고동이 잦아들기는커녕 오히려 더 빨라졌다.

수도 없이 되풀이한 이미지 트레이닝에 따라, 같이 점심을 먹자는 이야기를 했다.

거기까지는 좋았지만…… 그 후로는 우스울 정도로 내 거동이 이상해졌다.

나는 세컨드를 보면 머릿속이 새하얗게 되면서, 자기가 무슨 말을 하는지 모르게 됐다. 최대한 평소처럼 행동하려 하면 할수록 더 이상해졌다. 정말 최악이야. 이상해 보였을 게 분명해.

테라는 그런 내가 재미있는지 계속 히죽거리기만 했고, 그 녀석의 동료는 너무 마이페이스라서 도움이 안 됐다. 그 녀석도 반년 만에 나와 재회했는데도 태연하기 그지없었다.

속이 부글부글 끓으면서도 왠지 마음이 편한, 그런 점심 식사 시간이었다.

거기서 나는, 나와 비슷하다는 여자애의 이야기를 들었다. 체리라는 이름의, 나보다 키가 조금 작고 막대 인형 같은 인상의 검은 머리 여자애였는데, 제1궁정마술사단의 에이스라고 한다.

세컨드를 향한 반발, 경쟁심, 분노, 자존심, 질투, 높은 자존감, 매사에 필사적이고 여유가 없는 면…… 분하게도, 이야기를 들으면 들을수록 예전의 나와 똑같은 것처럼 느껴졌다.

지금 그녀는 그때의 나와 마찬가지로 배수진에 몰렸다. 아니, 스스로 배수진을 쳤다.

인정하고 싶어도 할 수 없다. 자신의 딜레마와 싸우고 있는 거야.

그래……. 그래서, 세컨드는 나와 상의한 거구나. 그녀와 닮은 나라면, 그녀의 고뇌를 이해해줄 거라고 생각한 거야.

좋아. 나한테 맡겨. 이 셰릴 럼버잭은 빚을 갚는 여자거든.

……그렇게 생각하며, 의욕을 내긴 했지만…….

나도, 그 녀석이 여자애의 얼굴에 주먹을 꽂을 줄은 몰랐어…….

그녀는 두들겨 맞고 그대로 날아가더니, 코피를 뿜으며 눈이 까뒤집혔어. 미스릴 골렘에게 두들겨 맞은 나보다 상태가 더 심각한 거 아냐?

「너무 심하잖아!」 하고, 나는 비난하려 했다.

하지만 그 녀석의 얼굴을 본 순간, 그런 생각이 싹 사라졌다.

저 슬픈 표정…… 예를 들자면, 얼마 전에 읽은 소설의 주인공 같아. 부모의 원수인 대마왕이 실은 생이별한 연인이었고, 고뇌와 격정 끝에 자기 손으로 연인의 숨통을 끊은 직후의 허무에 찬 표정이야.

그래. 저 아이리란 애는 체리의 친구일 거야. 그래서 저 녀석은 그녀가 한때의 감정에 휩쓸려 친구를 때리는 일을 저지하며, 일부러 악역을 자처한 게 분명해.

저렇게 심하게 때리면 4조와 16조의 멤버도 체리에게 아무 말도 못 할 테고, 그녀의 마음 또한 꺾였을게 분명해. 친구 및 다른 단원과의 인간관계를 지켜주고, 그녀를 올바른 길로 인도한다—. 정말, 상냥하네. 그리고 오지랖이 심하달까, 남들을 잘 챙겨주는 것 같아. 강사로서의 책임도 다했고, 그 이상의 일도 해내고 있어. 게다가 그 짧은 시간에 여기까지 생각한 명석한 두뇌도 대단하네. 이렇게 멋지고, 강하며, 상냥한데다, 머리까지 좋다니…… 내 남편으로 삼을 수밖에 없겠어!!

"에코, 치료해줘."

그 녀석은 한숨을 한번 내쉬면서 고양이 수인에게 치료를 부탁한 후, 이 자리를 벗어나려 했다.

아하, 알겠어. 「뒷일을 맡긴다」는 거지?

확실히 내가 적임일 거야. 그녀와 닮은 내가 말이지.

"너는 의외로 남들을 잘 챙겨주네. 뭐, 뒷일은 나한테 맡겨."

나는 돌아가는 그 녀석에게 자신만만한 목소리로 그렇게 말했다. 평소와 다름없는 태도로 말했다고 생각하지만, 어쩌면 목소리가 조금 상기됐을지도 모른다.

"그래."

짤막하게 그리 말하며 살짝 미소 지은 그는 희미하게 애수가 묻어나는 표정으로 고개를 끄덕였다. 그 깊이 있고 단정한 얼굴과 투명한 미성을 접한 나는 무심코 「우힛」 하고 괴상한 소리를 내고 말았다. 이건 영구보존감이야…… 이걸 떠올리기만 해도 한 일주일은 쉬지 않고 싸울 수 있겠어.

내가 그 뒷모습을 멍하니 쳐다보고 있을 때, 테라가 무슨 말을 중얼거렸다.

"『눈에 콩깍지가 씌다』라는 말을~, 마스터는 아나요~?"

◇◇◇

"으…… 윽……?"

눈을 떠보니, 그곳은 어둑어둑한 여관방이었다. 맞아. 나, 두들겨 맞고…….

"어머, 정신이 들었어?"

"—어, 윽?!"

눈을 의심했다. 누워있는 내 옆에, 바로 그 셰리 럼버잭이 있었다.

나는 화들짝 몸을 일으킨 후, 몸가짐을 단정하게 했다. 백작 영애에게 무례를 범할 수는 없다.

"예의 차릴 필요 없어. 아무튼, 몸에 문제가 없는 것 같아서 다행이야. 그 애의 회복 마술 덕분이네."

"네?"

듣고 보니 몸이 가벼웠다. 엄청난 위력의 주먹을 안면에 맞고 기절했다는 게 믿기지 않을 정도였다.

"그 녀석의 팀원인 수인이 고쳐줬어."

"……으음. 저기, 실례지만, 그녀는……."

"그래. 다들 그 애를 방패술사라고 생각했을 거야……."

내가 부정하려고 하자, 셰리 님은 어처구니없다는 표정을 지으며 천천히 자리에서 일어났다.

"몸이 괜찮으면, 나와 잠시 산책이라도 하지 않겠어?"

"아, 네."

우리는 함께 방을 나섰다. 풍취 있는 판자 복도를 따라 걸음을 옮기자, 멀찍이서 흥겨운 목소리가 들려왔다. 이미 해가 졌다. 지금쯤, 다들 연회를 즐기고 있을 것이다.

……문뜩, 떠올렸다. 발끈한 내가 무심코 조원들에게 했던 말을…….

나는 연회에 얼굴을 내밀 수도 없거니와, 함께 식사를 즐길 수도 없으리라.

상관없다고 생각하는 자신과, 안타까워하는 자신이 마음속에 공존했다. 이 마음은 대체 뭘까. 내가 대답을 찾을 수 없는 문제 때문에 골치를 썩이고 있을 때, 셰리 님은 어느새 걸음을 멈췄다.

"이 여관, 전에 아버님이 나를 몇 번 데려와 주신 적이 있어."

그곳은 안뜰이었다. 셰리 님은 툇마루에 앉더니, 「너도 앉아」라고 말했다.

"좋은 장소지?"

"……네."

등롱 불빛에 비친 안뜰은 비현실적일 만큼 아름다웠고, 신비로운 분위기마저 감돌았다. 쪼르르 흐르는 물소리와 나무와 풀이 바람에 살랑이는 소리, 멀리서 들려오는 식기 소리와 사람들의 목소리, 차가운 밤바람, 흙냄새. 그 모든 것이 몸속 깊은 곳까지 스며들었다. 왠지 이곳이 꿈속인 듯한 불가사의한 느낌이 들더니…… 5분, 10분, 나는 아무 생각도 하지 않으며 멍하니 시간을 보냈다.

"나 말이지……. 전에 그 녀석한테 엄청 폐를 끼친 적이 있어."

셰리 님은 불쑥 그렇게 말했다.

방금 언급한 「그 녀석」이 누구인지, 나는 곧 눈치챘다.

"그 녀석은 프롤린 던전 반복 공략의 노하우를 가지고 있어서, 아버님의 마음에 들었어. 그리고 수백억 CL이나 되는…… 큰 거래를 하기로 했어. 나는 그게 분했지 뭐야."

"프롤……?!"

나는 충격을 받았다. 프롤린 던전은 을등급 던전 중에서도 상위에 속하는 난이도라고 들었다. 그리고 얼마 전에 그곳을 단독으로 공략한 팀이 나타났다고 하던데…… 설마!

"어머, 몰랐어? 뭐, 마음에 안 드는 상대의 정보를 조사하지 않는 게 당연하긴 해. 그 녀석들은 단독 공략을 했을 뿐만 아니라, 매일 몇 번이나 반복해서 돌았어. 모험가들은 프롤충이라 부르며 두려워했고, 다가가려고도 안 했다니깐. 참고로 팀 자체는 네 명이지만, 공략 멤버는 세 명이야."

"…………."

말문이 막혔다. 그런 곳을 세 명이서 매일 몇 번이나 돌다니, 제정신이 아니다.

"다시 본론으로 돌아갈게. 당시의 나는 그 녀석이 그렇게 위험한 자인 줄 몰라서 어마어마하게 시비를 걸어댔어. 마음에 안 들어, 마음에 안 들어, 마음에 안 들어~! 하고 생각하면서 말이지."

"윽…… 그랬, 군요."

그 말에는 공감했다. 나도 그 남자가 마음에 안 들어서 매번 대

들었다.

“후훗. 너보다 더 심했거든? 나는 백작 영애잖아. 성가심의 수준이 달라.”

“그, 그럴, 지도 모르겠네요…….”

자랑할 일이 아니다. 하지만, 그것도 사실이다.

“……질투, 했어. 저런 남자가 아버님의 마음에 들었는데, 왜 나는…… 하고 생각한 거야. 그리고 다음 날에는 그 질투의 불꽃이 걷잡을 수 없을 만큼 불타올랐지 뭐야.”

“어떻게, 하셨나요?”

“그 녀석보다 먼저 프롤린을 공략하고 말겠어! 그러면 아버님과 다른 사람들도 나를 인정해줄 거야! 그런 착각에 빠져서, 밤에 몰래 프롤린으로 돌격했다니깐.”

“그건…….”

명백하게 무모했다. 목숨을 잃을 수밖에 없는 행위다. 하지만, 셰리 님은 이렇게 살아있다. 그 이유는 왠지 짐작이 됐다.

“내가 미스릴 골렘의 일격을 맞고 목숨을 잃을 뻔했던 순간…… 그 녀석이 왔어. 그전까지 나는 그 녀석이 정령술사라고 생각했는데, 검을 가지고 있더라니깐. 그리고 눈으로 좇을 수 없는 속도로 이동하며 미스릴 골렘을 힘으로 압도하더니, 반격조차 허용하지 않으며 일방적으로 박살냈어. 결판을 날 때까지 십여 분도 걸리지 않았을걸?”

“거, 거짓말이죠?!”

"거짓말은 무슨. 내 눈으로 똑똑히 봤어. 그리고 지금은 그게 뭔지 알아. 그건 정령빙의…… 정령소환 4단에 해방되는 상급 스킬이야."

"……사, 4단……."

아아, 현기증이 났다. 그 말은 즉—.

"그 녀석은 정령술사로서도 일류야. 검술사로도 일류지. 그리고 나중에 안 건데, 궁술사와 마술사로도 일류였어. 그 외에도 비장의 카드를 가지고 있을 게 분명해."

—차원이 다르다. 그런 진부한 감상만 머릿속에 떠올랐다. 하지만, 이제는 그렇게 표현할 수밖에 없다.

그것도 그럴게, 말도 안 되는 것이다. 같은 인간이 맞아? 그런 의문에 사로잡혔다. 그 남자와 나는 대체 뭐가 다른 건데……?

"그 녀석의 팀원도 그래. 그 화살과 방패 콤비, 오늘 그루텀 던전을 몇 바퀴 돌았는지 알아?"

"그러고 보니, 몇 번이나 보이던데……."

"128바퀴래."

"백—?!"

……너무나도 비정상적이다. 나는 그렇게 생각하고 말았다.

우리가 그렇게 고생해서 열여섯 바퀴를 돈 던전을, 128바퀴나 돌아? 말도 안 된다! 이게 말이 된다면, 말이 안 되는건 대체 뭘까. 하지만…… 그녀들은 멀쩡했다. 그루텀 던전을 도는 건 고생 축에도 들어가지 않는다, 라는 차원의 멀쩡함이었다.

"그 고양이 수인인 에코 리플렛은 방패술만이 아니라, 회복 마술

도 웬만한 전문가보다 더 뛰어나. 그래서 너는 그 녀석한테 두들겨 맞았는데도 멀쩡한 거야."

"그렇게 된 건가요……."

그 남자에게 두들겨 맞고 생긴 상처는 그런 일은 없었던 것처럼 깨끗이 사라졌다.

하지만…… 내가 한 폭언은, 사라지지 않는다.

무심코, 자존심을 지키기 위해서 내뱉은, 조원을 상처입히는 최악의 말. 그 말을 듣고 조원들이 입은 상처는, 사라지지 않는 것이다.

"—너도 이제 알지? 자기가 뭘 잘못했는지를 말이야."

내 생각이 겉으로 드러난 건지, 셰리 님은 내 얼굴을 들여다보며 타이르듯 그렇게 말했다.

……한참 전부터 알고 있기는 했다. 그 남자의 말이 옳다는 사실을 말이다.

하지만, 나는, 나만의 힘으로 결과를 내고 싶었다. 그러지 않으면, 이제까지 해온 노력이 전부 부질없어질 것만 같았다.

노력이란 이름의 무기로, 누구나 인정할 만큼의 승리를 혼자 이룩해내서, 그 남자에게 한 방 먹여주겠다. 그 무모한 행동은, 당연히 실패했고— 나는 남 탓을 하며 그 실패로부터 도망쳤다.

"그것이야말로…… 저의, 과거와 미래의 노력을 부정하는 행위라는 걸, 눈치채지 못했어……."

자신의 보잘 것 없는 자존심은 지켰다. 대신 신용을 잃었다.

왜 솔직해지지 못했을까. 왜 질투하고 만 걸까. 더 깊이 생각하고, 화내거나 조바심 내지 않으며, 냉정하면서도 합리적으로 행동했다면……. 끊임없이 후회가 엄습했다. 이제 와서 그런 생각을 해봤자 돌이킬 수 없는데 말이다. 이렇게 차분히 생각해보고, 겨우 이해했다. 질투에 정신이 나가서 저지르고 만 실수의 대가는, 너무나도 거대했다.

"이해해. 그 녀석이 너만큼 노력하지 않았을 거라고, 뭔가 꼼수를 부렸을 거라고, 그렇게 생각한 거지?"

"—읏!"

정곡을 찔렸다. 그렇게 노력한 끝에 궁정마술사가 된 나를, 그 바람 같은 남자는 여유로운 표정으로 순식간에 제치며 나아갔다. 그것이, 너무나도 마음에 들지 않았다.

"나 말이지? 그 녀석한테 도움을 받은 후…… 저기, 좀, 여러모로 신경이 쓰여서, 그 녀석을 스토, 으음, 조사해봤어."

셰리 님은 볼을 약간 붉히면서 이야기를 시작했다. 그런 허둥대는 모습이 또래 여자애 같아서 귀여웠기에, 나는 조금이지만 이야기의 내용이 신경 쓰였다.

"듣고 놀라지나 마. 그 녀석, 엄청나게 노력해. 의외지? 그런 티를 전혀 보이지 않으면서 말이야. 몰래 노력하고 있는 거야. 프롤린 던전의 반복 공략은 너무 혹독해서 보는 사람이 다 지칠 지경이었다니깐."

"……."

문뜩, 이런 생각이 들었다. 나는 을등급 던전 반복 공략이라는

『노력』을 한 적이 있을까. 그것도 매일, 하루에 몇 번이나 말이다.

있을 리가 없다. 병등급 던전도, 거의 돈 적이 없다. 숲 외곽에서 마물이나 사냥한게 전부다.

……노력하지 않은 건, 바로 나였다.

"그 녀석들은 고생하지 않고 노력해. 우리는, 노력하지 않고 고생해. 질투를 하게 되는 건, 이 차이 때문이야."

나는 셰리 님의 분석에 납득했다. 맞는 말이다. 그는 항상 여유로우며, 왠지 느긋해 보였다. 그래서 「나보다 노력하지 않는다」고 멋대로 단정 지으며, 질투하고 만다.

"아마, 우리가 상상도 못 할 만큼 높은 경지에서, 상상조차 할 수 없는 노력을 하고 있을 거야. 그래. 예를 들자면, 갑등급 던전을 공략한다거나 말이야."

그럴지도 모른다. 아니, 분명 그럴 거다.

……그렇다. 나는 그런 사람에게 두들겨 맞은 것이다. 마음에 안 들어서 반항적인 태도를 취하고, 남의 말을 듣지 않으며, 노력을 게을리했단 사실을 제쳐둔 채 질투한 걸로 모자라, 바보 같은 생각으로 바보 같은 짓거리를 한 끝에, 타인의 탓으로 돌리는 히스테릭한 여자. 두들겨 맞는 게 당연할지도 모른다.

"그래. 그렇구나……."

그 순간, 내 안에 존재하던 볼품없는 정당성과 자존심이 무너져 내렸다. 왜 나는 그를 상대로 고집을 부리고, 그를 질투한 것일까. 메마른 웃음이 흘러나왔다.

아아. 이럴 줄 알았으면, 더 빨리—.

"어때? 인정해버리니, 꽤 편하지?"

"윽! ……네, 그렇군요."

거짓말처럼 마음이 가벼워졌다. ……하지만, 문제는 그것만이 아니다. 한번 펼친 마술은, 다시는 거둘 수 없다. 말도 마찬가지다.

"너, 자기는 이미 끝났다고 생각하지? 하지만 그렇지 않아. 네가 이제까지 뭘 했는지가 아니라, 이제부터 뭘 할지를 통해 네 가치는 결정돼."

"하지만, 저는, 궁정마술사로서 해선 안 되는 발언을……."

"그 녀석이 무엇을 위해 너를 때린 건지, 잘 생각해."

무엇을 위해.

처음에는 아이리를 위해 그랬다고 생각했다. 아이리가 내 뺨을 때렸다면 어떻게 됐을까. 분명 친구인 우리는 멀어지고 말았을 것이다. 당시의 나라면 화가 난 나머지 폭언을 퍼부어서 그녀에게 깊은 상처를 안겨줬을지도 모른다. 그래서 그는 아이리를 말린 것이 아닐까.

하지만, 이런 생각도 들었다. 그럼 그냥 말리기만 하면 됐을 것이다. 나를 두들겨 팰 필요는 없다.

혹시, 나를 구해준 걸까……?

설마— 예전의 나라면 주저 없이 부정했을, 바보 같은 추리다.

하지만 생각하면 할수록, 앞뒤가 맞았다. 결과적으로 내 흥분은 가라앉았고, 그 자리에 있던 이들의 분노를 가라앉혔으며, 나 또한 속죄를 한 게 됐다. 이렇게 셰리 님과 속을 터놓고 이야기를 나눌 기회도 얻었다. 「그렇게 세게 두들겨 맞았으니 반성했겠지」 하고 생각하는 사람도 있을 것이다. 어쩌면 연회의 안줏거리는 「내 폭주」가 아니라 「그의 만행」으로 바뀌었을지도 모른다.

그가 악당 역할을 떠맡아줬다? 지나친 생각일지도 모른다. 하지만, 그 말이 맞을지도 모른다.

……갑자기, 눈시울이 뜨거워졌다. 다 틀렸다고 생각했다. 하지만, 나는, 아직…….

"……저기, 셰리 님은 실패하신 후…… 어떻게, 하셨나요?"

"사과하며 감사 인사를 한 후, 일단 그 자리에서 도망쳤어. 부끄러워서 얼굴을 마주할 수가 없었거든."

"그랬, 군요."

나도, 상대가 그라면 그럴지도 모른다. 하지만, 내가 사과해야 할 이는, 그 한 사람만이 아니다.

"너, 이 상황에서 도망치지 않는건 진짜 대단한 거야. 근성을 보여줄 기회네."

셰리 님은 상냥한 미소 지었다. 왠지 이해가 됐다. 진정한 강함이란 저런 것이다.

"자포자기해서 될 대로 되란 심정이라도 괜찮아. 하지만 이런 기회는 두 번 다시 찾아오지 않을걸? 지금이 승부처야. 그렇게 생각하지 않아?"

그렇다. 이것은 그가 준 최후이자 최대의 기회다.

나는 주먹을 힘껏 말아쥔 후…… 자리에서 일어났다.

"좋아! 그럼 가볼까."

옆에서 함께 해주고 있는 셰리 님이 눈물이 날 정도로 믿음직했다. 가능하다면, 그녀처럼 강해지고 싶다. 나는 진심으로 그렇게 생각하며, 다른 이들이 있는 연회장을 향해 걸음을 옮겼다.

"반성합니다~."

그루텀 공략을 마친 날 밤. 제1궁정마술사단은 성대한 연회를 열었다.

나는 여관 연회장에서 가장 눈에 띄는 상석에 앉아 있었고, 다들 시끄럽게 떠들고 마시며 연회를 즐기고 있었다.

"반성합니다~."

하지만, 일반적인 연회가 다른 점이 있었다. 그건 바로 내 상황이다.

나에게 술을 따라주러 온 단원들은 모두 『부적』을 들고 있었으며, 술을 따라주면서 그것을 나에게 붙였다. 그때마다 나는 「반성합니다~」 하고 큰 목소리로 외쳤다. 그러자, 연회장에 있는 이들이 「와하하」 하고 웃었다. 이게 다 뭐냐고.

"반성합니다~."

그들이 나에게 붙인 것은 「저는 여자애의 안면에 주먹을 꽂았습니다」라고 적힌 부적이다. 그것을 붙인 곳은 이마다. 으음, 눈에 띄네. 아, 어깨에 붙어 있던 「폭력 최고」라고 적힌 부적이 떨어졌다. 이건 누가 쓴 거야. 좋아. 이건 좀 과격하니 떨어져도 괜찮겠지.

"안 된다."

안 되는 것 같다. 젠장, 실비아가 엄중하게 감시하고 있는걸. 이 녀석은 정의감이 강하니까 말이야……. 연회 직전까지 방에서 불같이 화를 냈으면서, 아직도 화가 안 풀린 거냐.

아~, 젠장. 먹기 힘드네! 이마에 붙이는 건 너무하잖아. 나는 강시가 아니라고…….

"여어, 대장. 장사는 좀 어때?"

"나는 장사꾼이 아니라고! 부적 걸어 올리지 마!"

점점 짜증이 났다. 궁정마술사들과 친해진 건 좋지만, 너무 친해져서 기어오르는 것 같달까? 술도 들어가서 그런지 더 짜증 나게 굴었다.

"세컨드, 재미있어?! 그거, 재미있어?!"

"하나도 재미없으니까 흉내 내지 마~."

에코는 재미없다는 걸 알고 실망한 듯한 표정을 짓더니, 또 식량 확보의 여행을 떠났다. 몇 분 후에는 다른 이들에게 받은 음식이 가득 담긴 접시를 들고 돌아올 것이다. 이제 그만 말리지 않으면 또 과식으로 쓰러질지 모르기에, 실비아와 눈짓을 교환했다. 내 뜻을 짐작한 실비아는 자기한테 맡기라는 듯이 고개를 끄덕였다.

바로 그때— 연회장 한 편이 술렁거렸다.

체리 양이다. 약간 고개를 숙인 채, 몸을 웅크리고 있는 것 같았다. 그녀의 뒤편에는 셰리가 있었다.

셰리와 시선이 마주치자, 그 녀석은 부끄러운 듯이 엄지를 치켜들었다. 그 의미는 모르겠지만, 지금은 그녀를 신경 쓸 때가 아니다.

나는 아무 말 없이 다가오는 체리 양을 정좌 자세로 맞이했다.

화났겠지…… 하고 생각하며, 눈앞까지 다가온 그녀의 표정을 살폈다.

"……."

그녀는 내 얼굴을 보더니, 어리둥절한 표정을 지었다.

왜? 하고 생각했지만, 곧 눈치챘다. 부적 때문이구나.

나는 이마의 「세컨드의 S는 사디스트의 S」 부적과와 「졸도 소녀 전속 쓰레기 강사」 부적을 뗀 후, 멋쩍은 듯이 웃었다.

"체리 양, 저기, 때려서 미안해."

나는 고개를 숙이며 사과했다. 체리 양은 눈을 동그랗게 뜨더니, 아무 말 없이 그 자리에 서 있었다.

"세컨드, 이거 줄게~."

바로 그때, 여행을 마치고 돌아온 에코가 누구에게 받은 건지 모르지만 「내추럴 본 쓰레기」라 쉬인 부적을 내 볼에 붙였다.

"반성합니다~!"

무심코, 조건반사적으로 고함을 질렀다. 1초 후, 푸하하— 하는 폭소가 연회장을 가득 채웠다.

"……윽……."

체리 양도 양손으로 입을 막으며, 몸을 부늘부늘 떨었다.

다행이다. 두들겨 맞지는 않을 것 같다…… 내가 그렇게 생각한 직후…….

"……우, 우에에에에에에엥."

체리 양이 엉엉 울기 시작했다.

"어어어어어?!"

이건 예상 밖의 일이다! 어…… 어쩌면 좋지?!

허둥지둥 몸을 일으킨 나는 주위를 둘러보았다. 셰리가 의기양양한 표정으로 또 엄지를 치켜들었다. 아이리 씨들 그룹은 「어쩔 수 없네」라는 듯이 미소 짓고 있었다. 실비아는 차가운 눈길로 째려보고 있었으며, 에코는 식사에 몰두하고 있었다.

"미, 미안해. 내가 잘못했어. 저기, 대체 왜…… 어엇?"

내가 허둥대고 있을 때, 체리 양이 천천히 내 품으로 쓰러졌다. 살며시 안아주자, 체리 양은 내 품속에서 목놓아 울었다. 나는 혼란에 빠졌다. 다른 이들은 휘파람을 불며 나를 놀려댔고, 실비아에게서는 살기 어린 시선이 날아왔으며, 셰리까지 나를 노려보는데다, 에코는 여전히 식사에 몰두하고 있었다.

이렇게 시끌벅적한 가운데, 소란스러운 밤이 깊어만 갔다—.

제2장 상처 입은 짐승

합숙 다음날 아침. 아침 점호를 마친 우리는 상업도시 레냐드를 나섰다.

체리 양은 울다 지쳐 잠들었고, 오늘 아침에 다시 얼굴을 마주했을 때는 귀까지 새빨개진 채 시선을 피했기에 대화를 나누지 못했다. 하지만 아이리 씨나 다른 동료들과는 이야기를 나누고 있는 걸 보면, 상황은 얼추 정리가 된 것 같았다. 다행인걸. 하지만 나는 다음에 만나는 날이 두려웠다. 무슨 말을 들은지 짐작도 안 되어서, 두렵기 그지없었다.

셰리는 「퍼스티스트 저택을 꼭 구경할 거야」라고 말하며 억지로 따라왔다. 「보고 나면 돌아가」라는 약속을 받아냈지만, 이 녀석의 태도를 보면 그대로 눌러앉을 심산인게 분명했다.

그런 와중에 경험치 벌이 겸 기분 전환의 여행은 막을 내렸다. 제1궁정마술사단 단원들은 그루텀 반복 공략으로 얻은 경험치를 각 속성 1형에 투자했고, 조금이기는 하지만 INT를 올리는 데 성공했다. 이것으로 『마막대(魔幕隊)』로서의 첫걸음을 뗐다고 할 수 있을 것이다.

목표는 전속성 1형 9단 달성. 아직 갈 길이 멀다.

"—다녀오셨습니까, 주인님."

돌아가는 길에 유카리에게 「셰리를 데리고 돌아간다」고 연락을 해뒀더니, 해질녘인데도 불구하고 하인 전원이 나와서 우리를 맞이했다. 셰리는 백작 영애인데도 불구하고 퍼스티스트 저택의 비정상적인 규모에 놀라서 입을 쩍 벌렸다.

"셰리, 어디에 묵겠어? 이 시기에는 호숫가의 저택이 좋아."

"거, 거기로 할래."

문을 통해 부지 안으로 들어간 후, 한동안 그 안에서 이동했다. 셰리는 백작 저택보다 몇 배는 큰 우리 집을 보고 얼이 나간 것 같았으며, 이동하면서 보이는 풍경에 어안이 벙벙해졌다. 그럴 만도 해. 왕궁보다 넓거든. 나이스한 리액션을 보고 기분이 좋아진 나는 저녁 식사도 최대한 호화로운 요리를 준비해달라고 유카리에게 연락해뒀다. 하지만 오늘은 요리장 소브라가 몸이 좋지 않아서 일을 쉬기에, 무난한 수준의 요리만 준비 가능하다고 한다. 그 담배꾼, 하필이면 이렇게 중요한 순간에…….

호숫가의 저택에 도착하자, 유카리와 메이드 한 명만이 우리를 기다리고 있었다. 이름이 에스였던가. 빨간 머리 자매 메이드 중 여동생 쪽이다. 아무래도 이 저택에 묵는 동안 셰리를 모실 메이드인 것 같았다.

"주인님. 부여 장비를 하나 더 완성했습니다."

"정말이야?!"

실비아와 에코가 방으로 돌아가고 셰리를 손님용 방으로 안내하는 사이, 유카리가 보고를 했다. 완성된 장비는 『동굴곰 암갑지롱 수(岩甲之籠手)』— 착용자의 VIT가 150%가 되는 『동굴곰』이 부여된 팔 방어구다.

“대단한걸! 에코가 더 튼튼해지겠어.”

“나중에 전달하겠습니다.”

“응, 부탁해.”

“네. 그, 그리고…… 저기…….”

유카리는 나에게 슬며시 다가오더니, 부끄러운 듯이 올려다보며 그렇게 말했다.

아무리 눈치 없는 나라도, 바로 감이 왔다. 끝까지 말할 필요가 없다는 듯이, 나는 유카리의 머리와 목덜미를 살며시 쓰다듬어주면서 오늘 밤에 만나기로 약속을 잡았다. 배시시 웃는 그녀는 여전히 요염하고, 아름다우며, 또한 귀여웠다.

“꽁냥꽁냥, 방해해서, 미안한데~.”

바로 그때, 삐친 듯한 표정을 지은 윈필드가 불쑥 모습을 드러냈다. 간 떨어질 뻔했다. 자택에서도 신출귀몰한 것은 그녀가 인간이 아니기 때문일까.

“예상대로, 전황에, 움직임이 있, 었어~.”

그녀는 태연한 목소리로 그렇게 말했다. 그건 꽤 큰일 아닐까……?

“바웰 국왕이, 공문서 공개를 명령했는데, 이제야 드디어, 공개한대.”

“위조를 마친 걸까? 이 짧은 시간 동안?”

“응. 제2기사단만이 아니라, 제3기사단에서도, 협정 위반이 있었단 목소리가, 나오는 와중에, 꽤 힘쓴 편이야.”

마치 여름방학 숙제를 7월에 마친 초등학생을 칭찬하듯, 윈필드는 손뼉을 쳤다. 그 여유로운 모습이 참 믿음직스럽다.

"공문서 원본, 손에 넣자. 응?"

오오, 드디어 내 차례가 온건가.

"그러니까, 실비아 씨를, 불러와~."

……아직인 것 같았다.

"체포 경력을 조회하라고?"

"응."

저녁 식사 때. 셰리와 함께 거실에서 단란하게 식사를 나누고 있을 때, 윈필드가 실비아에게 그런 지시를 내렸다.

"세컨드 씨와 처음 만났을 때, 실비아 씨가, 세컨드 씨를 현행범으로, 체포했지?"

"음, 그랬지. 그리운걸……."

"어이, 떠올리지 마. 당시에는 제정신이 아니었다고."

전생 직후라 텐션이 상승해서 가게 앞에서 야단법석을 떤 결과, 영업방해죄로 잡혀갔다고 하는 부끄럽기 그지없는 일이다. 게다가 약물중독 혐의까지 받았다.

"당시의 문서를, 체크해봐."

"그건 상관없다만…… 그게 어떤 의미가 있지?"

나는, 짐작이 됐다. 그러고 보니 실비아는 제3기사단의 호출에 「그 남자라면 뭔가 알고 있을지도 모른다」고 대답하라는 지시를 윈필드에게 받았다. 이번 체포 경력 확인은 그것과 관련이 있을 게 틀림없다.

"실비아 씨는, 제3기사단의 요청으로, 세컨드 씨에 관해, 여러 정보를, 보고했지?"

"음. 지시대로, 우리 쪽이 유리해질 만한 거짓 정보만 보고해뒀다."

"슬슬, 그 거짓말이, 들통날 시기야. 제3기사단은, 실비아 씨를, 경계해."

"……그래. 즉, 나는 미끼인 거구나."

"맞, 아. 의심에 휩싸인, 상대방은, 세컨드 씨를 체포했을 때의 문서에, 뭔가 있을 거라고, 생각할 거야."

아하. 공문서를 뜯어고치는 녀석들이 「상대방도 뜯어고쳤을 것이다」라고 생각하는 건 당연한 일일지도 모른다. 「상대방도 자기와 똑같은 짓을 한다」라는 강박관념에 가까운 착각에 사로잡힌 것이다.

"우리가 뜯어고쳤든 말든, 실비아 씨가 체크한 후, 상대방도 체크할 게 틀림없어. 그리고 체크를 하러 온 사람이, 공문서에 손을 쓸 수 있는 인물."

"그 녀석부터 캐면서 거슬러 올라가면, 공문서를 위조한 자, 그리고 원본이 있는 곳까지 도달한다는 건가."

"바로~ 그거야~."

그러니, 상대방이 궁지에 몰려가고 있는 이 시점에 손을 쓰는 건가. 재상 측은 아직 통구이 상태다. 움직일 수가 없다. 그런 상황에서 「상대방이 움직이게 유도」해서, 엄청난 악수를 두게 만든다. 대단하네. 인정사정없는 방법이다. 이 녀석은 적으로 돌리고 싶지 않아…….

"저기, 뭐 하나 물어봐도 돼?"

"왜 그래? 음식이 입에 안 맞아?"

"아, 음식은 참 맛있어. 그게 아니라……."

"왜? 아, 화장실은 복도 끝에서 오른편이야."

"그게 아냐!"

"화장실이 아니라면…… 대체 뭔데?"

"실수(오줌 싼 일) 한 번 가지고 이러는 건 너무하지 않아?!"

셰리도 점점 긴장이 풀린 건지, 딴죽이 날카로워지고 있었다.

어험 하고 헛기침을 한 셰리는 차분한 어조로 말했다.

"내 앞에서 그런 이야기를 해도 돼? 내용을 들어보니…… 엄청 심각한 일 같네?"

"뭐, 너한테는 들려줘도 되거든."

"그, 그래? 나를 신용하는구나."

그래. 신용해. 구체적으로는 내 눈앞에서 오줌을 지렸던 녀석이 앞으로 나한테 맞설 수 있을 것 같지는 않거든. 한밤중에 네가 나한테 끼쳤던 그 엄청난 민폐, 설마 잊었다는 건 아니겠지?

"그건 그렇고, 이 집은 뭐야? 엄청나다는 말로는 부족하거든? 왕궁보다 더 끝내주는 거 아냐? 용케 이런 걸 지었네. 정쟁에도 고개를 들이민 것 같은데, 국왕 자리라도 노리는 거야?"

"국왕 같은 것에는 관심 없어."

"농담이었는데…… 그럼 뭐가 될 건데?"

"세계 1위."

"너무 대략적이라 무슨 소리인지 모르겠지만, 설득력은 있네……."

어이없어하는 셰리, 그리고 다른 이들과 담소를 나누면서 이날을 마무리했다. 한창 정쟁을 치르는 중이라는게 믿기지 않을 만큼, 평온한 밤이었다.

……아니, 깜빡했다.

"삐야~."

아침이 왔다. 나는 껍데기만 남은 것 같은 상태로 거실 소파에 앉은 채, 입에서 엑토플라즘 같은 새하얀 덩어리를 토하면서 아침 호수를 멍하니 응시하고 있었다.

주방에서 아침 식사를 준비 중인 유카리는 활기가 넘쳤다. 다크 엘프는 다 저런 걸까? 그럼 종족 명칭을 서큐버스로 바꾸는게 좋지 않을까?

시합에서는, 이겼다. 어찌어찌 이겼지만, 승부 자체는 진 느낌이다.

게다가 무시무시하게도, 유카리는 지구외 생명체를 연상케 할 만큼 비정상적인 속도로 성장 중이라는 사실이 판명됐다. 이대로 가다간 다음인「Ⅲ」에서 나는 침략당하고 말 것이다. 흥행수입은 늘어날 것이며, 전작 및 전전작보다 예산도 많이 투입될 것이다. 분명「Ⅲ도 쓸데없는 카체이스와 총격전 끝에 어찌어찌 승리한 후, 돌싱인 히로인과 멋진 키스를 나누는 해피 엔딩이겠지」하고 생각하게 해둔 후에「인류는 북반구로 밀려난 후에도 계속 침략을 당하고 있지만, 그래도 우리는 최후의 순간까지 싸우며 살아간다—」같은 꿈도 희망도 없는 스토리가 될 게 틀림없다. 그리고 「Ⅳ」는 과거 회상인 것이다. 빌어먹을. 「실은 이런 일도 있었어요」 같은 내용이 나중에 추가되어봤자 보는 입장에서는 애정이 식을 뿐이다. 그게 아냐. 내가 원하는 건 「유괴된 딸을 위해 어처구니없이 강한 아빠가 어처구니없게 적들을 해치워버리는 유쾌 통쾌 액션」처럼 단순명쾌한 작품이지 「화려한 CG를 마구 써댄, 쓸데없이 다크하고 시리어스한 편의주의 전쟁놀이」가 아니란 말이다. 애초에 돈만 퍼부어대고 초심을 잃은 자칭 초대작급 양산형 영화라는 건—.

"—님, 주인님!"

"……아. 왜 그래?"

"아, 그게, 말을 걸어도 반응이 없으셔서……."

"미안해. 얼이 좀 나갔어."

"아침 준비가 다 됐습니다."

"응~. 바로 갈게."

그리고, 아무 일도 없었다는 듯이 하루가 시작됐다. 지구의 생명체를 상대하기 위한 비밀병기라도 준비해야겠다. 나는 굳은 결의를 품으며, 다른 이들보다 늦게 식탁에 자리했다.

◇◇◇

"전하. 드디어 공문서의 내용이 공개됐습니다만, 정말 이대로 있어도 괜찮겠습니까?"

하일라이 대신은 마인 제2왕자를 찾아와서 앞으로 어떻게 할지를 논의했다.

"네. 뜯어고쳤을게 뻔하니까요. 지금 저희가 할 일은 태도를 바꾸지 않고 기다리는 거예요."

"하지만 이대로 증거를 얻지 못한 채로 시간이 흐르면, 저희 진영이 궁지에 몰릴 겁니다."

공개된 공문서에 「R6와 제2, 제3기사단 사이에 협정에 맺어졌단 사실은 기록되어 있지 않았다」는 것이 밝혀지면서, 제2왕자 진영은 힘든 상황에 놓였다. 허위 의혹으로 정치에 혼란을 끼쳤다는 비판을 받고 있는 것이다.

"증거라면 곧 입수할 수 있을 거예요. 빠르면 며칠 안에 말이죠."

"……전하께서는 그들을 매우 신뢰하고 계신 듯합니다."

"제 유일한 친구니까, 당연하지 않을까요? ……그 사람은 여러 가지 의미에서 상식 밖의 인물이죠. 대책을 세우는건 무리예요. 저희의 상식이 통하지 않는 만큼, 상대방의 상식도 통하지 않겠죠."

"하하. 발 재상을 동정하고 싶어지는군요."

호전되기 전에 악화되는 단계가 찾아올 수 있다—라는 모 영국 수상의 명언이 존재하는데, 이 두 사람은 마치 그것을 알고 있는 것처럼 승리를 확신한 듯한 미소를 머금었다.

"전하께서는 달라지셨습니다. 싸움을 앞두고 있는데도 당당하시군요."

"아니에요. 저는 그 사람을 위해 당당해야만 하죠. 원래의 저는 눈앞에 음식이 차려져야 겨우 당당해질 수 있는, 약해빠진 겁쟁이예요."

"이때를 호시탐탐 기다려왔다고 할 수 있겠지요. 그분을 저희 쪽으로 끌어들이고, 이렇게 재상을 궁지에 몰 수 있는 것도 전부 전하께서 해내신 일입니다. 전하께서 그렇게 생각하시지 않을지라도, 신하인 저희가 그렇게 여긴다면 그것으로 충분합니다."

"그럼 좋겠네요……."

마인은 「이런 소리를 했다간 꿀밤을 맞을 거예요」 하고 기쁜 듯한 어조로 중얼거렸다.

차기 국왕이 이래서야…… 하고 생각한 하일라이는 쓴웃음을 머금은 후, 빛을 받아 반짝이는 머리를 살짝 숙이면서 입을 열었다.

"그럼, 저는 이만 실례하겠습니다. 앞으로는 그들을 주축으로 움직이도록 하겠습니다."

"네. 잘 부탁해요, 하일라이 대신."

"그런데 전하. 왕위 계승이 확실해진 후, 폐하께 그분을 어떻게 소개할 것인지, 부디 잘 생각해주셨으면 합니다."

"……."

하일라이의 그 마지막 한 마디에, 마인은 이제까지 머금고 있던 미소를 지우며 인상을 찡그렸다.

그 무례하고 노골적인 친구를 어떻게 소개하면 좋을까— 생각하면 할수록, 벌써부터 위가 쓰리기 시작했다.

“쟈름! 그 남자에 관한 정보는 아직인 거냐!”

재상 발 모로는 제3기사단장 쟈름을 집무실로 부른 후, 큰 목소리로 고함을 질렀다.

“조, 조금만 더 기다려주십시오……!”

쟈름은 고개를 숙였다. 하지만 현재, 세컨드에 관한 정보 수집은 난항을 겪고 있었다.

“그 여자는 뭐하는 거냐! 여자를 심어뒀다고 했지 않느냐!”

“공문서 위조에 정신이 없어서…… 조금만 더 유예를 주시면……!”

“서둘러라! 그게 최우선이다. 의혹에서는 벗어날 수 있더라도 그 남자가 궁정마술사단에 있는 한, 우리에게 평온은 찾아오지 않을 거라고 여겨라.”

“네…….”

부하에게 방금 말한 여자가 「아무래도 적에게 넘어갔다」는 조사 보고를 받았지만, 쟈름은 그 말을 못 한 채 식은땀만 줄줄 흘리며 연거푸 고개를 숙여댔다.

어떻게든 해야 한다— 이제, 수단을 따질 상황이 아니다.

쟈름은 방을 나선 후, 자기 방으로 가서 진지한 표정으로 부하에게 지시를 내렸다.

“텐더를 불러라.”

그것은 『암부』의 우두머리가 쓰는 가명이다. 제3기사단의 그림자를 관장하는 자를 부를 이유라면, 상상하기 어렵지 않았다.
"그 계집…… 감히 내 얼굴에 먹칠을 해……!"
말아쥔 주먹이 부들부들 떨렸다.
상대가 그렇게 나온다면— 쟈름은 분노에 떨면서, 히죽 웃었다.
"감히 우리를 배신했다면, 거꾸로 이용해주마—."

"—바보, 라니깐~. 그 바람에, 이렇게 잡혀버렸잖아."
텐더가 쟈름의 지시에 따라, 실비아 버지니아의 조사를 시작하고 얼마 후…….
실비아가 세컨드 체포 당시의 문서를 몰래 확인하는 것을 수상하게 여긴 텐더는 그 문서를 확인하기 위해, 실비아가 외출했을 때를 노려서 행동에 옮겼다.
……그것이 함정인 줄도 모르고 말이다.
"암부의 사람, 이지? 그것도, 꽤 높은 지위. 혹시, 우두머리야?"
"……."
퍼스티스트 가문의 숙련자 집단 「이브 부대」에게 잡힌 남자는 텐더 본인이었다. 왜 암부의 우두머리가 직접 움직인 것일까. 그 이유는 다양했다. 절대로 실수하지 않는다고 단언할 수 있는 실력을 갖췄고, 문서 내용을 그 자리에서 이해할 수 있을 만큼 내부 정보에 해박할 필요가 있으며, 단독으로 신속히 행동할 수 있는 인물. 그 모든 조건에 부합되는 인물이 텐더 뿐이었다. 그리고 무엇보다, 그럴 수밖에 없는 이유를, 윈필드는 잘 알고 있었다.

“실수, 했네, 방심한, 걸까. 하다못해 한 명이라도, 부하를 데려왔으면, 좋았을 거야.”

“…………”

윈필드는 미소를 지으며 말했다. 복면을 쓰고 검은색 옷을 입은 메이드 몇 명에게 둘러싸인 텐더는 재갈을 물린 채 침묵을 지키고 있었다.

“뭐, 나는, 알아. 네 부하, 전부~, 세컨드 씨와, 실비아 씨와, 비아시드 씨를, 경계 중이지?”

“……큭……”

그제야 텐더가 미세한 반응을 보였다.

텐더의 표정은 윈필드가 한눈에 알아볼 수 있을 만큼 단순했다. 자막을 달면 이런 내용이리라. 「전부 네가 꾸민 짓이냐?!」.

“그래. 너를 혼자 행동하게 하려고, 세컨드 씨와 제1궁정마술사단에게 군사 연습을 시켰고, 실비아 씨를 본가로 보냈으며, 비사이드 씨에게 연설을 시켰어. 그러니, 암부는, 그쪽에 인원을 배치할 수밖에, 없을 거야.”

“……큭!”

방금 경악은, 이런 의미다. 「마음을 읽는 거냐?!」

윈필드는 부정하지 않으며 상냥한 미소를 지은 후, 입을 열었다.

“아, 참고로, 비사이드 씨의 암살은, 불가능할, 거야. 에코 씨라고, 하는, 어마어마한 방패가, 곁에 있거든.”

마지막 희망도, 박살 났다.

"밤이 참, 기대되네~."

"……."

고문은 무의미하다, 라고 텐더의 눈이 말했다.

"너한테 한 말, 아냐."

후훗 하고 웃으며 그렇게 말한 윈필드는 다른 곳으로 향했다.

그리고 그날 밤, 텐더는 그 말의 의미를 알게 됐다.

"세컨드 씨~, 네 차례야~."

내가 강사 임무를 마치고 돌아오자, 윈필드가 슬며시 다가왔다.

실비아 미끼 작전이 성공한 것 같았다. 그럼, 즉…….

"드디어, 세뇌를 써먹는 거야?"

"예스~."

기다리고 기다렸던 《세뇌마술》이다! 처음으로 써보는 【마술】이라 가슴이 뛴 나는 윈필드와 함께 즐거운 발걸음으로 하인 저택 지하실로 향했다.

그곳에는 꽁꽁 묶인 30대 후반의 아저씨가 메이드에게 포위당한 채 바닥을 굴러다니고 있었다. 불쌍하네. 하지만, 그렇고 그런 플레이처럼 보이기도 하는걸.

"빨리 끝내고, 풀어주자. 그럼, 이야기했던 대로, 부탁해."

"오케이~."

나는 경박한 젊은이들 같은 말투로 대답한 후, 그 아저씨에게 다가갔다.

몸을 웅크린 후, 이마에 손가락을 댔다. 사용법은 안다. 상대의 얼굴에 손을 댄 채, 세뇌하고 싶은 내용을 떠올린 후, 《세뇌마술》을 발동시키면 된다.

"—윽!!"

아저씨는 화들짝 놀란 듯한 표정을 지었다.

……아마도, 성공했을 것이다. 정말 단순했다. 나는 재갈을 풀어준 후, 물어봤다.

"너는 누구지?"

"제3기사단 제9부대장 텐더입니다. 본명은 레드넷. 제3기사단장 쟈름이 지닌 암살부대의 대장도 맡고 있습니다."

"기분이 어때?"

"최악입니다. 바닥이 차갑고, 줄도 너무 조이는군요."

"그래. 혹시나 해서 말해두겠는데, 자살은 허락 못 해."

"네. 알고 있습니다."

세뇌 내용은 절대복종. 텐더를 묶은 줄을 끊어서 풀어주자, 그는 무릎을 꿇으며 고개를 조아렸다. 주위의 메이드들의 입에서 놀란 듯한 목소리가 흘러나왔다.

"성공, 이네. 세컨드 씨, 명령해봐."

너무 간단했기에 어쩌면 연기를 하는 걸지도 모른다는 생각이 들었지만, 윈필드가 성공이라고 말하는 것을 보면 성공했으리라. 나는 안심하며 명령을 내렸다.

"공문서의 원본을 위조한 자를 알아?"

"네. 두 명입니다."

"둘 중 지위가 높은 녀석을 잡아서 산 채로 데려와. 그리고 원본도 가져오는 거야."

"알겠습니다."

지하실 밖으로 나간 텐더는 나에게 예를 표한 후, 밤의 어둠 속을 내달렸다.

"……."

《세뇌마술》은 사기네. 횟수 제한이 있을지도 모르지만, 너무 강력하다.

적이 이걸 이용한다면, 아무리 나라도 위험할 것이다. 구체적으로는 세뇌에 걸린 실비아가 나를 암살하려고 한다면, 당할 가능성이 있다. 에코와 유카리는 나와 스테이터스가 상당히 차이나니 문제없지만, 실비아가 【궁술】로 느닷없이 저격한다면, 성공할 가능성이 있다.

"괜찮, 아. 내가 그런 짓, 못 하게 할 거야."

생각이 얼굴에 드러난 건지, 윈필드가 그렇게 말했다. 정말 든든한걸.

"그래도, 이렇게 강력하니…… 좀 아깝지 않아?"

"괜찮아. 나는, 가지고 있는 장기말을, 다 써서 이기는걸, 좋아하지만…… 으음~ 알았어. 세컨드 씨가, 절약하고 싶다면, 그런 방식으로 갈게."

"아, 나도 같은 방식을 좋아하긴 해."

"응. 그럼, 1회 절약하는 방향으로, 생각해, 둘게."

내 본심이 바로 그거다. 윈필드, 내 마음 좀 적당히 읽어.

"그럼, 나, 빈즈 신문에, 정보를 흘리고, 올게."

"아, 그건 제가……."

"아냐, 괜찮아. 내가 갈래."

메이드의 배려를 거절한 윈필드는 나를 힐끔 쳐다봤다. 아하. 눈치를 챈 나는 입을 열었다.

"오늘은 감시를 하느라 지쳤지? 푹 쉬어."

"아, 네. 감사합니다, 주인님."

메이드들은 다들 기쁜 듯이 나에게 인사를 한 후, 해산했다. 윈필드는 남편의 체면을 세워주는 좋은 아내가 될 것 같았다. 그 대신 아무것도 숨기지 못하겠지만 말이다.

"고마워."

"괜찮아, 마이 달링."

볼에 입맞춤을 한 후, 그녀도 바람처럼 사라졌다.

전부터 나한테 마음이 있다 싶긴 했지만…… 마이 달링, 이라고 방금 말했다.

"……."

마이 달링!!

"—잡아왔습니다."

"벌써?!"

다음 날 아침. 텐더가 40대 후반으로 보이는 아저씨를 끌고 왔다. 어제 본 텐더처럼 재갈을 물린 채 꽁꽁 묶인 그는 부들부들 떨며 울상을 짓고 있었다.

"원본은 여기 있습니다."

이것까지…….

일처리가 어마어마하게 빨랐다. 아마 상대방은「텐더는 절대 배신하지 않을 거다」라고 생각하고 있을 것이다. 그래서 이렇게 간단히 일이 마무리됐다. 《세뇌마술》이 얼마나 사기인지 다시 느꼈다.

"오. 빠르, 네. 나도, 방금, 전하고 왔어. 석간에, 실리려나?"

윈필드도, 마치 짜기라도 한 타이밍에 돌아왔다.

나는 텐더에게 물었다.

"저 아저씨는 누구지?"

"왕립 공문서관의 관장입니다."

진짜냐. 너무 썩어빠졌네…….

"그럼 세뇌할까. 그리고, 이 두 사람을 데리고, 하일라이 대신을, 찾아가자."

"자백을 시킬 거야?"

"응. 드디어, 여기까지, 왔네."

"너도 같이 갈래?"

"아냐. 나는, 좀, 신경 쓰이는 일이, 있어."

신경 쓰이는 일? 아, 그러고 보니 「이렇게 별것 아닌 다툼으로 국정이 흔들리고 있을 때야말로, 이면에서는 위험한 일이 벌어지고 있기도 하다」 라고 전에 말했지.

"아직, 알아내지 못한 거야?"

"응, 미안."

"사과하지 마. 네가 모르는 일이 있다는 게 좀 신기할 뿐이야."

"어~. 모르는 게, 더, 많거든?"

저 달관한 듯한 발언이 「뭐든 다 안다」는 느낌을 더욱 자아내는데 말이다.

"주인님. 그를 의자에 앉혔습니다."

"아, 고마워."

나는 유카리의 안내를 받으며 관장 앞에 섰다. 겁먹은 동물처럼 부들부들 떠는 그가 좀 불쌍해 보였다.

"윈필드. 주인님과 참 가까워 보이는걸?"

"와아, 마, 마스터, 여기서 만나다니, 이런 우연도, 다 있네요."

"기다려. 당신, 설마……."

큰일 났다. 내가 윈필드한테 살짝 끌렸다는 게 들통날 것만 같다. 역시 유카리는 날카로웠다. 하지만 윈필드라면 교묘한 화술로—.

"자, 자아~. 나는, 슬슬, 조사하러, 가야지~."

평소 말빨은 어디 간 거냐!

"……돌아오면 할 이야기가 있습니다."

방 안을 얼어붙게 만드는 듯한 차가운 목소리로, 유카리는 윈필드에게 그렇게 말했다. 왠지 관장이 아까보다 더 떠는 것 같았다. 하지만 실비아와 달리, 내가 아니라 윈필드에게 화를 내는 점이 참 유카리다웠다.

"좋아. 그럼, 나는 세뇌나 할까……."

나는 손가락 끝을 관장의 이마……는 땀으로 번들거려서 만지기 싫은걸. 코끝……도 기름으로 번들거려서 싫네. 그래. 턱이 좋겠어. 턱에 손을 대며 《세뇌마술》을—.

"너, 너…… 저런 아저씨를, 묶어놓고…… 무슨 플레이를 하는 거야……?"

절묘한 타이밍에 일어난 세리가 거실에 왔다가 그 광경을 보고 말도 안 되는 오해를 했다. 어찌어찌 오해를 푼 후, 관장에게 《세뇌마술》을 거는 데는 그로부터 한 시간이나 걸렸다.

◇◇◇

"하아~. 마스터는, 여전히 질투심이, 세네……."

유카리의 차가운 시선에서 도망친 윈필드는 현관 인근의 수풀 뒤편에 숨어서 한숨 돌렸다. 왜 이렇게까지 숨는 거냐면, 주종관계이기에 유카리에 대해 잘 알고 있어서다.

"쳇…… 놓쳤군요."

윈필드를 쫓아온 유카리가 혀를 차며 현관 안으로 들어갔다. 「돌아오면 할 이야기가 있다」는 거짓말로 방심하게 만든 후, 세컨드가

없는 자리에서 혼쭐을 내준다. 유카리의 상투적인 수단이다.

그녀들 사이에서는 주인과 정령이란 관계를 떠나 고도의 치열한 심리전이 일상적으로 펼쳐지고 있었다.

"자아. 어떻게, 할까."

윈필드는 왕국 안에서 암약하고 있는 무언가를 어떻게 조사할지, 그리고 저택으로 돌아온 후에 유카리를 어떻게 따돌릴지 동시에 생각하면서 왕도로 향하려 했다.

바로 그때, 마차가 이곳에 도착했다. 마차는 집 앞에 서더니, 마부석에서 두 사람이 내렸다. 집사 큐베로와 구무장(厩務長) 저스트다. 지금 수풀 뒤편에서 모습을 드러냈다간 저 두 사람이 깜짝 놀랄 것이다.

……하지만 갑자기 들려온 두 사람의 목소리에, 윈필드는 걸음을 멈췄다.

"소브라 형이 걱정되는걸. 심각한 일일지도 몰라요."

"네. 저도 걱정됩니다. 단순히 몸이 안 좋다기엔 좀 이상한 듯한 느낌도 드니까요."

"차라리 세컨드 님과 상의하는게 어떨까요?"

"하지만, 본인이 그렇게 거부해서야……."

"괜한 걱정을 끼치기 싫은 거 아닐까요?"

"그렇게 생각하고 싶습니다만, 만일의 가능성을 고려해야만 하겠군요. 역시, 이 일은 세컨드 님과 상의를—."

"—저기."

윈필드는 말을 건네면서 두 사람 앞에 모습을 드러냈다. 상대방을 놀라게 하는 건 전혀 개의치 않았다.

"그 이야기, 자세히, 들려줘."

그렇게 요구한 그녀의 표정은, 심각하기 그지없었다.

하일라이 대신에게 세뇌된 왕립 공문서관 관장을 데려간 후부터의 전개는 그야말로 노도와도 같았다.

우선 하일라이 대신은 재상 측이 눈치채기 전에 바웰 국왕과의 면회를 잡았고, 최대한 빨리 사실을 국왕에게 전하려 했다. 그 후, 마인 제2왕자의 경호를 더욱 엄중하게 했다. 그리고 마지막으로, 이 사실을 밝혀낸 내 공로를 인정해 포상을 내리기 위한 준비를 시작한 것 같았다.

왜 마인의 경호를 엄중하게 한 것일까. 그것은 윈필드의 지시였다. 그녀의 말에 따르면「궁지에 몰린 재상 혹은 제국이 어떠 수단을 쓸지 모른다」고 한다. 마인 암살 가능성마저 고려하고 있는 것이다. 아무리 그래도 그런 멍청한 짓을 하지 않을 거라고 생각하지만, 상처 입은 짐승을 얕봐서는 안 된다는 말이 먼 옛날부터 내려오고 있다. 주의에 주의를 기울여 경호를 강화한 것이다.

한편 나는 포상을 내리기에는 이르지 않냐고 대신에게 말했지만, 그는 이것도 늦은 거라고 말했다. 제1궁정마술사단 건에 관해서도 제파 단장에게 이야기를 들은 건지, 입에 침이 마르도록 나를 칭찬했다. 제파 단장은 대체 무슨 말을 한 것일까? 참고로 두 사람은 자주 술을 마실 만큼 절친하다고 한다. 머리가 휑한 남자끼리의 동료 의식 같은 걸까.

"당신처럼 우수한 분을 같은 편으로 포섭하는 것도, 대신의 소임입니다."

동그란 안경을 고쳐 쓰며 속내를 털어놓는 하일라이 대신은, 머리숱이 적은데도 멋있어 보였다. 바코드 같은 상태인데, 황야의 얼마 안 되는 초목으로 감추고 있을 뿐인데, 참 불가사의했다. 머지않을 미래에 나도 저렇게 머리숱이 빠지더라도, 그때는 가능한 한 멋진 남자이고 싶다…… 그런 허무한 생각을 하고 있을 때, 바웰 국왕과의 면회 시간이 됐다. 이곳에 도착하고 30분도 지나지 않았다. 일이 정말 빠르게 진행된 것 같았다.

면회 자리에는 나와 하일라이 대신과 관장, 이렇게 셋이 향했다. 대신은 들러리이며, 나는 덤이다. 주역은 관장이다. 공문서를 위조한 장본인이라는 자백, 그리고 위조 전의 원본이라고 하는 얼버무릴 수 없는 증거를 접한 국왕은 아연실색할 것이 틀림없다.

관장은 제3기사단장 쟈름의 지시로 위조를 했다고 주장했다. 그리고 지위와 가족을 인질로 협박을 당했으며, 그 바람에 부하 한 명을 끌어들일 수밖에 없었다고 자백했다.

"왜, 이제 와서 자백한 것이지?"

바웰의 질문에, 관장은 울면서 대답했다.

"그가, 계기를, 줬습니다."

이것으로 드디어 해방된다— 그런 느낌으로, 관장은 어딘가 안심한 듯한 표정을 지었다.

세뇌 탓인지, 본심으로 여겨지는 부분에 나를 추켜세우려는 의도가 더해졌다.

관장의 박진감 넘치는 참회를 접한 바웰은 납득한 것인지 팔짱을 끼고 눈을 감으며 잠시 생각에 잠긴 후, 천천히 침묵을 깼다.

"……불길한 예감이라는 건 항상 맞는 법이지. 이렇게 확고한 증거를 잡은 만큼, 나도 결단을 내릴 수밖에 없겠구나."

발 모로 재상 일파의 끝을 알리는 한 마디였다.

그리고 알현을 마치고 돌아온 나를, 불길한 소식이 기다리고 있었다.

"소브라 씨, 카라메리아에, 의존해. 빚을 지게 한 약혼자가 권해서 핀 후로, 거의 매일 피운대. 그리고, 그만이 아냐. 왕도에는, 의존하는 사람이, 왕창 있어~."

"의존……?"

귀가한 직후, 윈필드로부터 조사 결과를 보고 받았다. 그 내용은 예상을 아득히 뛰어넘었다.

"휴일마다, 왕도에 잠복하고 있는 판매자에게, 사러 갔나 봐. 판매자는, 카라메리아의 가격을, 계속 올렸어. 그리고, 드디어, 함부로 살 수 없는 가격이, 된 거야."

"몸이 안 좋은 건, 금단 증상 때문이구나."

큰일인걸……. 약물은 생각도 못 했다.

"포션이 안 통하는 거야?"

"병 같은, 거야. 근본적으로는, 효과 없어."

이 세상에서는 포션으로 병을 고칠 수 없는 건가. 뫼비온에는 병이나 약물 의존이 존재하지 않으니, 대처 방법을 알지 못했다.

"더 유행하게, 됐다간, 위험할, 거야."

"출처는 파악한 거야?"

"카멜 신국. 비사이드 씨가, 몸을 숨기려고, 왕국 안의 카멜 교회를 전전할 때, 판매자를 몇 번 봤나 봐."

"우와…… 카멜 신국이냐……."

성가신 나라의 이름이 언급됐다. 카멜 신국은 카멜교를 국교로 하는 종교국가다. 【회복마술】《회복·대》를 습득하기 위해 수행해야 하는 퀘스트에서 플레이어는 이 나라를 방문하게 되는데, 참 수상한 나라라는 것이 누구나 느끼는 감상이다. 간결하게 말해, 종교상의 이유를 방패 삼아 다른 나라를 침략하거나 돈을 뜯어내는 등 멋대로 구는 나라다.

"제국과 투닥거리고 있는 왕국의 엉덩이를, 확 깨물려는 속셈인가, 봐."

"카라메리아란 약물은 그걸 위한 포석이구나."

"응. 겉보기에는 담배와 똑같아서, 엄청나게 유행했어. 아마 신국은, 카라메리아를 교섭에 이용해서, 불평등조약을 맺으려고 할 거야."

“캐스탈 왕국은 동네북인걸.”

이미 유행한 것은 어쩔 수 없다. 어떻게든 대처할 방법을 생각할 수밖에 없지만…….

“국왕과 상의해서, 카라메리아를 금지하는 건 어떨까?”

“그러면 카라메리아의 가치가 더 커질 거야. 시장이 활성화되겠지. 카멜은 좋겠네~.”

“어이, 농담하지 마. 이미 우리 쪽 사람이 피해를 봤다고.”

“미안해. 그래도 방법은, 규제뿐일 거야.”

“철저하게 규제하면, 지금보다는 나아지지 않을까?”

“맞아. 나아질 거야. 하지만, 카멜 신국이, 가만히 있지 않을 거야.”

“그래……. 돈줄이 주는 거니까 말이야.”

정말 빌어먹겠군.

“바웰과 상의하고 올게.”

“응. 부탁해. 뭐, 이 일만은, 우리끼리, 해결할 순 없어.”

제국의 공작원들과 결판이 나나 했더니, 이번에는 신국의 망할 것들이…….

한숨을 푹 내쉰 나는 저녁 식사를 마치자마자 한산한 거실에서 석간신문을 펼쳤다. 내용은 공문서위조에 관해서였다. 왕립 공문서관의 관장이 제3기사단장 쟈름의 지시로 공문서를 위조했다, 라고 세세하게 적혀 있었다. 재상, 제1기사단장, 제3기사단장은 책임을 져야 한다는 논조였다.

국왕이 사실을 알았으니, 재상 측은 내일이라도 책임을 지게 될 것이다. 국민도 대부분 제2왕자파가 됐으며, 국내의 공작원은 숨죽이고 있었다. 누가 봐도 상대방에게는 승기가 없었다.

이것으로, 정쟁은 종결됐다고 봐도 될 것이다.

……긴 것 같았지만, 참으로 짧았다. 서서히 궁지로 몬 후, 마지막까지 상대방이 반항조차 못 하게 하는, 그야말로 통구이나 다름없는 일방적인 정쟁이었다.

원래는 유카리의 전 주인인 루시아 아이신 공작을 계기로 정쟁이 시작됐다. 유카리의 울분이 풀릴 수 있는 형태로 결말을 맞이하지는 못하더라도, 종지부를 찍은 이가 그녀가 사역한 정령이라는 게 참 아이러니하게 느껴졌다.

"윈필드."

"왜~?"

나는 윈필드에게 말을 걸며 고맙다는 말을 건네려다…… 뭔가 아닌 것 같아서 관뒀다.

그녀에게 이 정쟁은 유희였다. 그리고 나는, 장기말. 그렇다면…….

"꽤 하잖아."

"후후. 고마워."

감사와 칭찬 같은 건, 말로 전하지 않아도 알고 있다.

우리는, 이걸로 됐다.

“재, 재상 각하. 어떻게 하면 좋겠습니까……. 재상 각하!”

바웰에게 진실이 알려진 다음 날. 왕립 공문서관 관장이 구속됐다는 것을 안 쟈름 제3기사단장은 다급히 발 재상의 집무실로 찾아왔다.

이대로 있다간 책임을 지게 된다—. 그것이 싫어서, 이렇게 재상에게 매달리고 있는 것이다.

하지만 재상은 의외로 냉정했다.

“…….”

아니, 입을 다문 그는 언뜻 보기엔 냉정해 보이지만, 가슴속은 활활 타오르고 있었다.

제국의 공작원으로서 왕국 중추에 잠입하고 20년 이상이 흘렀다. 누구도 눈치채지 못하도록 서서히, 서서히 왕국을 움직였고, 제국에 정보를 흘렸으며, 공작 활동을 해왔다. 그리고 드디어 왕국의 방어벽을 무너뜨렸고, 자신의 꼭두각시인 제1왕자가 성장함으로써 번데기에서 성충이 되려던 시점에 방해꾼이 나타났다. 평생의 절반에 가까운 시간 동안 들인 고생이 순식간에 물거품이 되어버린 그의 분노는 누구도 이해하지 못할 것이다.

“때가, 됐나…….”

불쑥, 그렇게 중얼거렸다. 「때?」 하고 되묻는 쟈름을 무시한 재상은 집무용 책상의 가장 아래편, 열쇠로 잠긴 서랍을 열었다.

"원래부터 사상누각이었지. 무너지지 않도록 신중히 쌓아 올렸지만…… 이제 다 틀렸나."

"포기하는 겁니까?!"

"……아니다. 때가 됐다고 말했을 텐데?"

재상이 서랍에서 꺼낸 것은 단검 한 자루였다.

"성을 세울 수 없다면, 빼앗으면 될 일이다—."

"발. 클라우스. 쟈름. 너희에게는 무기한 근신을 명한다. 처분은 후일 내리겠노라. 멤피스, 너에게는 2년간의 감봉 처분을 내린다."

"네."

바웰 국왕은 관계자를 모은 후, 처분을 내렸다.

발 모로 재상은 무표정하게, 클라우스 제1왕자는 아랫입술을 깨물며, 쟈름 제3기사단장은 부들부들 떨면서, 고개를 숙였다. 멤피스 제2기사단장은 반박 한마디 없이 처분을 받아들였다.

"또한 이번 일의 공로자인 제1궁정마술사단 특별 임시 강사, 세컨드 퍼스티스트에게 포상을 내리겠다. 이론이 있는가?"

바웰이 그렇게 묻자, 재상이 조용히 손을 들었다.

"뭐지? 말해 보도록."

"이론은 없습니다. 그자는 언젠가 이 왕국에 있어 그 무엇과도 바꿀 수 없는 존재가 될테지요. 세간에서 주목을 모으기 전에 서둘러 손을 쓰는 편이 좋을 거라 사료됩니다."

재상답지 않은 발언이었다. 하지만 「개심한 건가?」 하고 생각한 이는 이 자리에 단 한 명도 없었다.

“서둘러 손을 쓰라는건 어떤 의미지?”

“다른 귀족에게 포섭되기 전에, 궁정에서 포섭하는 겁니다. 이만큼의 활약을 보였으니, 이미 제안을 받았어도 이상할게 없지요. 이 일은 1분 1초를 다툰다고 여겨집니다.”

바웰은 그 말에 납득했다. 국왕은 독자적인 정보망을 통해, 세컨드란 남자의 상상을 초월하는 힘을 파악하고 있었다. 그 힘이 다른 귀족에게 넘어가는 건, 하물며 다른 나라에 넘어가는 건 왕국으로서도 가능한 한 피하고 싶은 일이었다.

“좋은 일일수록 서둘러야 하지 않을까 합니다, 폐하.”

“그래. 포상 수여는 오늘 오후에 하도록 하지. 하일라이, 준비는 됐겠지?”

“네, 문제없습니다.”

하일라이 대신도 서두를수록 좋다는 의견에는 동의했다. 그래서, 수여식 준비를 어제 마쳐뒀다.

하지만, 재상이 노리는게 뭔지를 알 수가 없었다. 대체 뭘 꾸미고 있는 것일까— 하일라이가 골치를 썩이는 사이, 순식간에 오후가 되고 말았다.

수여식이 있다는 말에 궁정에 와보니, 우선 국왕과 면담을 하라

는 말에 따라 바웰이 기다리는 방으로 안내됐다. 호화로운 방에 들어가자, 바웰이 나를 맞이했다. 여기까지는 예상했던 바다. 하지만 단둘이 만날 거라고는 생각하지 못했다.

바웰과 마주하자, 우리 둘 사이에서는 잠깐 침묵이 흘렀다. 그리고 먼저 입을 연 이는 상대방이었다.

"그대에게 포상을 내릴까 한다. 바라는 게 있는가?"

바라는 것. 뭐든 괜찮을까? 그럼 추격의 반지를 하나 더…… 아니, 증폭의 반지도 괜찮을 것 같다. 아니, 강인의 목걸이…… 원하는 게 너무 많아서 고를 수가 없다! 그리고 평범하게 사면 되는 물건을 받았다가 나중에 아쉬워하는 사태를 피하고 싶다.

"나중에 골라도 될까요?"

"그렇게 하도록. 그럼 수여식에서는 상장만 건네도록 하지."

내 말에 그렇게 답한 바웰은 「급하게 진행된 일이니 말이지」 하고 말하며 웃었다. 흐음, 의외로 사고방식이 유연한걸.

그리고 또 침묵이 흘렀다. 바웰은 과묵한 사람일지도 모른다. 나는 마침 잘됐다고 생각하며, 예의 일에 대해 물었다.

"보고드릴 것이 있습니다. 현재 왕도에서는 카라메리아란 유사 담배가 유통되고 있습니다만, 그것은 의존성이 있는 약물입니다. 카멜 신국에서 작위적으로 퍼뜨린 것 같으며, 국내에서 꽤 유행했습니다. 서둘러 규제해주십시오."

"그게 사실인가?"

"틀림없는 정보입니다."

"알았다. 서둘러 조사한 후, 대책을 세우도록 하지. 정보를 제공해줘서 고맙다."

와우, 말이 통하는걸. 그리고 고맙다는 말까지 했다. 이 아저씨, 왕치고는 꽤 좋은 사람이다. 뫼비온 때와는 많이 달랐다.

……아하. 대신이 말했던 포섭작업인가.

"저는 캐스탈 왕국을 떠날 생각이 없으니, 그런 걱정은 안 하셔도 됩니다. 대신, 그 누구의 진영에도 들어갈 생각은 없습니다."

"그래. 그 말을 듣고 안심했다. 그대가 아군이 되지 않더라도, 적이 되지 않는다면 그걸로 충분해."

바웰은 속내를 털어놨다. 그걸 위해 이렇게 단둘이 만나는 자리를 마련한 것 같았다.

"저에 대해 어디까지 알고 계시죠?"

"왕립 대도서관에는 내 귀가 있지. 왕립 마술학교의 도서실에도 마찬가지다. 왕립 대도서관 관장 팔로마의 예전 부하인 실크라고 말하면 알아들으려나?"

"아, 바로 그……."

독이 든 크림빵처럼 손이 빵빵한 아줌마 말이구나.

"나는 그 두 개의 귀로 얻은 정보, 그리고 세간의 정보를 통해 그대라는 인물을 추측했다."

"그 결과, 강함의 비결이 속독에 있다고 판단한 겁니까?"

"아니. 그 비결은 속독을 가능케 하는 뭔가다. 그대는 그 뭔가를 가지고 있지. 그리고 팀원에게 알려줄 수도 있는 거야."

대단하네! 정답이다.

"하하. 그렇게 무서운 표정을 짓지 마라. 그 뭔가를 알려달라는 뻔뻔한 소리를 하려는 건 아니다. 그저……."

"그저……?"

"마인을, 부탁한다."

바웰은 그렇게 말하며 상냥한 미소를 머금었다. 그 발언은 사실상의 차기 국왕 내정을 의미했다. 하지만 내가 신경 쓰인 것은 그 점이 아니다. 바웰은 마치 「자기는 살날이 얼마 남지 않았다」는 것을 아는 듯한, 그런 슬픈 표정을 짓고 있었다.

그래도 한 5년은 괜찮을 거다— 하고 말해주려다, 그 말을 삼켰다. 이 세상은 뫼비온과 비슷한 것 같으면서도 명백하게 달랐다. 바웰의 병이 뫼비온에서처럼 악화될 가능성이 제로는 아니다.

"그대의 힘과 그 비밀은 아마 유일무이하겠지. 그것을 이 나라를 위해 써달라는 명령을 내릴 생각은 없다. 하지만, 마인이라는 한 인간에, 우정이라는 선을 벗어나지 않는 수준에서 조력을 해줬으면 한다."

한 나라의 왕으로서, 그리고 언젠가 왕이 될 남자의 부모로서 부탁하는 것일까.

왠지…… 그리운 느낌이 들었다. 중학생이 되고 얼마 되지 않았을 즈음, 집에 놀러 온 친구를 본 엄마가 「이 애와 친하게 지내렴」이라는 말을 했고, 부끄러워진 나는 「괜한 소리 하지 마!」 하며 발끈하고 싶어졌던 적이 있다.

부모와 자식의 관계는 남들이 보기에도 멋쩍은 구석이 있다. 나는 뒤통수를 긁적이면서 바웰에게 대답했다.

"부탁한 것만큼 도움이 될지는 모르겠지만, 곤란에 처하면 도울 것이고, 잘못하고 있으면 지적할 것이며, 가라앉아 있을 때는 술 한 잔 같이 기울이고, 기쁜 일이 있으면 축하해줄 겁니다. 친구란 그런 것 아닐까요?"

"그렇지. 이거 한 방 먹었는걸. 부탁할 필요도 없었군. 하하하!"

마인의 아버지는 무릎을 두드리며 웃었다. 왠지 나도 웃음이 났다. 그렇게 둘이서 한동안 웃음을 흘린 후, 둘만의 면담은 끝났다.

나는 개운한 기분으로 대기실로 돌아간 후, 수여식이 시작될 때까지 혼자서 기다렸다.

"준비가 끝났습니다. 동행을 부탁드립니다."

약 한 시간 후, 메이드가 찾아왔다. 「되게 오래 기다리게 하네」 하고 마음속으로 투덜거리며, 그 뒤를 따랐다.

"……응? 어라, 이쪽이야?"

"우선 폐하께 인사를 해주십시오. 그 후, 알현실로 안내하겠습니다."

"흐음."

메이드가 나를 안내한 곳은 한 시간 전에 바웰과 만났던 방이었다.

나는 원래 이러는 거라고 생각하며, 메이드를 다라갔다.

"폐하, 실례하겠습니다."

……눈치챘어야 했다. 노크 후에 대답도 기다리지 않고 안으로 들어가는 메이드의 위화감을. 이미 면회를 했는데, 다시 인사를 하

러 가는 위화감을.

그리고, 경계했어야 했다— **상처 입은 짐승**을.

"……."

메이드의 뒤를 이어 안으로 들어간 나는 우선, 쇠냄새를 맡았다.

그리고, 눈을 의심했다. 방 안은 잉크라도 흩뿌린 것처럼 검붉은 색으로 물들어 있었다.

그 한가운데에 사람이 쓰러져 있었다. 탁한 금색 머리카락을 지닌 아저씨였다.

바닥에는 엄청난 양의 피가 웅덩이처럼 고여 있었다.

경동맥이 잘린 것이다.

메이드는 어느새 모습을 감췄다. 아마 그녀는 메이드가 아니었을 것이다. 텐더의 부하일지도 모른다는 생각이 내 머릿속의 냉정한 부분에 담담히 떠올랐지만, 다른 부분은 아무런 생각도 못할 정도로 펄펄 끓어오르고 있었다.

—죽였다.

비사이드도 아니다. 마인도 아니다. 나 또한 아니다.

바웰 캐스탈 국왕을, 죽였다—!

"꺄아아앗!!"

내 등 뒤에서 메이드가 비명을 질렀다. 나를 안내했던 메이드와 달리, 이번에는 진짜 메이드 같았다.

"대체 무슨 일이냐…… 아, 아니?!"

미리 짜기라도 한 듯한 타이밍에, 발 모로 재상이 모습을 드러냈다. 뻔뻔한 대사를 늘어놓으며, 놀라는 연기를 하고 있었다. 재상의 목소리를 듣고, 사람들이 몰려왔다. 그중에는 클라우스와 마인, 하일라이 대신도 있었다.

"……."

……의심받는다, 누명이라는 것을 증명한다, 같은 건 아무래도 좋았다.

"벼, 변명할 생각 마십시오. 아니, 이런 천인공노할 짓을……."

시끄럽다. 그렇다…… 이 시끄러운 자식을, 어떻게 해줄까.

나 자신도 이해가 안 되는 분노와도 같은 무언가가, 조용히 고개를 쳐들었다.

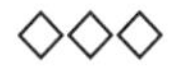

아까까지 함께 웃었던 사이라서 그럴까. 아니면 친구의 아버지라서 그럴까.

바닥에 드러누운 채 차갑게 식어가고 있는 바웰이 다시는 아무 말도 못 할 거라고 생각하니, 말로 형용할 수 없는 무언가가 샘솟았다.

"재상 각하! 이 남자의 대기실을 수색해보니, 이런 게 나왔습니다!"

제1기사단의 기사로 보이는 남자 두 명이 『단검의 검집』을 가지고 이 방에 왔다.

아, 그런건가. 나는 바닥에 떨어져 있는 흉기로 보이는 단검을 관찰했다. 자루 부분이 저 기사가 들고 있는 검집과 흡사했다.

내 대기실에, 흉기의 검집이 놓여 있었다는 식으로 짠 건가.

흐음, 오호라, 호오…….

"현행범이다! 증거도 있어! 즉각 이 남자를 체포해라!"

재상이 고함을 질렀다. 그 순간, 기사 몇 명이 나를 향해 달려들었다.

"앙골모아."

나는 우선 《정령소환》을 썼다. 가능한 한 화려하게 말이다. 그렇게 염화로 전하자, 앙골모아는 검붉은 번개를 방 전체에 흩뿌리면서 기사들 앞에 모습을 드러냈다.

"아, 아니?!"

신성함이 감도는 존재가 갑자기 모습을 드러내자, 기사뿐만 아니라 이 방에 있는 이들 전원이 한 걸음 물러났다.

기회인걸.

"—무릎 꿇어라!"

내 생각을 읽은 앙골모아가 주저 없이 그것을 발동시켰다.

"아니……?!"

실내인데도 불구하고, 무시무시한 폭풍이 곳곳에서 휘몰아쳤다. 위에서, 그리고 아래에서도 말이다.

이름을 붙이자면 『무릎 꿇리는 바람』이다. 초회 소환 때, 「자기보다 머리가 더 높이 들고 있는 인간이 있는게 마음에 안 든다」는 이유만으로 발동시켰던 정령대왕 특유의 수수께끼 기술이다. 참고로

『무릎 꿇리는 번개』는 얼간이 정령과 그 주인에게만 효과가 있기 때문에 이번에는 쓰지 않았다.

“자아.”

나는 일부러 발소리를 내면서, 짓밟힌 개구리 같은 꼬락서니를 하고 있는 재상의 눈앞으로 우아하게 걸어갔다. 재상은 바람을 버티는 것도 벅찬지, 뜻대로 몸을 움직이지 못했다. 즉…….

“너, 감히 이딴 짓을 벌여?”

……일방적으로 뭐든 할 수 있다.

지금쯤, 공포에 질린 재상은 오줌이라도 지릴 것만 같으리라. 하지만 그걸 겉으로 드러낼 수는 없다. 그랬다간 「자기가 진범입니다」 하고 자백하는 거나 다름없다.

“너무 허술해. 내가 바웰을 죽일 이유가 없어. 그리고 이 타이밍에 죽이는 것도 말이 안 되지. 대기실에 단검 검집을 둔 것도 말이 안 돼. 그래……. 내가 누군가를 죽일거면, 가장 먼저 너부터 죽일걸? 타이밍적으로는 바로 지금이야. 검집도, 보통은 인벤토리에 넣어두지 않을까? 하지만, 지금, 이 순간에는, 검집도 단검도 필요 없지.”

“……윽…….”

몸을 웅크리며, 재상의 얼굴을 들여다봤다. 재상은 부들부들 떨면서도, 어금니가 부딪치는 소리를 내지 않으려고 필사적으로 입을 악물고 있었다.

“(짐의 세컨드여. 이 자리에서 죽여버렸다간, 수배자가 될 것이니라.)”

“(하지만 참을 수가 없어. 다리 하나라도 작살을 내버릴까?)”

"(찬성하고 싶다만, 이번에는 그럴 수가 없겠구나. 윈필드에게 맡기거라.)"

"(……뭐, 그래야겠네.)"

화가 나서 미칠 것 같다는 건 이럴 때 쓰는 말이리라. 하지만 「재상이 바웰을 죽였다」는 명확한 증거가 없는 이 시점에 재상을 죽였다간 「범행을 들키고 자포자기했다」고 여겨져도 이상할게 없다. 게다가 증거를 찾더라도, 재상을 죽여도 될 이유는 못 된다. 상대는 국왕 살해범이다. 이것은 공정하게 처리되어야 할 안건이다.

우선은 결백부터 증명해야 할까.

"(이제 진정됐어.)"

"(음. 그래야 짐의 세컨드지.)"

……일단, 물러나자.

결코 도망치는게 아니다. 이 망할 자식을 실컷 가지고 논 후에 죽일 준비를 하기 위해, 일시적으로 후퇴하는 것뿐이다.

결코 진 것이 아니다. 결코, 이 녀석에게, 제국에게, 지지않았다.

세계 1위가, 진 게 아니다……!

"제국에 전해라, 이 망할 자식아. 이게 네 독단이든, 말베르 제국의 뜻이든, 너희는 절대 건드려선 안 되는 이를 건드렸어."

"꾸엑!"

나는 재상의 몸을 걷어차서 뒤집었다. 재상은 전혀 저항하지 못했고, 한심하게도 나에게 배를 드러낸 상태에서 바람에 짓눌리고 있었다.

"연락 수단, 있지? 있잖아?"

윈필드가 「가능성은 낮다」는 전제하에 했던 말을 떠올리며, 나는 그렇게 말했다. 그렇다. 분명 이렇게 말했다. 만약 마인이나 하일라이 같은 인물의 목숨을 노린다면, 재상은―.

"팀 한정 통신 말이야. 모를 거라고 생각했어?"

―제국 중추의 누군가와 『팀』을 맺고 있을 것이다.

표적이 바웰이라도 마찬가지일 것이다. 독단으로 가상 적국의 국왕 살해를 저지를 수 있을 리 없다. 분명 이 단기간에 제국 측과 연락을 주고 받았을 것이다. 그것은 재상이 말베르 제국과 빠르게 연락을 취할 수 있는 수단을 가지고 있다는 증거가 다름없다.

팀 결성 방법은 매우 간단하다. 팀 희망 멤버 전원이 팀 결성 퀘스트를 수주한 후, 다 같이 병등급 던전을 완전히 공략하면 되는 것이다. 재상이 제국 측의 누군가와 팀을 맺었더라도 이상할게 전혀 없다. 아니, 스파이가 이렇게 편리한 것을 활용하지 않을 리 없는 것이다.

"……."

아무래도 정곡을 찌른 것 같았다. 재상은 식은땀을 줄줄 흘리며 입을 다물더니, 그저 폭풍을 견디기만 하는 아저씨가 됐다.

"자아, 그 잘난 통신으로 황제 씨한테 도움이든 애원이든 해보지 그래? 스파이인 게 들통나서 큰일 났어요~, 살려주세요~ 하고 말이야."

남들 앞에서, 재상이 제국의 공작원이라는 것을 거듭 강조했다.

팀 한정 통신의 존재도 밝혀졌으니, 재상은 더욱 움직이기 힘들어질 것이다. 믿지 않는 자도 있겠지만, 적어도 의문의 씨앗은 심어줬다.

그렇게 재상을 괴롭혀주자, 나도 분이 조금은 풀렸다.

하지만 분노는 사그라지지 않았다. 나는 끝없이 샘솟는 분노를 「후우」 하고 한숨과 함께 내쉰 후, 다른 이들을 향해 작별 인사를 시작했다.

"똑똑히 봐라! 나는 도망치지도, 숨지도 않는다! 이 방에서, 이 궁정에서, 걸어서 나갈 거다! 막아봐라! 잡아봐라! 나는 걸어갈 거다! 걸어서 나갈 거다! 똑똑히 봐둬라!!"

분노를 드러내며 그렇게 외친 후, 나는 이 자리에 있는 이들 전원에게 등을 보인 채 한 걸음 한 걸음 당당히 내디디며 천천히 이 방에서 나갔다.

도망치듯 냅다 뛰는 것은 세계 1위에게 허락되지 않는다.

게다가 적 앞에서 그런 꼴사나운 모습을 보일 수는 없다.

도망치는 것이 아니다. 진 것이 아니다. 그 증거로, 나는 지금 이렇게 당당히 걷고 있다.

그런 내 기백에 압도된 것인지, 앙골모아의 바람이 잦아들었는데도 불구하고 누구 한 명 나를 쫓아오지 않았다.

"미안해…… 미안해……!"

연락을 넣은 후에 귀가한 순간, 내 품에 뛰어든 윈필드가 엉엉 울면서 사과했다.

이렇게 흐트러진 그녀는 처음 봤다.

“주인님에게 미움받을지도 모른다면서, 계속 불안에 떨었습니다.”

옆에 있는 유카리가 쓴웃음을 머금으며 그렇게 말했다. 항상 무표정하던 그녀 또한 평소와 다른 반응을 보이고 있었다. 유카리가 이런 표정을 짓게 할 만큼, 윈필드가 심각한 반응을 보였던 것 같았다.

“괜찮으니까 개의치 마. 네 탓이 아냐.”

“하지만, 제2왕자가 아니라, 국왕이 암살당할, 가능성도, 조금이지만 있다고, 생각했어. 대비만, 했으면…….”

“막을 수 있고 없고를 떠나, 이딴 짓을 벌인 상대가 마음에 안 들어서…… 약간 울컥했을 뿐이야.”

“후하하하. 짐의 세컨드가 보인 압력을 약간 울컥한 것이라고 표현해도 될지 모르겠구나.”

앙골모아가 옆에서 시끄럽게 떠들어댔기에, 《송환》시켰다. 이야기가 괜히 복잡해질 것 같았다. 앙골모아를 보낸 후, 나는 한숨 돌렸다. 옆을 힐끔 보니, 실비아가 주먹을 말아쥔 채 부들부들 떨고 있었다.

“요, 용서 못 한다……! 아무런 죄도 없는 바웰 폐하를 해한 것으로 모자라, 세컨드 님에게 그 죄를 씌우다니……!”

“진정해, 실비아. 네가 화내면 어쩌자는 거야.”

“하지만! 그런 악당을 내버려 둘 수는 없지 않느냐!”

“그냥 누지 않을 거니까 걱정하지 마. 하지만 그 전에 내 누명부터 벗어야 해. 그러니 좀 진정해."

나는 최대한 상냥하게 말하면서 격노한 실비아를 달랬다. 하지만 나는 이 녀석의 이런 면을 좋아한다. 시원시원할 정도로 저스티스 하달까, 열혈하면서 청렴하달까……. 남을 위해 이렇게까지 화내는 인간은 좀처럼 없을 거라고 생각한다.

분노한 실비아를 보고 에코도 놀라지 않았을까 싶어서 쳐다보니, 이런 상황에서도 그녀는 역시 마이페이스했다. 테이블 위에 두 손을 모은 후, 그 위에 턱을 얹고 행복한 표정으로 자고 있었다. 잠든 모습이 고양이 같아 보였다. 에코가 영원히 변하지 않기를. 그리고 애니멀 테라피로서 나를 계속 힐링해줬으면 좋겠다.

"……미안하구나. 이제, 진정됐다."

그런 생각이 든 내가 잠든 에코의 모습을 보며 힐링을 하고 있을 때, 실비아가 겨우 진정했다.

"하지만, 일이 꽤 성가셔졌구나. 세컨드 님은 현재, 국왕 살해 혐의를 받고 있는 거지?"

"그래. 하지만 표정을 보니 마인과 하일라이 대신은 나를 의심하지 않는 것 같았어."

"음. 그쪽은 걱정하지 않는다. 하지만 재상과 제3기사단장이 연루되어 있을 게 틀림없다. 이대로 내버려 뒀다간 세컨드 님이 죄를 뒤집어쓰지 않을까?"

"맞아. 그 녀석들에게 무기한 근신을 명한 국왕이 죽었으니까……."

왕국의 중대사라는 구실로 이 처분을 없었던 일로 만들 것이 뻔

하다. 국왕이 사망했으니, 왕국의 권력자는 왕족을 제외하면 재상 혹은 대신이 가장 상위일 것이다. 아무래도 그 녀석은 이걸 노린 건가.

"—아, 미안. 이제, 괜찮아."

바로 그때, 윈필드가 부활했다. 나한테서 떨어지더니, 평소처럼 냉철한 미인 같은 표정을 지었다. 그리고 이때를 기다렸다는 듯이 입을 열었다.

"이대로 가면, 내전이 일어날, 지도 몰라. 제1왕자파와, 제2왕자파의, 내전."

"그럼, 형제끼리 서로를 죽이려고 싸우는 거야?"

"응. 누가, 차기 국왕이 될지를 가지고, 파벌 간의, 싸움이 벌어지는 거야. 뭐~, 그래도, 그건 딱히, 문제가, 아냐."

"……뭐?"

문제가 아니라고?

"왜?"

"틀림없이, 제2왕자파가, 이겨. 아니, 이기게 만들 거야. 그러면, 세컨드 씨의, 혐의도, 자동적으로, 벗겨져."

"으음…… 네가 그렇게 말한다면 그렇겠지. 그럼, 뭐가 문제인데?"

"카멜 신국."

"아……."

맞아, 그 문제가 있었지.

"음. 중요한 점을 이제야 깨달았다, 세컨드 님."

"뭔데?"

"국왕이 사망하면서, 카라메리아 규제에 대한 이야기도 전부 없었던 것이 되지 아니겠느냐?"

"우왓! 맞아. 내가 그 이야기를 한 건 국왕이 사망하기 직전이었어."

다른 사람에게 이야기할 시간은 없었다. 하일라이 대신에게 이야기를 하면 처리를 해줄 것 같지만, 하일라이 대신은 현재 그럴 경황이 없다.

왕국이 제1왕자파와 제2왕자파로 나뉘어서 전쟁을 벌인다면, 카라메리아를 규제할 때가 아니다. 그러면, 왕국 중추에서 따로 활동할 인간이 필요하다.

"아. 그 점에, 관해선, 나한테, 좋은 생각이 있어. 걱정하지 마."

"오케이~. 맡기겠어."

"뭐?! 세컨드 님, 너무 흔쾌하게 허락하는 것 아니냐?"

윈필드가 괜찮다고 말했으니, 이건 그냥 넘겨도 되는 문제다. 나는 카라메리아에 관해서는 이제 생각하지 않기로 했다.

"……으음. 그런데, 신경 쓰이는게 하나 있다."

"실비아, 왜 그래? 화장실이 급해?"

"나는 셰리가 아니다!"

"그 반응은 재미있지만, 본인이 없는 자리에서 그러면 험담하는 거나 다름없어."

"미, 미안하다. 무심코…… 아, 그게 아니라 말이다!"

"신경 쓰이는게 뭔데?"

"음. 세컨드 님은 왜 재상을 죽이지 않은 것이냐? 호위도 얼마 안 됐을 텐데 말이지. 기회라고 생각하는데 말이다."

아~, 그게 신경 쓰이는 거구나. 확실히 당시의 나는 확 죽여버릴 생각이었지만, 진정하고 보니 안 죽이기 잘한 것 같았다.

"그 자리에서 재상을 죽였다간, 국민 대다수가 내가 국왕을 죽였다고 생각할 거야. 그걸로 득을 보는 건 제국과 신국이야."

"아, 그래……. 그럼 제1왕자파를 전부 죽여버리는 건, 어떻지?"

"되게 무시무시한 소리네. 그건 괜찮을지도 모르지만, 수천 명은 되지 않겠어? 그걸 다 파악하는 건 무리야."

"그럼 이제부터 왕성에 쳐들어가서, 세컨드 님이 재상과 함께 다 몰살시켜버리면……."

"헛소리하지 마! 내가 무슨 살육 머신이냐!"

진짜, 너무하네. 「안 그래?」하고 말하며 유카리를 쳐다보니 「맞지 않나요?」라는 표정을 지었다. 어어…….

"솔직히 세컨드 님이라면 수천 명을 상대라도 털끝 하나 다치지 않고 돌아올 것 같다만……."

"무리야, 무리. 마물 수천 마리라면 상대해본 적 있지만, 동시에 인간 수천 명은 무리라고."

마물은 행동 패턴이 정해져 있지만, 인간은 자유롭게 움직인다. 어떤 예측 못 한 사태가 벌어질지 모르는 만큼, 그런 일에 목숨을 걸 수는 없다. 이길 수 있는 싸움만 하자는 것이 내 신조다. 그리고 수천 명을 죽이며 돌아다니는 건 그다지 기분 좋을 것 같지도 않았다.

“마물 수천 명은 가능하다는 것도 놀랍지만…… 그럼, 그녀에게 시키면 어떻겠느냐?”

“그녀? ……아~.”

그러고 보니 그런 불가능을 가능하게 하는 존재가 한 마리 생각났다. 뭐, 그녀에게 시킨다면야…….

“하지만 상황적으로 카멜 신국을 어찌하는게 우선이잖아.”

“세컨드 님, 부정은 하지 않는구나.”

“주인님, 부정하지 않으시는군요.”

“시끄러워. 애초에 이건 타인의 싸움이야. 내가 고생해가며 해결해줄 의리는 없어.”

그건 그렇다는 듯이 실비아와 유카리는 납득했다. 내가 수천의 마물을 상대로 이길 수 있다는 게 더 충격적이었는지, 두 사람은 흥분을 감추지 못했다.

“……좋아!”

“왜, 왜 그래?”

바로 그때, 윈필드가 큰 목소리를 냈다. 오늘은 그녀답지 않은 행동을 많이 하는걸.

“나, 마음을 굳혔어. 온 힘을 다할래. 재상 측을, 완전히, 외통수로 몰아버릴래. 맡겨줘.”

아무래도 의욕이 난 것 같았다. 아니, 이제까지는 온 힘을 다하지 않았던 거냐. 무섭네.

"세컨드 씨, 중요한 확인 사항, 있어. 무슨 수를 써도 되니까, 수천 명의, 병사를, 겁줘서, 퇴각시킬 수, 있어?"

그 후로 경악스러운 질문을 연이어 던졌다.

수천 명의 병사를 겁줘서 퇴각시키라고? 그야—.

"나한테 맡겨."

—이렇게 말할 수밖에 없잖아!

"새옹지마, 군요."

제1왕자 클라우스의 방. 발 재상은 클라우스에게 담담한 어조로 말했다.

"왕위는 반드시 장자인 전하께서 물려받으셔야 합니다. 제2왕자파에서 뭐라고 하든, 의연한 태도를 취해 주시길."

"……."

클라우스는 재상의 말을 듣고도 고개를 끄덕이지 못했다. 어느 여성의 말이 머릿속에서 사라지지 않는 것이다.

「재상은 적이라고 여기세요」— 짧은 한마디지만, 그것은 클라우스가 이제까지 쌓아왔던 신뢰 관계를 전부 무너뜨리고 남을 만큼 강력한 말이었다.

"만약 상대방이 무력 행사를 하더라도, 제1기사단 및 제3기사단은 저희 수중에 있습니다. 패배할 리가 없지요."

그건 그렇다. 그렇게 납득하려다, 의문에 사로잡혔다. 의적 탄압 때, 클라우스는 협정을 맺었다는 사실을 전혀 듣지 못했다. 반정부 세력의 소탕이라고만 들었다. 그런데 뚜껑을 열고 보니, 의적 측을 함정에 빠뜨리는 형태로 비밀리에 협정이 맺어졌으며, 게다가 그 사실을 은폐하기 위해 공문서까지 위조했다.

재상에게 물어보니 「전하를 지키기 위해 어쩔 수 없이 위조했습니다」라는 뻔뻔한 소리를 늘어놨다. 무슨 말인지는 알지만, 그래도 납득이 되지 않았다. 그런 상황이 쭉 이어졌다.

게다가 의적 R6는 말베르 제국과의 제휴에 방해가 되기 때문에 강제적으로 탄압한 것이 아닐까, 라는 것을 클라우스도 어렴풋이 눈치챘다.

왕도에서 활동하는 의적의 소탕이 왕국을 위한 일이라 납득하며 나선, 탄압 부대의 대장. 하지만 현재 왕도는 의적 R6가 없는 탓에 치안이 더 악화됐다. 이럴 줄 알았으면 무리하게 탄압하지 않는 편이 좋았을 거란 생각이 들 정도다.

왜 그렇게까지 해서 의적을 탄압할 필요가 있었을까. 국익으로 이어지지 않는 탄압. 오히려 제국에게 유리하게 작용하는 정책. 잘 생각해보니 이제까지도 그러했고, 이제부터 그러할 것이다.

게다가 세컨드가 아까 했던 말……. 설마 재상은 진짜로 제국의…….

"그럼 곧 벌어질 싸움에 맞춰 준비를 부탁드리겠습니다."

클라우스가 그런 생각을 하고 있을 때, 재상이 방에서 나갔다.

"……쳇."

혀를 찬 클라우스는 일단 생각을 멈춘 후, 자신이 해야 할 일을 하러 갈 수밖에 없었다.

"저기, 당신이, 팔로마 씨?"

"읏! ……누구냐."

왕립 대도서관의 관장실에 소리 없이 나타난 이는 은발을 투블럭 스타일로 자른 장신의 미녀 정령 윈필드였다. 왜 이 시기에 도서관장인 팔로마를 찾아온 것일까. 그것은 바웰이 없는 이 상황에서 정보망을 움직일 수 있는 인물을 찾아온 결과였다.

"적어도, 왕국의 편일까?"

"호오. 그럼 그 왕국의 편께서는 무슨 일로 나처럼 보잘것없는 도서관장을 찾아온 거지?"

"왕의 정보망을, 이용해, 해줬으면 하는, 일이 있어."

"이 자식, 그걸 어떻게……."

"세컨드 씨, 한테, 들었어."

"……그래."

세컨드의 이름을 들은 팔로마는 잠시 굳어있더니, 곧 납득한 것처럼 고개를 끄덕였다. 왕이 세컨드에게 흥미를 가지고 있다는 건, 정보를 모은 팔로마 본인이 제일 잘 알고 있었다. 그리고, 세컨드가 왕을 살해할 자가 아니라는 것도 말이다.

"말해보도록."

윈필드는 자기가 모시는 이의 이름이 팔로마에게 먹혔다는 사실을 자랑스럽게 여기며 옅은 미소를 지은 후, 진지한 표정으로 입을 열었다.

"카멜 신국에서, 카라메리아라는, 유사 담배가, 밀수되고 있어. 그거, 실은, 엄청 위험한 약물. 서둘러, 유행하는 걸, 막고 싶어."

"……사실이라면, 위험하겠지."

"응. 시간이, 없어. 그리고, 규제를 했다간, 신국이, 즉시, 이빨을 드러낼 거야."

"알았다. 내가 할 일은 그 약물에 대한 올바른 정보를 확산해 혼란을 방지하는 건가?"

"아냐. 그건, 빈즈 신문에, 부탁해뒀어. 그것보다, 팔로마 씨는, 더 직접적인, 일을 처리해, 줬으면 해."

"직접적인 일?"

윈필드는 고개를 끄덕이더니, 진지한 표정으로 한 걸음 내디뎠다.

"판매자의 거처를, 전부 알아내서, 가능하면, 제거, 해줬으면 해."

"하하하!"

팔로마는 그 말을 듣고 큰 소리로 웃었다.

왜, 웃는 것일까. 그것은 윈필드의 예상이 적중했기 때문이다.

"어떻게 알아낸 건지는 모르겠지만, 대단하군."

"알아낸 게, 아냐. 조사했을, 뿐이야."

"그럼 더 대단한걸. 알았다. 나에게 맡겨라. **일**을 관둔지 오래됐지만, 아직 실력은 녹슬지 않았거든."

"다행이야."

팔로마는 전직 『국왕 휘하 암부』였다. 일개 도서관장이 왕국 전체에 펼쳐진 정보망을 관리할 수 있을 리 없다.

"그럼, 이번에는, **실수**하지 마."

윈필드는 마지막으로 그렇게 말한 후, 관장실을 나갔다.

"……."

아픈 곳을 찔린 팔로마는 방에 걸려 있는 바웰 국왕의 초상화를 향해 굳게 경례한 후, 귀기 어린 표정으로 일에 임했다.

"멍청한 놈."

그것은 재상, 제1기사단, 혹은 현 국왕 휘하 암부를 향한 말일까. 아니면 자기 자신을 향한 말일까. 그가 잃은 것은 너무나도 거대한 존재였다. 하지만, 그를 벌할 사람도 없고, 이용할 자도 없다.

그런 그에게, 이 나라를 구하기 위한 의뢰가 주어졌다. 마치 죽은 왕에게 속죄할 기회를 얻은 것처럼, 죽은 왕의 원수를 갚게 된 것처럼, 팔로마는 온 힘을 다해 카라메리아의 판매자들을 처리할 것이다.

윈필드는 거기까지 파악한 후, 팔로마에게 이야기를 꺼낸 것이다. 그것은 「온 힘」이라는 말로 넘어가도 될 만큼 간단한 **수 읽기**가 아니다.

정령계 제일의 군사가, 드디어 전력을 다하려 하고 있었다—.

"전하. 제2기사단은 둘로 나눠질 듯합니다."

"얼마나 적에게 돌아설 것 같나요?"

"약 3할입니다. 전황이 기운다면 4할을 넘을 듯합니다. 그 멍청이들은 승자에게 붙을 속셈인 거겠지요."

"그런가요……."

제2기사단장 멤피스가 마인에게 보고했다. 이 자리에는 하일라이 대신도 있었다. 현재 왕국은 제1왕자파와 제2왕자파로 나뉘어 대립하고 있었다. 상황은 제1왕자파가 우세했다. 그럴 만도 한 것이, 제1기사단과 제3기사단만이 아니라 제2기사단의 3할이 그들에게 넘어간 것이다. 현재 제2왕자파의 병력은 제2기사단의 7할과 궁정마술사단 뿐이다.

"남은 시간이 얼마 없습니다. 우선 왕도를 벗어나야 하지 않을까 싶습니다."

하일라이 대신이 진언하자, 마인은 입술을 깨물었다. 왕도를 한 번 비운다면, 되찾는건 매우 어렵다. 그렇다고 이대로 가만히 있다간 포위당하고 말 것이다.

"고민할 때가 아니옵니다!"

마인이 계속 꾸물거리자, 하일라이 대신이 언성을 높였다. 그도 꽤 초조해하고 있었다. 승리를 목전에 둔 상황이, 잔인하기 그지없는 한 수에 의해 완전히 뒤집히고 말았다. 초조하지 않을 리가 없다.

"……네, 알겠습니다. 왕도를 벗어나— 읏?!"

마인이 침묵을 깬 직후— 지면이 뒤흔들리는 듯한 굉음이 울려

퍼졌다.

"무슨 일이죠?!"

멤피스가 창가로 뛰어가더니, 그 소리가 들린 방향을 쳐다봤다. 그리고 경악했다. 궁정마술사단의 훈련장 부근의 벽이, 흔적도 없이 박살 난 것이다.

"아니, 이게 무슨……?!"

멤피스와 하일라이는 당혹스러워했다. 아마 다른 장소에서는 재상과 쟈름, 클라우스가 혼란에 빠졌으리라.

하지만…… 마인은 창밖을 보지 않아도 그 소리의 정체를 눈치챘다.

낙뢰다. 이 긴박한 상황에서, 구름 한 점 없는 맑은 날씨에, 어마어마한 위력의 번개를 떨어뜨릴 수 있는 인물은…… 마인이 알기로 한 명뿐이다.

"가죠. 세컨드 씨가 저희를 부르고 있어요—."

……마인이 움직이기 몇 분 전. 궁정마술사단의 훈련장에는 궁정마술사들이 모여 있었다.

국왕이 없는 상황에서 궁정마술사단 전체의 수장인 제1궁정마술사단장 제파는 제1궁정마술사단만이 아니라 모든 궁정마술사들의 지휘를 맡게 된다. 하지만, 궁정마술사들이 순순히 그를 따를 리가 없다.

"우리들, 궁정마술사단은 마인 전하께 충성할 것이다. 이것은 왕명이다."

제파 단장의 선언에, 궁정마술사들이 술렁거렸다. 현재, 제1왕자파가 우세하다. 이 상황에서 제2왕파자에 붙는 건 자살행위라고 생각하는 자가 적지 않았다.

바웰 국왕께서 살아계셨다면, 아무도 거역하지 않을 것이다. 하지만 상황이 상황인지라, 이런 반응을 보이는 것도 어찌 보면 당연했다. 이미 그들은 왕국의 군인이라는 자각이 없었다. 전쟁을 경험해본 적 없는 자들이 대부분인, 얼간이 집단이다.

“헛소리 말라고!”

한 사람이 고함을 질렀다. 그러자 두 명, 세 명, 열 명, 스무 명……그 숫자는 점점 늘어났다.

“이 자식들, 왕명을 거역하겠다는 거냐!!”

제파 단장이 분노에 찬 고함을 지르자, 누군가가 반론했다.

“살아있지도 않은 폐하의 명령보다, 우리 목숨이 더 중요해!”

“이, 이 자식!!”

격앙된 단장, 그리고 그에게 반발하는 궁정마술사들. 그들도 제1왕자파와 제2왕자파로 나뉘었다. 궁정마술사들도 제1왕자파에 붙는다면, 제2왕자파에게는 승산이 없다. 그것을 알지만, 제파 단장은 그들을 잡을 방법이 생각나지 않았다.

“—여러분, 잘 생각해 보세요!”

바로 그때, 한 여성이 입을 열었다. 제1궁정마술사단의 에이스, 체리였다.

“그가, 세컨드 퍼스티스트가 폐하를 살해했을 리가 없어요! 이미 명백하지 않나요! 이건 누가 봐도 저들의 모략이에요! 여러분은 상대가 폐하를 죽인 자라는 걸 알면서도! 싸우지 않고 저들의 휘하로 들어가겠다는 건가요?! 부끄러운 줄 아세요!"

조그마한 몸집에서 상상도 안 될 위압감이 뿜어져 나오자, 술렁거리던 궁정마술사들이 당황했다.

"그가 있는 한, 반드시 저희가 이겨요! 공포에 질려, 신념을 꺾으면 안 돼요! 결코 그들을 용서해선 안 된단 말이에요! 그건 여러분도 잘 알지 않나요?!"

체리의 말이 옳았다. 이 자리를 벗어나려 하던 궁정마술사들은 제국의 공작원이 아니다. 그저 죽는 것이 무서울 뿐이다. 물론 세컨드가 바웰 국왕을 죽이지 않았다는 것도 안다. 그것이 제1왕자파에서 꾸민 짓이라는 것도 말이다. 하지만, 그래도, 죽는 것이 무섭다. 그래서, 그들은 제1왕자파에 붙으려고 하는 것이다.

"체리, 너……."

제1궁정마술사단의 동료들은 체리의 외침에 감동했다. 그렇게 싫어하던 남자를 이렇게 믿으며, 목숨을 맡길 각오마저 한 것이다. 이 상황에서 도움이 되지 못하면서 무슨 동료인가— 그들은 앞으로 나서서 체리와 제파 단장의 옆에 서더니, 일제히 고개를 숙였다.

"제발 믿어주세요!"

"함께 싸워주세요!"

"부탁합니다!"

궁정마술사들이 걸음을 멈췄다. 그들도 소문은 들었다. 세컨드라는 강사가 온 후로, 제1궁정마술사단이 비약적으로 강해졌다는 것을 말이다.

진짜로 이길 수 있을지도 모른다. 그렇게 생각한 자도 적지 않았다. 하지만, 그래도, 자기 목숨을 걸 각오는 하지 못했다. 결정타가 부족했다.

"그럼 그 강사는 지금 어디 있는데!"

"도망친 후로 안 보이잖아!"

"그런데 어떻게 믿어!"

그들도 필사적이었다. 자기 목숨이 걸려 있으니 당연했다.

"그건……."

체리는 말문이 막혔다. 체리 또한 세컨드가 지금 어디에 있는지 몰랐다.

"거봐! 대답 못 하잖아!"

"역시 못 믿어! 너희는 그 사기꾼에게 속은 거야!"

체리가 침묵하자, 궁정마술사들이 기회를 잡았다는 듯이 반박했다.

말이, 닿지 않았다— 체리는 분한 마음에 눈가가 젖어들 어갔지만, 그래도 절규했다.

"올 거예요! 분명, 올 거예요! 그는 도망치지 않았어요! 사기꾼도 아니에요! 분명, 분명, 돌아올 거라고요!!"

"……체리……."

그녀의 필사적인 외침에, 제1궁정마술사단의 마음은 하나로 합쳐졌다.

……하지만, 그들은 알고 있다. 세컨드가 지금, 이 자리에, 모습을 드러내지 않는 한, 그녀의 연설은 전부 부질없다. 그것은 희망에 한없이 가까운 절망이었다. 국왕 살해 혐의를 받고 있으면서, 적들로 가득한 이 자리에, 그가 올 리 없다.

포기할 수밖에 없다. 그것을 알면서도, 그런데도, 체리는 신에게 매달리듯 계속 외쳤다. 분명 온다, 분명 온다, 분명 온다고— 말이다.

"—읏?!"

훈련장 뒤편의 벽이, 굉음을 내며 흔적도 없이 박살 났다.

흙먼지가 자욱하게 날리는 가운데, 눈에 보일 만큼 거대한 전격의 잔류가 갈 곳을 잃은 채 휘몰아쳤다. 여파인 그것에 닿기만 해도 평범한 인간은 순식간에 시꺼먼 숯이 되고 말 만큼, 엄청난 위력이었다.

번개 속성 마술— 그들이 소문으로만 들었던 그 환상의 【마술】이, 눈앞에서 펼쳐졌다. 그것만으로도, 궁정마술사 전원은 그 자리에서 얼어붙고 말았다.

무슨 일이 일어난 것인지, 이해한 이는 한 명도 없었다. 하지만, 짐작은 할 수 있었다. 그렇다. 저것은 《번개 속성·5형》이라는 사상 최대급의 【마술】이란 것을—.

그리고 그 직후, 강대한 바람이 휘몰아치면서 흙먼지가 전부 날아가자…… 한 남자가, 그 자리에서 모습을 드러냈다.

"—따라와. 왕국을 되찾으러 가자."

제3장 자아, 끝

"세컨드 씨!"

내가 벽을 부수고 궁정마술사들에게 선언을 했을 때, 마인이 이곳으로 뛰어왔다.

"왔구나. 내가 여기 있다는 걸 놈들한테 들키기 전에 머리카락 휘날리게 튀자고."

국왕 살해 용의자인 내가 온 것을 알면, 재상이 나를 체포하려고 할 가능성이 적지 않다. 그렇게 되면 바로 전면전이 벌어진다. 병력 차가 있는 만큼, 그것은 피하고 싶다. 그리고 윈필드의 작전에도 차질이 생길 것이다. 그러니 예정대로 도망치기로 했다.

"네! 이미 들통났겠지만, 따라갈게요!"

마인은 환한 표정으로 대답했다. 그 뒤편에서는 하일라이 대신이 인상을 쓰고 있었다. 휘날릴 머리카락이 없어서 저러는 걸지도 모른다.

"들키기 전에 이곳을 벗어나자고."

"어, 왜 했던 말을 또 하는 거예요?"

"바보야. 사소한 걸 신경 쓰지 마."

"이 자식! 전하께 말버릇이 그게 뭐냐!"

바로 그때, 하일라이 대신의 옆에 있던 아저씨가 발끈했다. 군복을 단정하게 차려입고 콧수염을 기른 아저씨였다.

"너는 누구야?"

"이, 이놈, 참으로 무례하구나!"

"제2기사단장이에요. 멤피스, 이 사람의 말투를 가지고 뭐라 해 봤자 안 통해요. 그냥 포기하세요."

"네. 전하의 뜻에 따르겠습니다."

콧수염 아저씨의 이름은 멤피스인 것 같았다. 제2기사단장이라면, 우리 편이겠구나. 그것보다 마인 녀석, 할 말은 다하는 녀석이 됐는걸.

"좋아. 그럼 멤피스 단장은 제2기사단을 이끌고 최후미를 맡아. 준비는 됐겠지?"

"네놈이 그딴 소리 안 해도, 나는 전하를 뒤따를 것이다. 준비됐는지 걱정할 필요 없다."

첫인상이 나빴는지, 태도가 참 삐딱했다. 뭐, 됐다. 지금은 시간이 없다.

"그럼 제파 단장은 궁정마술사 전원을 데리고 와."

"자, 잠깐만. 그렇게는 하겠다만, 대체 어디로 갈 거지?"

"우리 집."

"……네? 무슨 소리를 하는 거예요?"

체리 양이 오래간만에 어이없다는 투로 그렇게 말했다. 그 말을 듣고 왠지 기뻐진 나는 눈이 약간 빨개진 그녀의 머리를 쓰다듬어 줬다. 얼굴을 새빨갛게 붉히면서 「이, 이러지 말아요」 하고 체리 양이 말했다. 그러면서도 내 손을 쳐내지 않는 건, 그만큼 그녀가 유해진 증거일까.

그녀의 외침은 벽 너머에 있는 나에게도 어렴풋이 들렸다. 그래서 그녀의 머리를 계속 쓰다듬어줬다. 내가 나타나고, 마인도 나타났으니, 궁정마술사들은 각오를 다질 수밖에 없는 것 같았다. 체리 양의 연설이 부질 없어지지 않아서 다행이라고, 진심으로 생각했다.

"이걸로 싸움은 피할 수가 없겠군요."

궁정마술사들이 대열을 짜는 사이, 하일라이 대신이 그렇게 말했다. 맞는 말이다. 재상은 제2왕자파를 한 명도 남기지 않고 다 죽이기 위해, 제국과 합류하자마자 병사를 일으킬 것이다.

"예상한 거잖아. 지금 생각해야 하는 건 어떻게 해서 이길지 아닐까?"

"……실례했습니다. 저도 마음이 흐트러졌던 것 같군요."

"그런데 저 여자는 누구야?"

"당신이란 사람은 정말…… 저분은……."

대신은 어이없다는 표정으로 마인의 옆에 서 있는 정체불명의 여성을 소개하려 하자, 그녀가 먼저 나에게 다가오며 자기소개를 했다.

"저는 서거하신 바웰 캐스탈 폐하의 제2왕비인 프론 캐스탈이라고 해요. 당신이 세컨드 님이군요. 소문은 들었답니다. 마인이 신세를 많이 졌다면서요?"

"아, 마인의 어머니시구나. 나는 세컨드 퍼스티스트야."

"퍼스티스트?"

"최고의 넘버원, 같은 의미야. 언젠가 세계 1위가 될 나에게 어울릴 것 같아서 붙인 팀명인데, 나도 모르는 사이에 내 가명(家名)이 됐어."

"그렇군요. 후후후."

마인의 어머니인 그녀는 입가에 손을 대며 기품있게 웃었다. 눈매가 자식과 똑같아서, 마인이 나이를 먹으면 저렇게 될 것 같단 느낌이 들었다. 성별이 다른데도 참 불가사의한걸.

"저기, 세컨드 씨! 이렇게 여유부릴 때가 아니잖아요!"

프론 씨와 담소를 나누고 있을 때, 마인이 당황한 표정으로 그렇게 외쳤다. 에이, 그렇게 화낼 건 없잖아.

"좋아~. 그럼 가자~!"

내가 대충 그렇게 외치자, 제2왕자파 전군이 출발했다. 우리의 거점인 퍼스티스트 저택을 향해—.

◇◇◇

"한때는 어찌 되나 걱정했습니다만 드디어 나갔군요, 재상 각하."

"그래. 무력을 행사할 필요도 없었군."

제3기사단장 쟈름은 벽의 폭발에 놀라면서도, 멀어져가는 제2왕자파를 보며 가슴을 쓸어내렸다. 그는 이것으로 「사실상의 승리」를 거뒀다는 착각에 빠졌다.

한편 재상도 적지 않게 안도하고 있었다. 재상은 아직 이쪽의 병력이 충분하지 않은 상황에서 저들과 싸우는 것을, 피하고 싶었다. 확실하게 박살을 낼 수 있는 상황에서 싸운다. 인생의 절반을 들여 왕국의 중추까지 숨어들어온 남자다운 생각이다.

"이것으로 차기 국왕은 클라우스 전하로 확정됐군요. 남은 건 언제 즉위식을 치를지가 문제입니다만……."

"빠를수록 좋겠지. 그리고 더욱 힘을 늘려서 저들을 뿌리째 뽑지 않는 한, 내가 지향하는 흔들림 없는 정치를 실현할 수 없다."

"힘을 늘린다고요?"

"제국의 힘을 빌릴 거다. 이미 지원군을 요청해뒀지."

"네?! 제국의 병사를 국내에 들이는 겁니까? 하지만, 그래선 이 왕국이……."

"아니다, 쟈름. 왕국은 새로운 시대로 돌입할 거다. 제국과 함께하는 시대로 말이다."

"……제국의 속국이 되어서, 말입니까?"

"형태가 어찌 됐든 간에, 우리는 달콤한 꿀만 빨 수 있으면 되지. 그렇지 않나?"

"하, 하하. 하하하하! 맞는 말씀입니다! 역시 재상 각하는 잘 아시는군요!"

"아아, 클라우스. 드디어, 드디어 네가 왕이 되는구나!"

"……네. 그렇습니다, 어머님."

"네가 참 자랑스럽구나! 자아, 저기를 보렴! 저 방해꾼들이 꼬리를 말고 도망치는구나!"

"……."

창밖의 광경을 본 클라우스는 왠지 가슴이 옥죄어드는 느낌이 들었다.

아버지를 죽인 증오스러운 자, 세컨드. 그의 옆에서 즐겁게 웃고 있는 프론의 모습을 보니, 가슴이 술렁거렸다. 게다가 생각하면 할수록 재상을 향한 의문이 커져만 가면서, 그의 마음속에 있는 정당성이 흔들렸다.

"어머님……. 저 남자가, 정말로 아버님을……."

"무슨 소리를 하는 거니, 클라우스! 너는 왕이 되는 것만 생각하면 된다고, 몇 번이나 말했잖아!"

이 여자는 바웰의 죽음을 아무렇지 않게 여긴다. 클라우스는 그 사실을 일찌감치 눈치챘다.

그리고, 그것은 재상과 제3기사단장도 마찬가지다.

"잠시, 머리 좀 식히고 오겠습니다."

클라우스는 평소처럼 그렇게 말하면서 어머니로부터 도망쳤다. 그의 상담 상대가 되어줄 이는, 이 왕궁의 어디에도 없었다.

◇◇◇

"세컨드 씨. 제가 이런 말을 하는 것도 좀 그렇지만, 이제까지 용케 문제가 되지 않았군요."

"뭐가?"

"당신의 집은 너무 넓다고요. 왕궁보다 넓다는게 말이 돼요?"

"장난 아니지?"

"……뭐, 그렇긴 해요."

퍼스티스트 저택의 부지는 궁정마술사단과 제2기사단, 총 4000명이 넘는 이들을 여유롭게 수용할 수 있었다. 가옥이 좀 부족하기는 하지만, 그래도 면적으로는 전혀 문제 될 게 없었다.

어이없어하는 건 마인만이 아니었다. 하일라이 대신과 멤피스 제2기사단장, 제파 단장과 체리 양, 그리고 프론 제2왕비도 얼이 나갔다.

"집과 하인의 숫자가 부족하니까, 웬만한 건 직접 해결해."

"제2기사단은 야영을 할 거니 괜찮은데…… 참고로 하인은 몇 명 정도야?"

"나도 얼마 전에 듣고 놀랐는데, 300명은 되는 것 같아. 게다가 지금도 증가 추세야."

"왜 그렇게 기쁜 듯이 말하는 거죠?"

"자랑스러운 하인들이거든. 다들 꽤 강해."

"잠깐만, 그 말 들으니 무섭네요. 그럼 제1궁정마술사단의 특훈 같은 걸 세컨드 씨가 매일 시키고 있는 거예요?"

"아직 그렇게까진 안 하지만, 나중에는 그렇게 할 거야."

"부, 부탁인데 적당히 좀 해주세요."

300명의 강자 집단이면 왕국으로서도 무시할 수 없는 걸까. 「국왕이 된다는 걸 자각하기 시작했나 보네」 하고 놀리자, 「그것보다 회의부터 해요」 하며 이야기를 돌렸다.

"아, 세컨드 씨, 어서 와. 준비는, 어때?"

"아, 윈필드. 네가 보는 대로야."

내가 주요 멤버를 데리고 호숫가의 저택에 들어서자, 윈필드가 나타났다.

거실에는 실비아와 에코, 유카리도 있었다. 집사인 큐베로는 4000명이 넘는 손님을 맞이하느라 바쁜 것 같았다.

"이곳에 도착한 지 얼마 안 됐습니다만, 회의를 시작하도록 할까요."

우리가 원탁에 둘러앉은 후, 하일라이 대신이 먼저 입을 뗐다. 체리 양은 이 호화로운 저택이 신기한 건지, 여전히 주위를 두리번거리고 있었다.

"으음~. 회의랄 것도, 없는데~."

윈필드는 하일라이 대신의 말에 고개를 갸웃거렸다.

하지만 여기 있는 이들 전원은 이런 생각을 하고 있을 것이다. 「고개를 갸웃거리고 싶은 건 이쪽이다」라고 말이다.

"내일, 오후, 그 녀석들을, 섬멸할 거예요. 끝."

"……뭐?!"

다들, 일제히 경악했다.

그럴 만도 했다. 방금 꼬리를 말고 도망쳐서 여기까지 온 것이다. 그런데, 내일 바로 쳐들어갈 것이라고 누가 생각이나 했을까.

하지만―「상대방도 그렇게 생각할 것」이기에, 지금이 바로 기회다.

"자, 잠깐만요. 이길 거란 보장은 없잖아요."

마인은 맞는 말을 했다. 하일라이 대신과 멤피스 제2기사단장, 그리고 제파 제1궁정마술사단장도 동조했다.

"윈필드 양. 좋은 생각이 있나요?"

하지만 프론 제2왕비는 차분했다. 윈필드에게 계속 이야기를 해보라는 듯이 그런 질문을 던졌다.

"응. 현재 병력으로, 상대를 섬멸하는 건, 무리, 거든."

"앗! 그래, 병력을 늘리는 건가. 하지만 대체 어디서……."

제파 단장이 그렇게 말한 순간, 갑자기 체리 양이 나를 쳐다보며 손을 들었다.

"어, 왜 그래?"

"아, 어쩌면 전혀 상관이 없을지도 모르지만……."

그녀는 먼저 그렇게 말한 후, 다시 거실을 둘러보며 입을 열었다.

"셰리 님께서 이곳에 계셨지 않나요?"

체리 양은 감이 좋은걸. 그렇다. 셰리 럼버잭…… 백작영애인 그녀는 국왕이 암살된 그 날에 이 저택을 떠냈다. 누가 그녀에게 그런 지시를 내렸는지는 말 안 해도 명백할 것이다.

"맞아. 세컨드 씨가, 어떻게, 이 저택을 살, 돈을 벌었을 것, 같아? 바로, 럼버잭 백작가에게, 미스릴 합금을, 대량으로, 팔아서야."

"미스릴 합금…… 그래. 프롤린 던전의……."

윈필드의 말을 들은 체리 양이 납득했다. 다른 이들은 아직 핵심을 눈치채지 못한 것 같았다.

"백작은, 머리가 좋아. 이렇게 될 걸, 예견하고, 미스릴 합금의, 무기 및 방어구 산업을, 영지 안에서 일으킨, 걸지도 몰라."

"설마, 럼버잭 백작가의 병사는……."

"맞아. 우선은, 자기 병사부터, 무장시키지, 않겠어?"

그 말이 의미하는 건— 2000명이 넘는 『미스릴 합금 장비』를 갖춘 지원군이, 이쪽에 가세하게 된다는 것이다. 일개 병사가 아니라, 미스릴 합금을 장비한 지원군이다. 일개 병사와는 비교도 안 될 만큼 믿음직한 존재다.

"속도 승부, 야. 내일 오후에, 전부, 섬멸할 거야. 시간을 끌다간, 저쪽에 붙은 귀족들이 지원군을 보내서, 수적 열세로, 져."

각지의 귀족이 제1왕자와 제2왕자 세력 중 어디에 붙을지 정하지 못한 지금이 바로 승부처다. 제1왕자파의 귀족이 지원군을 보내는 것보다 더 빨리 움직여서 결판을 내버리면, 승리를 거머쥘 수 있다.

"좋은 작전이군요……. 하지만, 그렇게 되면 제국이 걱정이에요. 세컨드 씨의 말이 사실이라면, 재상은 이미 지원군을 요청했을 거예요."

마인이 그 점을 지적했다. 하지만, 윈필드는 여유로운 미소를 지으며 말했다.

"못, 와."

어째서? 다른 이들의 의문에 답하듯, 그녀는 말했다.

"카멜 신국을, 이용할, 거야."

다른 이들의 머릿속에는 물음표가 떠올랐을 것이다. 나도 그녀의 책략을 처음 들었을 때는, 카라메리아에 대해 알면서도 이해하지 못했다. 카라메리아가 만연했다는 사실을 모르는 그들 입장에선, 뚱딴지같은 소리처럼 들릴 게 틀림없다.

“말베르 제국의 암약, 이면에서, 카멜 신국도, 수작을 부렸어. 왕국 안에, 카라메리아라는, 약물을 퍼뜨린 거야. 신국으로선, 지금이 바로, 손을 쓸 때야. 신국은 지금쯤, 국경 부근에, 병사를 모으고, 있을 거야.”

“뭐라고요?!”

대신이 고함을 질렀다. 그럴 만도 했다. 안그래도 국내에서 위기 상황이 벌어졌는데, 제국만이 아니라 신국까지 상대하게 된 것이다. 이 정도면 위기라는 말로 넘어갈 일이 아니다.

“저쪽은, 이 틈을 노려, 전쟁을 일으킨 후, 평화조약을 빌미로, 카라메리아의 수입을 비롯해, 말도 안 되는 요구를 해댈, 속셈이야. 그렇게 되면, 왕국 안은, 약물로 엉망이 되고, 돈도 다빼앗겨. 완전, 최악이네.”

“…………”

침묵이 흘렀다. 지금, 왕국이 얼마나 위험한 상황인지 이해하고 만 것이다.

“그건, 왕국을 차지할 속셈인, 제국으로서도, 피하고 싶은 일이야. 그러니, 카멜 신국이, 전쟁을 일으키려 한다는 정보를, 얻은 제국은, 지원군을 안 보낼 거야.”

“어째서죠?”

"신국에게, 엉덩이를 물린 상태인 왕국을, 신국으로부터 지키면서 차지하는 건, 하이 리스크 로우 리턴. 일단, 상황을 본 후, 신국과의 전쟁으로 피폐해진 왕국에, 협정을 제안하는게, 로우 리스크 하이 리턴."

"침략으로 얻는 이득이 줄어든다는 거군요."

"맞아. 그 이전에, 왕국의 기밀은, 재상을 통해, 다 빠져나갔어. 충분히, 이득을 얻었을, 거야. 이 상황에서 무리를 해가며, 지원군을 보낼 이유가, 제국에는 없어. 재상은, 이미 버리는 패인, 거야."

불쌍하네, 하고 윈필드는 덧붙여 말했다. 하지만 이 자리에는 재상을 동정하는 이가 한 명도 없었다.

이렇게 되면, 현재 문제가 되는 건 제국이 아니라 신국이다. 제국의 지원군이 오지 않는다고 해서 안심할 여유같은 건 없다.

"……우선, 카라메리아 단속법을 제정할 필요가 있겠군요. 그 다음에는 그걸 담당할 기사대를 짜서, 국내에 주의를 환기시켜야겠습니다."

하일라인 대신은 대신다운 의견을 내놨다. 하지만 그것도 카멜신국의 수작을 막아냈을 경우의 이야기다. 이대로 전쟁이 시작된다면, 국경이 변하는 것도 각오해야만 하리라.

"잠시 실례하겠습니다. 이쪽에서 먼저 공격을 하지 않는 한, 상대방 측에서 침공해올 일은 없지 않을까요?"

멤피스 단장이 그렇게 말했다. 군인다운 지적이다.

그렇다. 전쟁이란 것은 언제 어느 때나, **일으킬 명분**이 필요하다.

"자아, 문제를, 낼게요. 현재, 신국은, 쳐들어올, 정당한 명분이, 없어요. 하지만, 내전 중, 정확히는 제국과 싸우는 사이에, 왕국의 허를, 찌르고 싶죠. 자아, 네가 신국이라면, 어떻게 할래?"

윈필드가 갑자기 문제를 내자, 마인은 당황한 듯한 표정을 지었다. 하지만 「답해봐~」라는 말에, 자신의 의견을 내놨다.

"대의명분을 날조할 거에요."

"으음~. 절반만, 딩동댕."

마인은 「절반?」 하고 말하면서 의아한 표정을 짓자, 윈필드가 설명을 해줬다.

"나라면, 먼저, 상대방이, 공격을 해오도록, 수작을, 부릴 거야."

다들 납득한 듯한 표정을 지었지만, 곧 새로운 의문에 사로잡혔다. 대체 어떻게……?

"지금, 저쪽이, 트집을 잡으며, 병사를 일으키면, 이쪽의 변경백작이, 어쩔 수 없이, 막아야만 해. 국경에서, 눈싸움을 벌이는, 거지. 바로 그때, 저쪽에선, 변경백작이 공격을 해오도록, 도발, 하지 않을까?"

변경백작의 병력은 국방의 핵심이기에, 매우 강력하다. 하지만 카멜 신국의 총공격을 막아낼 수 있을 정도는 아니다. 반드시 지원군이 필요한 것이다. 하지만, 그 지원군을 보낼 여유가, 현재 이쪽에는 없다.

만약 카멜 신국에 윈필드 같은 우수한 군사가 있다면, 미리 병사를 숨겨둔 후에 대치하고 있는 상황에서 선제 공격을 유도하고, 변경백작 측에서 「이겼다」는 착각을 하게 해서 먼저 덤벼들게 한 후, 복병으로 섬멸한다, 같은 전략을 세울 가능성이 있다. 윈필드는 그것을 경계했다. 약물을 이용해 계획적으로 왕국을 약화시켜 폭리를 취하며 기회를 기다리는 그 교활함과 신중함과 철저함이, 우수한 군사가 존재한다는 의심을 하게 만들었다.

"바렐 경의 지원군으로 카멜 신국 측을…… 아니, 하지만……."

"내일 오후에 이 일을 마무리 지은 후, 우리가 지원하러 가면……."

"하지만 그랬다간 늦을 수도……."

멤피스 단장과 제파 단장이 논의했지만, 좋은 의견은 나오지 않았다.

카멜 신국의 움직임이 너무 빠르기 때문이다. 이쪽이 속도 승부라면, 저쪽도 속도 승부로 나왔다. 일이 벌어진 후에 움직이려니, 이미 때를 놓치고 말았다.

"뭐, 이미, 답은 나왔지만, 말이야."

윈필드가 여유로운 표정을 지으며 말했다. 「종국까지의 수읽기를 마쳤다」는 듯한, 자신만만한 표정이었다. 그리고, 다음 발언에 전원이 주목하는 가운데…… 그녀가 한 말은 다른 이들의 간담을 서늘하게 했다.

"변경에는, 지원군으로, 세컨드 씨를, 보낼 거야."

"……."

다들 말문이 막혔다.

무슨 말인지는 알지만, 이해가 안 되는 것 같았다.

몇 초 후, 마인이 대표로 침묵을 깼다.

"어…… 혼자서, 말인가요?"

내가 웃으면서 고개를 끄덕이자, 마인은 턱이 빠진 것처럼 입을 쩍 벌리며 경악했다. 왕자가 지어도 될 표정이 아니네.

"몰살은 시키지 않겠어. 겁만 줄 거야."

"거, 겁만 준다니, 무리예요! 혼자서 수천 명을 상대하는 건 무모하다고요!"

뭐, 나 혼자 전장에 나서봤자 한계가 있기는 했다. 《정령빙의》 9단도 스테이터스를 4.5배만 상승시켜준다. 한 1000배정도 된다면 이야기가 달라지겠지만, 역시 단독으로는 여러모로 무리다.

하지만, 나는 사실 혼자가 아니다. 윈필드도 밝히지 않은, 비장의 카드가 **있다**. 이 녀석만 손에 넣으면 세계 1위 정도는 따놓은 당상이라고 해도 과언이 아닌, 전폭적으로 신뢰하는 비장의 카드다.

"괜찮으니까 나만 믿어. 이쪽은 미스릴 합금으로 무장한 지원군도 있고, 무엇보다 실비아와 에코도 있어. 그 두 사람이 있으면 지지 않을 거야."

"그건 그럴지도 모르지만…… 저쪽에도 타이틀전 출전 경험자를 같은 편으로 끌어들였을지도 몰라요. 그렇게 쉽지는 않을 거예요."

"아냐. 실비아와 에코라는 강력한 장기말을, 윈필드가 활용할 거야. 너는 그 의미를 알지?"

아무리 장기말이 강해도, 그것을 이용하는 자가 약하면 아무 의미도 없다. 뫼비온의 『팀전』도 그렇다. 아무리 개인 능력이 뛰어난 플레이어가 있어도, 숫자 앞에서는 무력하다. 특히 팀전이 뛰어난 랭커는 상대의 주력을 봉쇄하는 전법을 다수 가지고 있다.

장기도, 체스도, 그리고 팀전도, 「왕을 잡으면 이기는 게임」이다. 「장기말이 강한 쪽이 이기는 게임」이 아니다.

그렇다. 즉, 이것은 윈필드와 재상의 대결이다.

어느 쪽이 이길 것 같냐고? 나라면 윈필드에게 전재산을 올인할 거야.

"마인. 남 걱정 그만하고, 너는 왕이 된 후의 일이나 생각해. 맞아. 개인적으로는 금년도 타이틀전을 꼭 개최해줬으면 좋겠는걸."

아마 이 녀석은 불안할 것이다. 내가 격려 삼아 미소지으며, 그렇게 말했다.

"……에헤헤, 그래요. 저는 제 싸움에 최선을 다해 임하겠어요. 하아, 다 끝난 후에 세컨드 씨에게 어떤 대우를 해줘야 할지, 벌써부터 고민되네요."

그러자, 농담을 섞어 대꾸를 할 수 있을 만큼 기운을 되찾았다. 이 녀석이 이런 농담을 할 수 있을 만큼 기운을 되찾았다. 이렇게 단순한 녀석이 국왕 역할을 잘 할 수 있을까. 거꾸로 내가 불안에 휩싸였다. 하일라이 대신이 고생할 것 같다. 바코드 부분이 다 빠져버리는 것도 시간 문제일지도 모른다.

"그럼 행동을 개시하자. 너희는 윈필드와 함께 작전을 잘 짜둬."

뭐, 대신보다 먼저 카멜 신국와 말베르 제국 쪽 사람들이 죽도록 고생하게 되겠지만 말이다.

“공격을 해왔다고?!”

다음날 정오. 퍼스티스트 저택에 주둔하고 있던 제2왕자파 전군이 럼버잭 백작가의 미스릴 합금 무장 병사의 도착에 맞춰, 일제히 왕성에 총공격을 감행했다.

“당황하지 마라! 전력 차는 명백하다! 시간을 벌어라! 농성을 해! 지원군이 도착할 때까지 버티면 우리의 승리다!”

발모로 재상은 당황한 쟈름 제3기사단장을 독려하듯 그렇게 말했다.

하지만 그로부터 몇 분 후, 재상은 미스릴 합금으로 무장한 병사의 존재를 눈치챘다.

럼버잭의 병사는 미세한 틈도 없이 대열을 짜더니, 마치 한 몸처럼 움직이며 제1왕자파의 병사들을 왕성으로 몰아붙였다.

장비 수준은 역력하게 차이 났다. 적을 일격에 쓰러뜨리는 미스릴 검과 창, 그리고 적의 공격을 몇 번이나 견뎌내는 미스릴 방어구. 게다가 그 장비는 너무나도 가벼워서 재빠른 움직임을 가능케 했다. 그런 장비를 착용한 병사가 2000명이나 되는 것이다. 일반 장비로 무장한 병사는 상대조차 되지 못했다.

“마막, 준비! ……일제 사격!”

지원군만 활약을 하는 건 아니었다. 특히 뛰어난 움직임을 선보이는 이들은 바로 제1궁정마술사단이었다.

가벼운 몸놀림을 살려 후방으로 이동해, 마막 — 즉《1형》을 — 일제히 난사했다. 대각선 45도에서 호우처럼 쏟아지는 【마술】에, 적들은 공포에 휩싸였다. 막아낼 방법을 모르는 지금으로서는 꼬리를 말고 도망칠 수밖에 없다.

그리고 무엇보다 효과적인 것은 그 비가 「좀처럼 잦아들지 않는다」는 점이다. 《2형》과 《4형》처럼 준비 시간이 필요한 【마술】과 달리, 《1형》은 준비 시간과 쿨타임이 매우 짧다. 대열을 짜고 번갈아 공격하면서, 제1궁정마술사단은 『멎지 않는 비』를 실현해냈다. 한 방 한 방의 위력이 미미하다면 의미가 없겠지만, 그들의 INT를 올려둔 것이 효과를 발휘했다. 그 결과, 결코 무시할 수 없을 수준의 심각한 대미지를 안겨줄 정도로 위력이 상승했다. 즉, 부상병이 순식간에 늘어난 것이다. 이것은 사망자가 다수 생겨나는 것보다 성가신 상황이다.

"젠장! 일시 후퇴! 대열을 다시 짠 후, 우회해서 마술사단의 측면을 공격하라!"

적군의 지휘관이 이 힘든 상황에서 그런 지시를 내리면서, 어찌어찌 상황의 반전을 노렸다.

그렇게 흩어진 순간…… 그들은 더욱 거대한 공포에 직면했다.

"윽?!"

검을 치켜들며 지시를 내린 지휘관의 오른팔이, 순식간에 떨어져 나갔다.

무슨 일이 일어난 건지, 아무도 이해하지 못했다.

“저, 저격이다……!”

지휘관이 쉰 목소리로 그렇게 외쳤다. 하지만 그 시점에서는 대열이 의미를 지니지 못했고, 그들은 공포에 질린 채 다리가 풀렸다.

그럴 만도 했다. 방어구를 착용한 팔을 일격에 어깨와 함께 날려버리는 위력의 【궁술】로, 보이지 않는 위치에서 저격을 당하는 건……그야말로 지옥인 것이다.

그렇다. 다들 「다음은 머리다」 라고 생각할 게 틀림없다.

《비차궁술》 9단 《계마궁술》 9단의 《복합》— 실비아 버지니아가 날린 일격이다.

“후퇴! 후퇴!”

……그리고, 드디어 제2왕자파가 왕성을 포위했다.

전투가 시작되고 두 시간도 지나지 않았다. 최소한의 움직임으로 상대의 옥을 잡는 듯한, 화려한 종반 전술이었다. 윈필드의 지휘가 이뤄낸 결과다.

“대체 어디에 이런 병력을 숨겨둔 거냐! 이 많은 병사를 무장시킬 미스릴을 대체 어디서 손에 넣은 거냔 말이다!!”

재상은 눈앞에서 벌어지는 현실을 받아들이지 못하며, 도피하듯 머리를 감싸 쥐었다.

그가 말한 이 비정상적인 양의 미스릴이, 겨우 한 달 남짓 동안 세컨드가 모은 것이란 사실을 알지 못했다. 아니, 미스릴을 모았다는 것은 알고 있다. 하지만 이렇게 많을 줄은 생각도 못 한 것이다.

“지원군은 아직이냐!!”

인내심이 바닥난 재상은 몇 번이고 통신했다. 그리고 그때마다 재촉했다.

하지만…… 그의 지원 요청에 대한 정식적인 대답은, 아직 받지 못했다.

기다려도, 아무리 기다려도, 대답은 오지 않았다.

"……그래."

그제야, 눈치챘다. 자신이 버려졌다는 것을…….

"……왜…… 왜냐……. ……아아아아, 크아아앗……!"

속이 뒤집히는 것만 같았다. 알아들을 수 없는 괴성을 토하며, 고통에 몸부림쳤다.

지원군만 오면, 이길 수 있다. 제국이 지원군만 보내주면, 미스릴 무장 병사쯤은 아무것도 아니다.

그런데, 그런데, 그런데—!!

재상은 분노에 사로잡힌 나머지, 자신의 어금니가 깨질 정도로 이를 악물었다. 말아쥔 주먹에서, 피가 배어 나왔다.

"이 자시이이이이이익!!"

한편, 이 즈음…….

"다들, 비켜~."

성문 밖에서는 에코가 이 장소에 어울리지 않는 느긋한 목소리로 그렇게 외쳤다.

포위하고 있던 병사가 예정대로 에코가 지나갈 길을 만들어줬다.

에코는 성문으로 향하면서 《비차방패술》을 발동시킬 준비를 했다. 이것은 방어를 위한 【방패술】이 아니다. 공격을 위한 【방패술】이다.

전방에 있는 모든 것을 튕겨내며 전진하면서, STR에 VIT를 가산한 화력으로 배율 공격을 펼치는 스킬이다. 그녀의 《비차방패술》은 9단, 배율은 250%다. 그 위력은, 상상을 초월했다.

"변신!"

게다가 《변신》을 사용했다. 랭크는 초단. 버프 효과는 모든 스테이터스 2.8배.

적과 아군 가리지 않고 다들 술렁거렸다. 《변신》 스킬을 처음 본 자들이 놀란 것이다. 에코는 흙 속성 변신을 썼다. 겉보기에도 견고하고 투박한 암석 갑옷에 감싸인 에코의 모습은 일본식 갑옷을 걸친 꼬마 도깨비를 연상케 했다.

"갑니다~!"

"언제든 괜찮다!"

에코가 신호를 보내자, 먼 후방에서 위치를 잡고 있던 실비아가 대답했다. 그녀도 《변신》을 한 상태였다. 준비한 스킬은 《비차궁술》 9단 《계마궁술》 9단 《불 속성·3형》 9단의 《복합》 【마궁술】— 현시점에서 그녀가 펼칠 수 있는 최고 화력이다.

"갈게!"

"간다!"

에코가 환한 미소를 지으며 《비차방패술》을 펼치며 성문을 향해 돌진했다. 그 직후, 실비아가 활을 쐈다. 단둘이서 린프트파트 던전을 몇 번이나 반복 공략했던 그녀들의 콤비네이션은 완벽했다.

「위험하다」— 단 두 명의 공격이지만, 직감적으로 위기를 감지한 제1왕자파의 병사들이 에코를 향해 일제히 활을 쐈다.

원래라면 다가가기도 어려운 화살비였다. 하지만…… 에코의 돌진은 그 방패에 닿는 모든 것을 산산이 조각내면서, 절대 멈추지 않았다. 그것이 《비차방패술》의 무시무시한 점이었다.

"돌격~~~!"

"?!?!"

실비아가 날린 【마궁술】이 명중하는 것과 거의 동시에, 에코의 돌진이 성문에 작렬했다.

성벽 자체가 뒤흔들릴 정도의 충격이 발생했다. 성문은 굉음을 내며 흔적도 없이 파괴됐다.

말도 안 된다! 인간이 일격에 성문을 부수는 건 있을 수 없는 일이다!

다들 그렇게 생각했으나, 눈 앞에 펼쳐진 처참한 광경은 그 생각을 부정했다.

한 명은 원래 말단 얼간이 여기사이고, 다른 한 명이 원래 왕립마술학교의 낙제생 수인이라는 말을 믿는 사람은 단 한 명도 없으리라.

"전군, 돌격!"

이리하여 성문은 너무나도 간단히 파괴됐다. 원래라면 수십 명의 병사가 화살비와 마술과 펄펄 끓는 기름과 투석을 맞아가면서 공성 병기로 수도 없이 공격해야 겨우 성문을 파괴할 수 있을 것이다. 하지만 단 두 사람이, 그것도 일격에, 별 저항도 받지 않으면서 파괴했다.

농성전은 재상 측에게 유리하다고 여겨졌다. 며칠은 버틸 수 있을 거라 예상했다. 하지만 이렇게 순식간에 성문이 간단히 파괴될 것을, 대체 누가 예상이나 했을까.

……아니다. 어제 세컨드가 훈련장의 벽을 파괴했을 때, 재상은 대책을 세웠어야 했다. 그렇다. 하루만에 대책을 세울 수 있다면 말이다.

속도 승부…… 윈필드가 말한 것처럼, 상대에게 응수를 할 여유를 주지 않는 초고속의 전투. 그야말로 전광석화 같은 싸움이었다.

결사의 농성은 허무하게 수포로 돌아갔다. 성문에 생긴 커다란 구멍을 통해, 미스릴 합금 무장 병사가 성내로 쏟아져들어왔고, 그 돌격은 누구도 막아내지 못했다.

그렇게, 왕성은, 순식간에 함락됐다—.

“—한 방 먹었군.”

호화찬란하다는 말로 부족할 만큼 화려하고 넓은 방에서, 한 남자가 그렇게 중얼거렸다.

모든 이들이 부러워할 미모. 완성된 육체미. 이 방에 뒤지지 않는 존재감을 지닌 남자였다.

“멜슨, 어떻게 생각하지?”

"저는 지원군을 보냈어야 했다고 생각합니다만……."

"하하하, 안다. 그래서 짐이 이렇게 너에게 묻는 것이지 않느냐."

남자의 맞은편에는 그와 부모 자식만큼 나이 차이가 나는 젊은 여성이 있었다. 남자와 비슷한 분위기를 지닌, 절세의 미녀였다.

"왕국의 종속화는 실패로 끝났습니다. 그렇다면, 방향을 전환할 필요가 있지 않을까요."

"호오. 벌써 다음을 고려하는 건가. 말해 보거라."

남자는 재미있다는 듯이, 그리고 아끼는 자식의 어리광을 받아 주듯이, 여자의 말을 재촉했다.

"저라면, 왕국을 회유해서 신국을 치겠습니다."

"어떻게 회유할 거지? 이번 일을 생각하면, 왕국은 짐을 경계할 것이다."

"간단합니다. 제가 시집을 가면 해결될 일이죠."

한순간 침묵이 흘렀다. 그는 입가에서 미소를 지우더니, 여자와 시선을 마주했다.

"좋은 생각이다. 하지만 너는 왕국 따위에게 줘도 될 만큼 존재가 가볍지 않아."

"과분한 말씀입니다."

"짐이 칭찬을 한다고 생각하는 것이냐? 아니다. 마인이라는 풋내 나는 꼬맹이가 네 남편이 된다고 해서 왕국이 무너질 거라고 여긴다면, 무른 생각이다."

"어째서인가요. 상대는 젊지만 한 나라의 왕이지 않습니까."

"어리석구나. 아무래도 너는 이번 건을 제대로 이해하지 못한 것 같구나."

"그건…… 아버님이 지원 요청을 거부한 이유와 연관이 있습니까?"

"그림자의 보고는 너도 받았을 텐데?"

"……설마, 그런 헛소리를 믿으시는 건……."

"하하하! 헛소리라고? 뭐, 잘 보거라. 이번 일은 너한테도 좋은 공부가 될 거다."

"알겠습니다. 아버님의 뜻이 정 그러하시다면……."

"신국은 두 번 다시 왕국을 건드리지 못하게 되겠지. 그거 참 볼만하겠구나."

"즐거워 보이시는 군요, 아버님."

"그런 남자가 짐에게 싸움을 걸지 않았느냐. 즐겁지 않다면 그게 이상하겠지."

◇◇◇

"아~, 마음이 무거워……."

변경령으로 이어지는 길을 나아가며, 나는 홀로 고민에 잠갔다. 화나게 한 친구에게 어떻게 사과하면 좋을지 골머리를 썩이듯이 말이다.

마지막으로 《마물소환》을 한 것이, 대체 언제 적일까.

그녀가 내 동료를 죽일 뻔한 그 사건 이후로, 부른 적이 없다.

무심코, 나중으로 미루고 말았다. 어떻게 대하면 좋을지 몰라서, 무의식적으로 그녀를 피한 것이다.

하지만, 때가 됐다. 그게 전부다. 드디어 나는 각오를 다져야만 한다.

갑등급 던전 「아이솔로이스」의 지하 대도서관의 어둠에서 태어나는 진귀한 흑염랑의 돌연변이종, 암흑늑대 마인— 앙코.

정신이 아득해질 만큼 기나긴 사투의 나날을 넉 달 동안 치른 끝에 겨우 손에 넣은 내 비장의 카드이자, 무슨 짓을 저지를지 알 수 없는 특대 판도라의 상자이기도 했다.

솔직히 말해, 좀 무섭다. 뭐가 무서운 건지 스스로도 모르겠지만, 다시 얼굴을 마주하고 이야기를 나누는 것이 너무나도 무서웠다.

오랫동안 근신하게 한 죄책감 탓일까, 도구로 이용하려 하는 비윤리적인 행위 탓일까, 아니면 본능적인 공포 탓일까. 혹은…… 어렴풋이 눈치챈, 그녀의 **지나친 애정** 탓일까.

아무튼, 얼굴을 마주하고 이야기를 나눠보기 전엔 아무것도 알 수 없다.

"……불러볼까~."

세 시간 동안 고민한 끝에, 드디어 결단을 내렸다.

다행히 현재는 심야다. 야간 이동 중이기에, 그녀의 약점인 태양은 존재하지 않았다.

나는 길가에 멈춰선 후, 세븐스테이오에서 내렸다.

어둑어둑한 산길을 달빛만이 비추는 가운데, 심호흡을 하고……

《마물소환》을 발동시켰다.

그 직후, 허공에서 어둠이 일그러지더니, 암흑이 검은 옷을 걸친 요염한 여성의 모습을 자아내며 그 전모를 드러냈다. 실처럼 가는 눈, 우아한 미소를 머금은 입가는 특별한 표정을 자아내고 있지 않았다. 그런 그녀는 아무 말 없이 한쪽 무릎을 꿇으며, 고개를 숙였다.

"……."

정적이 흘렀다. 몇 초 후, 나는 떠올렸다. 「내 허락 없이는 그 어떤 자유행동도 취하지 마」라고, 그때 명령을 내렸다.

……앙코는 이렇게 오랫동안 방치되어 있었는데도, 내 명령을 성실히 따르는 건가.

뭔가가 내 등을 쓰다듬는 듯한 오싹한 느낌을 받은 순간, 어떤 의문이 머릿속에 떠올랐다. 대체 무엇이 그녀가 이렇게까지 하게 만드는 것일까. 생각해보면, 나는 그녀에 대해 잘 알지 못했다.

"기다리게 해서 미안해. 이제 말해도 돼."

내가 허락하자, 앙코는 고개를 더욱 숙이면서 공손히 입을 열었다.

"아아, 주인님. 사랑하는 주인님. 뵙고 싶었사옵니다."

그리고, 또 침묵이 흘렀다.

……그게 다야? 다루기 어렵다는 이유로 자기를 오랫동안 방치해 둔 상대에게, 사랑한다니, 뵙고 싶었다니…… 정말 그게 다야?

나는 전율을 동반한 불가사의한 쾌감을 느꼈다. 화나게 한 줄 알았던 친구에게 사과했더니, 실은 전혀 화나지 않았다는 사실을 알았을 때와 비슷한 감각이다. 아니, 그것만이 아니다. 안심의 이면에는 자기에게 절대복종하는 여자를 손에 넣었다는 음흉한 기쁨도 존재했다. 뜻대로 할 수 있는 여자. 욕망에 휘둘리고 말 것만 같았다.

하지만 그래서는 안 된다. 절대 안 된다. 나는 확고한 정신으로 그 유혹을 떨쳐냈다.

"본심을 털어놔, 앙코. 나와 너는 속을 터놓고 이야기를 나눌 필요가 있어."

나는 몸을 웅크려서 앙코와 눈높이를 맞춘 상태에서 말을 건넸다. 앙코는 놀란 듯한 표정을 짓더니, 축 처진 눈가에 눈물이 맺힌 상태에서 한 마디 한 마디 입에 담았다.

"저를 죽여주시는 분은 주인님뿐이옵니다. 저를 살려주시는 분 또한 주인님뿐이옵니다. 저는 그런 주인님이 너무나도 사랑스럽사옵니다. 그뿐이나이다. 주인님께서 저를 신의 주박에서 해방시켜주신 덕분에, 저란 존재는 크나큰 충족감을 느끼고 있답니다."

"그건 내가 너를 조련했기 때문에, 너는 나를 사랑한다는 거야?"

"아니옵니다! 주인님이시기에 사모하는 것이옵니다. 다른 누구도 아닌, 주인님이시기에!"

열렬한 고백이다. 정말 기쁘다. 기쁘지만…… 왠지 납득이 되지 않았다. 사랑하기에 절대복종하는 건가? 사랑하기에 참는 건가? 앙코는 그걸로 괜찮은 건가?

"……납득이 안 된다는 표정이시군요, 주인님. 좋습니다. 저도 마음을 굳혔답니다. 전부 털어놓도록 하겠사옵니다."

내 표정을 읽은 앙코가 약간 입술을 내밀면서 뾰로통한 표정으로 그렇게 말했다. 언뜻 눈에 들어온 입가의 점이 참 섹시했다.

"우선, 주인님께서는 착각을 하고 계시옵니다. 제가 저를 사역한 자라면 그 누구라도 사랑할 거라고 여기신다면, 그것은 크나큰 착각이옵니다. 주인님이, 이 앙코를, 사역하셨지 않습니까. 이전에도, 이후에도, 오직 주인님뿐! 다른 누구도 해내지 못할 것이옵니다! 그런데도 납득이 되지 않으신다면, 저를 사역할 수 있는 자를 지금 바로 이 자리에 데려와 주시옵소서! 이제 이해가 되셨지요? 그런 위대한 분은 주인님뿐이옵니다. 유일무이하시나이다."

"으, 응."

"다음으로, 주인님께서는 저에게 기다리게 해서 미안하다며 사과하셨사옵니다. 어째서입니까! 저는 주인님께 도구 취급을 받는 것에 아무런 불만도 없사옵니다. 오히려 기분이 좋을 정도이지요! 저를 곁에 둬주셨으면 하는 마음도 물론 있습니다만, 암흑늑대인 제가 방치되어 있다는 사실에 대한 쾌감이 더욱 크나이다!"

"으, 응……."

"사역되는 것만으로도 하늘에 오르는 듯한 기분이옵니다! 주인님을 모시는 것만으로 이 세상은 그 어떤 낙원 못지 않은 곳이 되옵니다! 아아, 주인님! 저는 주인님만의 앙코이옵니다! 그것만으로 충분하나이다! 부디 잊지 말아 주시옵소서!"

"아, 알았다고! 납득했어!"

앙코가 엄청난 박력을 뿜으며 열변을 토하자, 나는 그저 고개를 끄덕일 수밖에 없었다.

어쩌면, 나는 무시무시한 판도라의 상자를 연 것일지도 모른다.

"아아, 납득해주셨다니 참으로 기쁘옵니다. 주인님, 부디 이 앙코를 도구로 부려주시옵소서. 무엇이든 꿰뚫는 창이 되겠사옵니다. 무엇이든 막아내는 방패가 되겠사옵니다. 아아, 아아, 주인님의 뜻에 따르겠나이다."

앙코는 도취된 듯한 표정으로 나와 몸을 맞댔다.

……그래, 이제 이해했다. 생각해보니, 이 녀석은 나한테 명령을 받을 때마다 도취된 듯한 표정을 지었다. 명령을 받는 것이, 사역되는 것이, 말 그대로 쾌감이었던 것이다. 지하 대도서관에서 암흑늑대라는 최강의 존재로서 수백 년 동안 고독하게 지내왔던 그녀는, 자기보다 강한 존재에게 사역된다는 상황에 강렬한 기쁨을 느끼고 있다. 그것이 우연히 나였던 것이 아니다. 나 같은 이 세상에 둘도 없는 정신 나간 녀석의 등장을 수십, 수백 년 동안 기다려왔다. 그리고 나타났다. 그녀에게 있어, 이 세상에서 유일하게 기댈 수 있는 존재가. 그리고, **비틀리고 말았다.** 의존이라는 말로 부족한, 깊고 농밀한 사랑이다. 마음이다. 혼이다. 그녀는 나에게 몸과 마음을 전부 바쳤다.

"……아……."

입술이 닿으려던 순간, 몸이 떨어졌다. 아쉬운 듯한 목소리를 흘린 앙코가 왠지 전보다 몇 배는 매력적으로 보였다.

"그렇게 쓸쓸해하지 마. 나쁘게는 안 하겠어."

그녀의 폭주에 가까운 이 비틀린 감정은, 주인인 내가 전부 받아줘야만 한다. 그것이 그녀를 사역한 자의 책임, 나아가서 그녀를 2168번이나 죽인 남자의 책임이다. 기피하는 건, 관뒀다. 괜히 넘겨짚거나 단정하는 것도 관뒀다. 그녀를 괜히 자극하지 않으려고 해온 모든 일이 무의미했다. 그녀와도, 정면에서 마주하기로 했다. 그걸로 됐다. 그걸로 충분하다.

우리는, 서로의 숨결이 닿는 거리에서, 속삭이듯 말을 주고받았다.

"부탁할 일이 있어. 큰일이야."

"네. 말씀만 하시옵소서."

"……그 전에……."

"주인님, 기쁘옵니다. 아아, 앙코는, 행운아일 거랍니다……."

앙코는 내가 말을 끝까지 이을 필요가 없다는 듯이, 얼굴을 더욱 내밀면서 촉촉하게 젖은 눈동자로 나를 응시했다.

"부디, 저를 당신의 색깔로 물들여주시옵소서."

두 시간 동안, 솔직히 말해 최고의 시간을 보냈다. 피부에 닿는 차가운 밤바람이 참 기분 좋다.

하지만, 여유를 부릴 상황이 아니다.

"너에게 부탁할 큰일이란, 수천의 병사에게 겁을 주는 거야. 할 수 있지?"

"그자들이 주인님께 무례를 저질렀나이까? 그렇다면 제가 순식간에 몰살시키겠사옵니다."

농담……은 아닌 것 같았다. 진짜로 그런 짓을 벌일 것 같아서 무섭다.

"아니, 겁만 주면 돼. 뼛속까지 철저하게 주라고."

"명 받들겠나이다. 그들은 마음속 깊은 곳까지 공포로 가득 찬 나머지, 산 채로 익사하게 될 테지요. 우후후…… 아아, 드디어 주인님께 도움이 될 수 있겠군요……."

앙코 녀석, 참 믿음직한 소리를 하는걸. 하지만 그런 그녀는 내 무릎을 베개 삼으며 드러누워 있는 한심한 상태였다. 다리가 풀려서 몸을 일으킬 수 없다고 한다. 늑대도 다리가 풀릴 때가 있구나.

"슬슬 일어설 수 있겠어?"

그렇게 묻자, 암흑이란 이름에 어울리지 않는 새하얀 도자기 같은 피부가 홍조를 띠었다.

"페, 폐를 끼쳐 죄송하옵니다. 앙코는 이제 괜찮답니다. 다음에는, 다음에야말로, 주인님을 기쁘게 해드릴 수 있도록, 정진하겠나이다."

앙코는 아쉬운 듯이 몸을 일으키며 그렇게 말했다. 대체 어떻게 정진하려는 걸까. 유카리에게 가르침을 받을 생각인 거라면 전력을 다해 말려야겠다. 그런 괴물이 한 명 더 늘어나면 내 몸이 버티지 못할 것이다.

나는 「개의치 마」 하고 말하며 위로한 후, 세븐스테이오를 향해 걸어갔다.

그러자, 앙코는 약간 울컥한 듯한 표정을 지었다.

"주인님. 저런 말이 아니라, 부디 저를 타 주시옵소서."

"어, 탈 수 있어?"

"네!"

깜짝 놀랐다. 뫼비온에서는 탈 수 없었거든. 『늑대』 형태의 앙코를 탈 수 있다면, 이동 속도가 훨씬 빨라질 것이다. 솔직히 말해 이득밖에 없다. 하지만…….

"그럼 이 녀석을 어떻게 하지?"

이제까지 신세를 져온 세븐스테이오에게는 꽤 애착이 깊다. 근처의 마을에 맡겨둘까.

그런 생각을 하고 있을 때, 앙코가 세븐스테이오에게 다가가서 살며시 손을 댔다. 대체 뭘 하려는 걸까?

"주인님, 걱정하지 마시길. 제가 이 암말을 자택에 옮겨두겠사옵니다."

이 녀석이 무슨 소리를 하는 거지?

내가 어리둥절한 표정을 지은 순간— 앙코가 《암흑전이》했다.

그리고, 그 직후. 세븐스테이오가…… **사라졌다**.

"……어?!"

이해가 안 된다. 뭘 한 거지? 순식간에 죽여버린 건가? 전이시킨 건가? 말을 《조련》해서 《송환》한 건가? 아니, 그건 불가능하다. 말은 마물이 아니니 시스템적으로 조련을 할 수 없다. 그럼 대체 무은 일이 일어난 걸까?

어두운 숲속에 홀로 남겨진 나는 극도의 혼란에 빠졌다.

바로 그때, 앙코가 《암흑전이》로 돌아왔다.

"정원에 두고 왔사옵니다."

"뭐어엇?!"

"왜, 왜 그러시옵니까?!"

정원에 두고 와? 정원이라면, 퍼스티스트 저택의 정원? 세븐스테이오를? 겨우 1분 만에?

……?! 잠깐만…… 잠깐만 있어봐. 나는 말도 안 되는 사실을 눈치챘다. 눈치채고 말았다.

"너, 너, 혹시…… 암흑전이에는, 제한 거리 같은 게 없는 거야?"

"네, 그렇사옵니다. 제가 기억하고 있는 그림자라면, 그 어디라도……."

"……설마, 설마, 세븐스테이오를, 전이 장소에서, 암흑소환했어?"

"아, 네."

"너어어어엇!!"

"하으으으응! 죄송하옵니다!"

내가 너무 놀란 고함을 지르자, 앙코는 황홀한 표정으로 교성을 지르며 반사적으로 사과했다.

우와…… 이거, 장난 아니네. 진짜냐. 나는 허둥지둥 앙코의 스킬을 다시 확인했다.

《암흑전이》 : 자신이 기억하고 있는 장소로 순식간에 전이시킨다. 단, 전이장소는 그림자여야만 한다.

《암흑소환》 : 인간 형태 한정 사용 가능. 자신 이외의 무언가를 자기 근처로 순식간에 전이시킨다. 단, 전이장소는 그림자여야만 한다.

"……진짜야……."

맙소사…… 거리에 관한 언급이 없다. 《암흑소환》은 『자기 이외의 무언가』라고만…… 즉, 『말이든 사람이든』 문제없다는 거지?

그래. 그렇구나……. 앙코가 뫼비온 때와 다르게 《암흑마술》을 쓰는 것을 보고 눈치챘어야 했다. 《암흑전이》가 전투 중의 이동만을 위한 스킬이 아니라는 점을, 《암흑소환》이 무기를 불러내는 용도로만 쓰이는 스킬이 아니라는 점을…….

기쁜 오산…… 아니, 너무나도 기쁜 오산이다. 넉 달 동안 죽도록 노력해 조련한 보람이 있다고 진심으로 생각했다. 가능하면, 더 빨리 눈치챘으면 좋았겠지만…….

"……너, 완전 최강이구나. 그야말로 무적이야."

자기가 잘못을 한 줄 알고 무릎을 꿇은 앙코에게 그렇게 말해줬다. 화난 게 아니라는 사실을 알고 숙이고 있던 고개를 든 앙코는 약간 어리둥절한 표정을 지었다.

이 감동을 어떻게 전하면 좋을까? 나는 흥분에 사로잡힌 채, 솔직한 마음을 입에 담았다.

"네가 내 도구일 거라면, 죽는 순간까지 함께하자. 절대 놔주지 않기로 결심했어."

"으~~!! 주, 주인님!!"

감격한 앙코는 그대로 나를 덮쳤고…… 그 결과, 한 시간 더 이 숲에 머무르게 됐다.

"해가 뜨기 전에 이동하자. 항구마을 쿨러는 기억하지?"

"네. 물론이옵니다. 주인님과 처음으로 함께 방문한 마을이니까요."

"그럼 거기로 전이한 후, 나를 소환해줘. 가능한 한 사람들 눈에 띄지 않는 장소가 좋겠네."

"네."

카멜 신국과의 국경은 항구마을 쿨러의 북쪽이다. 바다로 이어지는 조그마한 강을 따라 올라가서 산을 우회한 곳이 국경선이다.

원래는 밤낮없이 이동해야 다음 날 밤에 도착할 수 있을 거라 여겼지만, 앙코의 특수능력을 안 덕분에 해가 지기도 전에 도착할 수 있게 됐다.

"……오오……."

순식간에 경치가 바뀌었다. 아무래도 소환된 것 같았다. 지금은 밤 두 시이며, 장소는 방파제다. 사람 한 명 없었다. 내 요청에 딱 들어맞는 곳이다.

하지만 앙코의 품에 안겨 있는 건 왜일까. 어쩌면 그녀가 그림자봉이나 흑염지창을 《암흑소환》하면 그녀의 손아귀에 생겨나는 것처럼, 나도 앙코의 곁에 소환되었기에 그녀가 꼭 안아준 걸지도 모른다. 감사할 일이다.

"좋아. 해가 뜨기 전에 갈 수 있는 데까지 가보자. 해가 뜨면 세븐스테이오를 불러줘."

"……그리하겠나이다."

세븐스테이오의 이름을 입에 담자, 앙코는 입술을 살짝 내밀었다. 이 녀석, 혹시 말한테 질투하는 걸까? 늑대니까 그럴지도 모르겠는걸.

"변신."

"네."

"태워줘."

"!"

일부러 평소보다 강한 어조로 지시를 내렸다. 아니나 다를까, 앙코는 환한 목소리로 답했다. 《암흑변신》으로 늑대로 변하고도, 표정은 여전히 기뻐 보였다. 기분은 풀렸다고 생각해도 될 것이다. 꼬리까지 소리 나게 흔들어대는 모습이 잠 재미있었다. 인간 형태일 때보다 늑대 형태일 때에 꼬리가 몇 배는 더 크기에, 눈에 들어올 수밖에 없었다.

"가자."

"!"

등에 타고 명령을 내리자, 앙코는 갑자기 맹렬한 속도로 달리기 시작했다.

……빨라아아아아아아. 대형 2륜급 속도다. 솔직히 말해, 떨어지지 않도록 잡고 버티는 게 한계다. 대화는 나눌 수도 없었다.

"머, 멈춰! 멈춰!"

길을 잘못 들었기에 필사적으로 그렇게 외쳤다. 결코, 무서워서 그러는 게 아니다. 결단코 아니다.

"바다를 따라 북상한 후, 세 번째 강이 보이면 강을 따라 올라가."

"!"

앙코가 「아우」 하고 울음소리를 냈다. 해석하면 「맡겨주시옵소서!」일까. 너무 기운을 내지 말아줬으면 좋겠지만—.

이거 보라고! 아까의 곱절은 될 듯한 속도로 출발했어!

우오오오! 으그그그그……!

……어, 해가 뜰 때까지 계속 이러는 거야?

……혼쭐이 났다. 특히 코너링 때가 장난 아니었다. 몽키턴 급의 괜한 V자 좌회전에서 떨어지지 않은 건 기적이라고 해도 과언이 아니다. 하지만, 나도 주인으로서의 위엄이 있다. 약한 소리를 낼 수는 없고, 구토는 절대 안 된다. 나는 버티고 또 버텼다. 세 시간 동안 버텼다. 아니, 세 시간 동안 최고 속도를 유지하는 이 괴물한테 질리고 말았다. 내구력은 인간의 특권이 아니었나?

"그에 비해 너는 참 귀여운걸."

나는 세 시간 내구 제트코스터로 상처 입은 마음을 치유하듯, 세븐스테이오를 쓰다듬어주며 느긋하게 강을 따라 나아갔다. 앙코가 들으면 난리가 나겠지만, 지금은 《송환》을 했으니 괜찮을 것이다. ……괜찮겠지? 하지만 그 F1급 늑대 덕분에 예정보다 훨씬 빨리 도착하게 된 것도 사실이다. 그 점은 감사해야 할 것이다. 고마

워, 앙코. 앞으로는 긴급 상황 말고는 네 등에 절대 안 탈 거야.

"휴우~. 드디어 다 왔네."

그렇게 한동안 나아간 후, 산과 마주했다. 이것이 국경의 표식이다. 이 산을 돌아서 우회한 곳에 있는 계곡에서는 변경백작과 카멜 신국이 대치하고 있을 게 틀림없다.

나는 산 왼편을 따라 세븐스테이오를 몰았다. 마지막 질주다.

한 시간 후, 산과 산 사이에 존재하는 분지에 있는 변경백작의 요새가 보였다. 그 전방에는 카멜 신국 측의 병사로 보이는 이들의 대열이 있었다. 역시 윈필드가 예상한 대로의 상황이다.

자아, 우선 변경백작에게 인사부터 할까. 이름이 뭐였더라…….

뭐, 됐다. 일단은 인사를 하자.

세븐스테이오를 요새 뒤편으로 몬 후, 한 병사에게 물었다.

"변경백작은 이 안에 있지?"

"……네? 아, 음, 뭐. 네?"

"그래. 그럼 이 녀석을 맡아줘."

"어? 네. 어어?!"

당혹해하는 병사에게 세븐스테이오를 넘겨준 후, 나는 병사용 뒷문을 통해 요새에 침입했다.

너무 당당하게 침입해서 그런지, 다들 아무 말도 하지 않았다.

허술하기 그지없네.

"어이. 변경백작은 어디 있어?"

"네! 안내하겠습니다!"

내가 말을 건 병사가 정중히 안내해줬다. 그러고 보니 나는 예의 꽤 고급스러운 레어 옷을 입고 있었다. 주위를 둘러보니 다들 병사다운 복장을 하고 있었다. 어쩌면 병사들은 나를 지위가 높은 손님으로 착각한 걸지도 모른다.

"—아아, 도착했나. 빨리 왔는걸, 세컨드 군."

아니었다. 아무래도 변경백작이 미리 손을 써둔 것 같았다.

안내된 방에 들어가 보니, 아까 그 목소리의 주인인 30대 초반의 잘생긴 안경남이 나를 맞이했다. 이 자가 변경백작 같았다. 하지만, 어떻게 내 정보를 안 거지?

"참, 자기소개를 아직 안 했던가. 나는 스팀 비터밸리. 캐스탈 왕국의 변경백작이야. 당신이 세컨드 퍼스티스트가 틀림없지?"

스팀 비터밸리 변경백작. 차분하고 자유로운 인상의 사람이다. 그리고 방심할 수 없는 상대이기도 했다. 자기소개를 하면서, 누가 상관인지를 확실히 가리려는 듯이 말로 수작을 부렸다. 그렇다면, 내 대답은 이렇다.

"틀림없긴 한데, 태도를 보니 당신은 그렇게 생각하지 않나 보네."

"너무한걸. 제 요새에 오신 걸 환영합니다, 손님."

변경백작은 가볍게 흘려 넘기듯 고개를 숙이며 인사했다. 방금 손님이라고 부른 건, 소소한 저항 같은 것이리라. 꽤 마음에 잘 맞을 것 같은 남자다.

"너는 흥미가 없겠지만, 일단 받아. 마인의 서장이야."

"……이거 너무하군요. 그럼 당신은 차기 국왕 폐하의 특사라고 할 수 있겠군요."

하하하하, 하고 웃었다. 우헤헤헤, 헤헤헤헤! 이겼다. 꼴좋다. 사기나 다름없다고? 남의 권세를 빌려? 그딴 건 내가 알 바 아냐.

나는「인사는 이 정도면 됐다」는 듯이 홍차를 전부 들이켠 후, 입을 열었다.

"내 정보를 어떻게 안 거지?"

"간단합니다. 저한테도 정보망이 있으니까요. 세컨드 경보다 조금 일찍 정보가 도착했을 뿐이지요."

"그래. 이번 싸움은 어떻게 봐?"

"먼저 손을 쓰지만 않는다면 아무 문제 없겠죠. 하지만, 손을 쓸 수밖에 없는 상황이 벌어질 수도 있습니다."

"아직 안 늦은 거구나."

"네, 그렇습니다. 그리고…… 어디 할 수 있으면 한번 해보라는 게, 제 본심일까요."

"하하! 하하하!"

"하하하하!"

이 녀석, 역시 재미있네.

"눈 크게 뜨고 잘 봐. 그리고 캐스탈 왕국에 내가 있다는 사실에 감사하라고."

"눈 크게 뜨고 잘 볼 테니, 잘 부탁드립니다. 저 녀석들을 쫓아낼 수만 있다면, 당신과 왕국에게 진심으로 감사하도록 하죠."

요새 상부로 이동한 우리는 대치 중인 두 군대를 보며 이야기를 나눴다.

“보다시피 현재는 국경선을 사이에 두고 거리를 둔 채 대치 중인 상황입니다.”

“이대로 교착 상태가 계속되면 아무 일도 안 일어나는거 아냐?”

“네, 이대로 계속 간다면 말이죠. 하지만…… 저 녀석들은 내일, 공개처형을 한다고 합니다.”

“잡힌 거야?”

“네. 척후병 한 명입니다.”

“너, 바보냐. 그딴건…….”

“압니다. 저들은 척후병인 그를 암살자라고 날조한 후, 저희를 도발하기 위해 처형을 실행에 옮길 겁니다. 오늘 처형하지 않는 건, 그가 정보를 털어놓지 않아서겠죠. 밤낮없이 고문할 생각일 겁니다. 아니면 저희를 초조하게 만들려는 걸까요. 하아…… 그 정도는 알고 있습니다.”

이 녀석이 말한 「손을 쓸 수밖에 없는 상황」이란, 척후병이 생포됐다고 하는 어이없는 실수의 뒤처리인 건가. 어이어이.

“그런 표정을 지을 것까지는 없지 않을까요……. 저도 고민했습니다. 하지만 죽게 내버려 둘 수는 없어요. 그도 저의 소중한 부하 중 한 명이니까요. 이대로 처형당하게 둔다면 사기가 밑바닥까지 떨어질 겁니다.”

“그 녀석 한 명 때문에 왕국이 위험에 처해도 된다는 거야?”

"네? 아, 그럴 일은 없습니다."

"뭐?"

"저는 세컨드 님께서 오시기에 처형을 막기로 한 겁니다. 당신이 오시지 않는다면, 피눈물을 흘리며 그를 포기했겠죠."

"……너, 비위 한번 잘 맞추네."

"그런 말, 자주 듣습니다."

왠지 납득이 됐다. 듣자 하니 이 녀석은 서른세 살이라고 한다. 그 나이에 변경백작이란 자리까지 오를만한걸. 성격이 되게 꼬였다.

"뭐, 좋아. 작전을 확인하자. 변경백작 본대는 좌익과 우익으로 나눈 후, 복병이 공격해올 때를 대비해 요새 주변에 대기. 그 외에는 요새 전방에서 언제든지 돌격할 수 있도록 대기. 다른 건 나한테 전부 맡겨."

"정말 그렇게 잘 풀릴까요?"

"그래. 아마 너희가 나설 일은 없을 거야. 그리고……."

"뭐죠?"

"오늘 밤에 일어난 일은, 가능한 한 비밀로 해줘."

……나는, 그가 비밀로 해달라고 말한 이유는 개인적인 사정 때문이라고 생각했다.

사람이라면 누구나 자신의 비장의 카드는 숨기고 싶어 하는 법이다. 그도 마찬가지일 거라고 생각했다. 뭐야, 그도 평범한 사람이구나. 그렇게 생각했다.

혼자서 캐스탈 왕국의 정세를 뒤엎어버린 남자. 얼마나 대단한 사람인지 멋대로 기대했던 만큼, 좀 아쉬웠다.

그리고, 밤의 장막이 드리워졌다. 결전 직전인데도, 묘한 정적이 흐르는 밤이었다.

"다들 지정된 위치에 서도록."

이번 싸움의 지휘는 내가 맡았다. 그에게는 그렇게 말했지만, 개인적으로 그 척후병은 잃고 싶지 않은 인재다. 아마 그가 오지 않았더라도 나는 그를 구출하기 위해 어떻게든 손을 썼을 것이다.

예상되는 복병의 숫자는 아무리 많아도 8천이다. 중앙의 4천과 합치면 1만 2천이다. 그리고 내 병사는 7천이다. 맞설 수 없을 정도의 숫자는 아니다. 도박을 해야겠지만, 중앙을 단숨에 쓸어버린 후에 요새로 후퇴하면 유리하게 싸울 수 있다. 그대로 국경선을 유지하며 방어에 임하면, 평화조약이랍시고 말도 안 되는 요구를 해오는 일도 없다. 준비도 철저하게 해둔만큼, 그에게 의지할 필요도 없다.

하지만, 나는 궁금했다. 소문 자자한 그가 대체 얼마나 대단한 인물인지가…….

빚을 만들고 공적을 넘겨주게 되지만, 내 부하들을 위험에 처하게 하지 않아도 된다. 그런 타산적인 생각도 물론 있었다. 그래서 나는 그에게 도움을 받기로 했다.

하지만, 이 조악한 작전은 대체 뭔가. 진짜로 괜찮은건지 불안해졌다. 얼굴을 마주했을 때만 해도 재미있는 남자라고 생각했지만, 그 후로는 실망의 연속이었다. 출진 직전까지도, 그의 지휘는 실망스럽기 그지없었다.

마치 소풍이라도 가는 것처럼 여유로웠다. 우리한테는, 소중한 부하의 목숨이 걸려 있는 상황인데 말이다. 나는 화를 내고 싶어졌다. 저 뒤통수를 망치로 후려갈긴 후, 이렇게 말해주고 싶어졌다. 이건 전쟁이다. 놀이가 아니다, 라고 말이다.

……하지만, 뒤통수를 망치로 맞은 것처럼 충격을 받은 사람은, 바로 나였다.

"—와라, 앙코."

그가 **무언가**를 소환했다. 온몸의 털이 곤두서게 하는, 이 세상의 존재가 아닌 무언가다.

그의 옆에 부복한 그것을 본 순간, 나는 직감했다. 그것은, 생물로서의 격이 다른 존재다.

……정신이 아득해질 정도의 정적이 흘렀다. 다들 그것을 보고 겁먹은 탓에 꼼짝도 하지 못했다.

"가자."

그 한 마디가 계기였다. 사라졌다 싶으면 나타났고, 모습을 바꿨다 싶으면 다시 돌아왔으며, 또한 사라졌다 나타나기를 반복했다. 빛에서 어둠으로. 어둠에서 빛으로. 전장을 질주하는 이형의 남녀는 천사일까 악마일까. 그저 멀뚱히 서서 이 광경을 지켜볼 수밖에 없는 나로선, 판단이 서지 않았다.

이 세상 모든 절망을 긁어모아 응축시킨 듯한 암흑— 바로 그때 구역질이 난 나는 그가 한 말의 의미를 이해했다.

이것은, 타인에게 말해선 안 된다. 아니, 말할 수가 없다.

이런…… 이런, 지옥도는……!

"감히 주인님께 칼을 빼들며 무리를 짓다니…… 아아, 이렇게 어리석을 수가……."

《마물소환》으로 불러낸 앙코는 4천이 넘는 병사들 앞에서 그렇게 말했다. 죽어가는 목숨을 애도하는 듯한, 너무나도 상냥한 목소리였다.

"가자."

나는 지시를 내린 후, 작전 개시의 신호를 보냈다. 그러자, 앙코는 갑자기 《암흑전이》로 적진 한복판에 순간이동 했다. 눈에 보이는 모든 그림자를 전이 위치로 삼을 수 있는 것이다.

"아니……?!"

카멜 신국의 병사들은 경악했다. 그럴 것이다. 방금 전까지 한참 떨어진 적진에 있던 검은 옷을 입은 여자가, 갑자기 눈앞에 나타난 것이다.

"어리석은 인간들."

앙코는 그렇게 중얼거린 후, 그 자리에서 《암흑변신》을 사용했다. 칠흑의 어둠이 흩어지며 모습을 드러낸 건, 몸길이가 2미터는 될 듯한 거대한 검은 늑대― 병사들은 몸서리를 칠 수밖에 없을 것이다.

"마, 마물이다―!"

"왜 이 곳에 마물이……!"

혼란은 퍼져나갔고, 결국―.

"겁먹지 마라! 포위해! 유리한 건 우리다!"

먼저 손을 쓰고 말았다. 앙코를 포위한 후, 창을 내밀며 돌진했다.

수십 명의 창병이 동시에 늑대 형태를 한 앙코를 향해 창을 내질렀다. 저건 《은장창술》인가? 뭐, 아무래도 상관없다. 왜냐하면…….

"안 통하거든."

나는 멀리서 지켜보며 그렇게 중얼거렸다. 왠지 신국의 병사들을 동정하고 싶어졌다.

왜 통하지 않는 걸까. 그 이유는 단순하다. 「늑대 형태일 때는 물리 공격 일체 무효, 인간 형태일 때는 마술 공격 일체 무효」. 이것이 암흑늑대의 기본 능력인 것이다.

"머, 멀쩡해……?!"

전장에는 엄청난 혼란이 일어났다.

느닷없이 나타난 마물에게는, 다들 치명적일 거라 믿어 의심치 않은 필살의 공격이 먹히지 않았다.

더는 방법이 없다―. 병사들은 그렇게 생각하고 있으리라.

"!"

그 직후, 앙코가 숨을 들이마시는 듯한 모션을 취했다. 저것은 《암흑포격》이다. 늑대 형태의 한정 스킬, 마술과 물리 속성을 겸비한 초장거리 공격이다.

공략할 거라면 회피가 안정적이겠지만…… 과연 그들은 어떻게 나올까?

"뭔가 옵니다!"

"……후, 후퇴하라!"

아무래도 도망치려는 것 같았다. 으음, 정답이야.

"!"

쩍 벌어진 앙코의 입에서 흉흉한 암흑 덩어리가 뿜어져 나왔다. 앙코는 일부러 대각선 위쪽을 향해 쐈다. 아무래도 이성을 유지한 채 적들을 가지고 노는 것 같았다.

"히, 히이이익!!"

카멜 신국 측은 불쌍할 정도로 겁을 먹었다. 한편 캐스탈 왕국 측도 꽤 겁을 먹을 것 같지만…… 됐다.

"좋아. 슬슬 출발할까."

후퇴하기 시작한 카멜 신국의 병사들을 본 나는 《정령소환》을 발동시켰다.

"(빙의.)"

"(음, 알겠다.)"

앙골모아가 앙코와 다투지 못하도록, 나는 즉시 《정령빙의》를 명령했다. 그 직후, 무지갯빛 아우라가 폭발했다.

"오오……?!"

내 뒤편에 있는 변경백작의 병사들이 술렁거리는 것 같았다. 정령빙의를 보는 건 처음이리라. 이해한다. 엄청 멋지잖아. 나도 초보자일 때는 엄청 동경했었다.

"(그물 낚시를 하자.)"

"(음, 피가 끓어오르는 구나!)"

앙골모아와 생각을 공유한 후, 나는 질주했다. 노리는 건 적들의 측면이다. 잔상마저 남기는 고속 이동으로, 나는 순식간에 적과의 거리를 좁혔다.

"사망자들한테는 미리 사과해둘게!"

나는 그렇게 말하며 《용왕검술》을 준비했고…… 정확히 4초 후, 한 줄기 선을 그리듯 그 녀석들의 측면에 닿을락 말락하는 위치로 날렸다.

"영차~!!"

충격파가 굉음을 내며 지면을 달리더니, 바위에 부딪친 파도처럼 하늘 높이 흙먼지가 피어올랐다.

"히익?!"

적병 중 몇 명이 겁을 먹고 엉덩방아를 찧었다. 흙먼지가 가라앉자, 지면에는 깔끔한 직선이 그어져 있었다. 이것은 충고다. 이 선 밖으로 나온다면 목숨을 보장하지 못한다는 충고인 것이다. 아니나 다를까, 카멜 신국의 병사들은 그 선에서 멀어지려는 듯이 필사적으로 후퇴했다.

"저 자식은 뭐야! 이런 거 듣지도 보지도 못 했다고! 저 자식은 대체 뭐냐고!"

그들은 병사로서의 체면조차 유지하지 못했다. 하지만 그래도 군인이라 그런지, 아직 대열은 무너지지 않았다.

"—우후후. 어서 와."

어느새 《암흑변신》을 풀고 인간 형태가 된 앙코가 그들의 눈앞으로 《암흑전이》했다.

……절망, 을 느낀 걸까. 그 순간, 병사들은 완전히 걸음을 멈췄다.

"와라, 흑염지창."

앙코의 《암흑소환》— 그녀가 불러낸 것은 자기보다 세 배는 큰 거대한 창이었다. 나조차도 꺼내 들게 했다간 패배를 각오해야 할 거라 여겼던, 최강 최악의 무기다. 즉, 이제부터 앙코의 「최강 모드」가 발동되는 것이다.

"후후……."

눈을 가늘게 뜨며 우아한 미소를 머금은 앙코가 거대한 창을 마치 나무막대처럼 휘둘러댔다. 그와 동시에 창끝에서 흑염이 뿜어지더니, 10미터 이상 떨어져 있는 곳까지 어마어마한 위력의 공격이 작렬했다.

흙도, 바위도, 야영 텐트도, 방어벽마저도 모두 불타서 재가 됐다. 앙코가 흑염지창을 휘두를 때마다, 그곳은 순식간에 초토화되고 말았다.

"우와아아아앗!"

병사들도 체면을 차릴 때가 아니었다. 도주, 아니, 탈주인가. 전의를 완전히 상실한 그들은 앙코에게 등을 보이며 뿔뿔이 흩어져서 도망쳤다.

"그렇게는 안 되지요~."

나는 놓치지 않겠다는 듯이, 그들이 향하는 방향을 향해 《용왕검술》을 날렸다. 눈앞에서 간헐천처럼 지면이 폭발하며 샘솟자, 그들은 울부짖으며 방향을 바꿀 수밖에 없다.

앞에는 앙코, 왼편에는 나, 뒤편에는 변경백작의 군대. 필연적으로 그들은 오른편으로 도망칠 것이다.

"용서 못 합니다."

그 오른편으로, 앙코가 《암흑전이》를 했다.

「제발 봐줘!」라는 병사들의 마음속 외침이 들려왔다.

어쩔 수 없이, 병사들은 방금 전까지 앙코가 있던 전방으로 도망쳤다.

"그렇게도 안 되지요~."

나는 《용왕궁술》을 준비한 후, 그들의 눈앞에서 터지도록 쐈다.

《용왕궁술》은 명중지점에 강력한 범위 공격을 가하는 스킬이다. 준비 시간은 6초나 되지만, 사정거리와 위력은 더할 나위 없다. 활용하기 어려운 【궁술】이다.

두웅! 마치 폭탄이라도 터진 것처럼 충격이 발생했다. 《용왕궁술》의 명중지점에는 도려내진 것처럼 거대한 구덩이가 생겨났다.

"우아아아아! 대체 뭐야아앗!!"

그물 낚시라는 말이 참 절묘했다. 그물로 적을 모는 듯한 상황이다.

그로부터 한동안 나와 앙코가 사방팔방에서 공격을 가하며, 공을 가지고 놀듯 그들을 농락했다.

그로부터 몇 분 후, 나를 향해 돌진해오는 적병이 보였다. 기마대다. 드디어 나타났구나! 앙코 공략이 무리이니, 나를 집중공격해서 돌파구를 열 속셈이리라.

확실히 나는 현재 《정령빙의》도 풀었으니, 맨몸 상태다. 겉보기에는 평범한 인간이나 다름없다. 「저 녀석이라면 이길 수 있다」, 「저 괴물보다는 낫다」 같은 생각을 하고 있으리라.

"유감이겠는걸! 변신!"

기마대와 접촉하려던 순간, 나는 《변신》을 발동시켰다. 《변신》 스킬의 8초간 무적 시간을 이용해, 기병을 말과 함께 튕겨냈다. 돌격해온 자들은 트럭에 부딪친 듯한 충격을 받고 그 자리에서 낙마했으며, 결과적으로 기병으로서 기능을 할 수 없게 됐다.

하지만, 그들의 후속 병력까지 낙마시킬 수는 없었다. 나는 순식간에 적들에게 포위되고 말았다.

"우랴앗!"

8초의 무적시간 중, 변신 완료에 6초가 소요된다. 즉, 남은 2초는 「무적인 상태에서 움직일 수 있다」는 것이 《변신》 스킬의 끝내주는 장점이다.

나는 주위의 적병 중에서 거리를 재고 있는 기병에게 환한 미소를 지으며 정면에서 접근해 날려버린 후, 2초 전에 준비하고 있던 《보병궁술》과 《불 속성·1형》의 복합 【마궁술】을 하늘을 향해 날려 **신호**를 보냈다. 그러면—.

“왕림해주셔서 감사하옵니다, 주인님.”

앙코가 《암흑소환》으로 나를 자기 품속으로 이동시키는 것이다.

나를 포위하고 있던 병사들은 「어라?!」 하고 생각했을 것이다. 일종의 눈속임 마술인걸.

“……자아.”

앙코가 무서워서 도망친 적병은 꽤 후방까지 물러났다. 우리는 그들에게 등을 보이며 서있었다. 왜냐하면…….

“들리기 시작하옵니다.”

귀를 기울여보니, 전방의 어둠 속에서 수천이 넘는 군화 소리와 갑옷이 부딪치는 소리가 들려왔다.

복병— 즉, 카멜 신국의 지원군이다.

윈필드의 예상에 따르면, 그 숫자는 8천에서 1만에 이른다.

“저에게 맡겨주시옵소서.”

앙코는 진심으로 기뻐하는 듯한 미소를 머금더니, 흑염지창을 집어넣었다.

카멜 신국의 진영에서 타오르는 횃불과 달빛이 그들의 전모가 드러나게 했다. 지원군은 대열을 이루더니, 우리를 포위하듯 접근했다.

등골을 타고 오한이 흘렀다. 저 숫자에게 포위당하면 위험하다. 본능적인 공포가 샘솟았다.

"그럼, 다녀오겠나이다."

앙코는 그 말을 남기더니, 전혀 겁먹지 않으며 조용히 몇 걸음 내디딘 후에 《암흑전이》를 했다. 카멜 신국의 지원군은 당혹스러울 것이다. 1만의 병사를 상대로, 여자 혼자서 뭘 할 수 있겠느냐고 여기며 말이다.

그리고…… 그들의, 암흑 속에 숨어서 기습을 하려던 그 속셈이, 역효과를 자아냈다.

"우훗, 우후후! 아하하하하! 아핫!"

나한테 들릴 만큼 거대한, 교성처럼도 느껴지는 고혹적인 웃음소리…….

그 순간— 어둠속에서도 확연히 알 수 있을 만큼 시꺼먼, 극악한 『안개』가 앙코에게서 뿜어졌다.

갑자기 심장이 옥죄어들면서, 온몸이 굳어졌다. 저 【마술】이 얼마나 성가신지 이해하고 있는 내 뇌가, 무의식적으로 경계한 것이다.

《암흑마술》…… 저 암흑의 안개에 닿은 자는 HP(히트포인트) 잔량이 강제적으로 1이 된다.

그 공포는, 그들이 느낀 공포는, 상상조차 허락되지 않으리라.

어둠 속에서 웃는 여자와, 갑자기 생겨난 정체불명의 시꺼먼 안개. 옆에 있는 병사와의 거리도 알 수 없는 가운데, 갑자기, 자기 HP가 1이 된다면—.

"우, 우와아아아아아아!!"

패닉을 일으킬 것이다.

앙코의 《암흑마술》을 맞은 건, 앞쪽에 있는 일부 병사뿐일지도 모른다. 하지만 그것만으로도 그들을 공포의 밑바닥에 내동댕이치기에 충분했다.

아니, 패닉 정도가 아니다. HP 잔량이 1인 상태에서 몸싸움이 벌어지면, 어떻게 될까.

그대로, 죽어버린다. 바닥을 구르기만 해도, 허무하게, 목숨을 잃는다.

그저 보이지 않는 공포로부터 어떻게든 도망치려고, 필사적으로 반대 방향으로 뛰어가는 자들이, 전진하는 이들과 부딪친 바람에 영문도 모른 채 목숨을 잃었다. 그런 비정상적인 일이, 대열 곳곳에서 벌어지고 있을 게 틀림없다.

그중에는 냉정하게 포션을 마셔서 회복하는 자도 있었다. 하지만 병사의 HP를 전부 회복시켜주는 고가의 포션을 보급할 수 있을 리가 없다. 회복마술사의 도착을 기다릴 여유가 없기에, 남은 수단은 싸구려 포션 여러 개를 마시는 것뿐이다. 그렇게 시간을 들여 빈사 상태에서 반죽음 상태까지 회복됐을 즈음에는, 사기가 바닥까지 떨어진 탓에 전쟁을 치르는게 불가능했다.

"퇴각!!"

그리하여, 어둠 속에서 공포와 혼란이 전염되면서 다수의 중상자와 적지 않은 사망자가 발생한 카멜 신국의 지원군은 서둘러 퇴각할 수밖에 없었다.

《암흑마술》의 재사용 쿨타임은 3600초. 한 시간 동안은 쓸 수 없지만…… 상대방 지휘관이 그 사실을 알 리 없다. 언제 또 공포의 안개에 휩싸일지 모르는 만큼, 도망칠 수밖에 없으리라.

“아아, 귀여워라. 자아, 열심히 도망치렴.”

앙코는 그림자봉을 《암흑소환》하더니, 붕붕 휘둘러댔다. 그림자봉으로 쳐서 날린 돌멩이가 그들의 갑옷에 닿았다. 앙코의 목소리도, 봉이 바람을 가르는 소리도, 돌멩이가 날아오는 소리조차도 그들에게는 몸서리쳐질 정도의 공포일 것이 틀림없다.

“때가 됐나.”

지원군 전체가 후퇴하기 시작하자, 앙코에게 신호를 보냈다. 다음 순간, 나는 앙코의 품속으로 이동했다. 어이…… 영 폼이 나지 않았다. 뭐, 어쩔 수 없다.

“똑똑히 봐라!”

나는 가장 눈길을 끄는【마술】《번개 속성·5형》을 준비한 후, 그녀석들에게 닿을락 말락 하는 위치로 날렸다. 5형은 마치 미사일처럼 고속으로 날아가더니, 지면에 명중했다.

파직파직파직! 하며, 적란운의 안처럼 번개가 그 자리에서 휘몰아쳤다. 밤인데도 불구하고 그 주변은 무도회장처럼 눈부신 빛에 휩싸이더니, 주변 일대에 폭음이 울려 퍼졌다.

적군이 무슨 일인가 싶어 뒤를 돌아보았다. 나는 크게 숨을 들이마신 후, 침묵을 깼다.

자아, 도발을 해볼까. 누구에게 싸움을 걸었는지, 퇴각하는 저들에게 똑똑히 알려줄 필요가 있다.

"나는 세컨드 퍼스티스트다! 내 이름을 잊지 마라, 이 빌어먹을 겁쟁이들아! 다음에 또 건방지게 이딴 짓을 벌이기만 해봐라! 가만두지 않을 거다! 카라메리아에 대해서도 알고 있거든?! 허튼짓 말라고 너희의 쓰레기 같은 신에게 똑똑히 전해라! 알아들었으면 빨리 집에 돌아가서 엄마 젖이나 빨아! 그리고 포로를 내놓으라고, 멍청이들아!"

"—저기, 세컨드 경. 혹시 정신줄을 놓으셨습니까?"

"인마, 말이 심하잖아!"

싸움이 끝난 후. 스팀 비터밸리 변경백작은 대뜸 헛웃음 섞인 어조로 그런 비아냥을 입에 담았다. 그래도 기분이 나쁘지는 않았다.

"농담입니다. 저는 귀하를 얕본 것 같군요……. 이제 와서 부끄럽기 그지없습니다."

"그래. 그럼 더 부끄러워하란 소리를 하고 싶네."

"아니, 그래도 한마디 하자면 말이죠. 얕보는게 당연하다고 생각했습니다. 태도가 그게 뭐냐, 놀러오기라도 한 거냐…… 라고 생각했죠. 하지만, 귀하에게는 그게 당연한 태도였군요. 진심으로 놀러왔던 것이니까요."

"너무 칭찬하지 말라고. 부끄럽단 말이야."

"칭찬이 아닙니다. 아, 칭찬하는 겁니다만, 칭찬이 아니죠."

"대체 무슨 소리를 하는 거야……."

"포로는 더할 나위 없이 정중히 돌려받았습니다. 총 1만 4천이나 되는 카멜 신국군이 퇴각했죠. 평생 잊지 못할 트라우마가 심어진 채로 말입니다. 그리고, 저희는 다친 사람조차 한 명도 없습니다. 이게 뭘 의미하는지 알겠습니까?"

"대성공이라는 거지."

내가 씨익 웃자, 스팀도 같이 웃었다.

"감사합니다. 몇 번이고 말하겠습니다. 감사합니다. 감사합니다. 감사합니다……!"

◇◇◇

어둠이 내린 밤. 일몰에 맞춰, 왕성은 포위됐다. 성 안으로 돌입한 제2왕자의 병사들은 차례차례 내부를 제압했다.

목적은 재상, 제3기사단장, 제1왕비, 그리고 제1왕자의 신병 확보다. 하지만, 일은 뜻대로 되지 않았다. 역전에 이은 역전에 또 역전이 벌어졌다고는 해도, 상대 또한 책략을 세운 것이다.

성의 절반 정도를 제압하자, 제1왕자파는 결사대를 보냈다. 목숨을 내던지며 시간을 번다. 그것은 재상의 지시지만, 이제 와서는 시간을 벌어도 의미가 없다. 제국의 지원군은 오지 않는다.

하지만 제1왕자파의 필사적인 저항은 계속됐고, 성안에서의 싸움은 예상 이상으로 길어졌다.

실비아와 에코, 그리고 미스릴 합금 무장 병사의 활약으로 하나하나 신중하게, 착실하게 돌파했다. 상대는 목숨을 내던지고 있지만, 이쪽은 목숨을 아까워하고 있다. 약간의 방심으로 목숨을 잃을 수 있는 것이다. 조바심을 낼 필요는 없다. 왕성 밖은 제2왕자파의 병사가 포위하고 있으며, 비밀 통로도 전부 파악해서 봉쇄했다. 그러니 시간이 들더라도 피해 없이 제압하는게 최우선이다.

그렇게 기나긴 시간을 제압에 할애한 결과, 밤이 깊고 말았다.

재상을 비롯한 표적들은 아직 모습이 보이지 않았다. 아마, 최심부— 알현실에 있을 것이다.

"길을 뚫었어. 알현실로, 가자, 재상 측, 사람들은, 분명, 거기 있어."

"알았다."

"라져~."

윈필드는 적의 대열이 무너진 틈을 이용해, 강자인 실비아와 에코를 데리고 알현실을 향해 질주했다.

왜, 윈필드가 행동을 함께 하는 걸까. 그것은 그녀 나름대로 우려하는 바가 있기 때문이다.

"찾았다!"

실비아가 고함을 질렀다. 그녀의 시선은 발 모로 재상과 쟈름 제3기사단장을 향하고 있었다.

그리고…… 뜻밖의 인물이, 이 자리에 있었다.

"……곤란하게 됐구나."

그 남자의 얼굴을 본 순간, 실비아는 표정을 굳혔다.

제2기사단 부단장 가람— 왕국 기사 중에 그 이름을 모르는 이가 없는, 호걸 중의 호걸.

가람은 2미터나 되는 대검을 조용히 치켜들더니, 발과 쟈름을 호위하듯 앞으로 나섰다. 그것은 가람이 **적**이라는 사실을 의미했다.

"가람 부단장님! 당신 같은 남자가 악당에게 혼을 판 건가!"

"……."

가람은 실비아의 말을 무시했다. 그는 마흔 살 같아 보이지 않을 만큼 젊어 보였지만, 얼굴에서 지친 기색이 묻어났다.

왜 이제 와서 모습을 드러낸 것일까. 그것도 재상 측에 가세하기 위해서 말이다. 실비아가 느낀 의문에 답하듯, 윈필드는 입을 열었다.

"아마, 인질을, 잡혔을거야. 가족일까. 그는, 최근, 왕국에 없었어. 원정? 그 틈에, 소중한 이가, 인질로 잡힌 것, 아닐까?"

"그래……. 정말 썩어빠진 놈들이구나!"

그 냉철한 지적을 들은 실비아의 분노가 재상 측을 향했다.

……하지만, 가능하다면 실비아는 가람과의 싸움을 피하고 싶었다. 왜냐하면…….

"역시, 그는…… **타이틀전**, 출전 경험자, 구나."

망설이는 실비아를 본 윈필드는 눈치챘다.

그렇다. 가람은 과거에 몇 번이나 【검술】 타이틀전 「일섬좌전(一閃座)」에 출전한 경험이 있다. 그것은 바로 【검술】 스킬이 보병~용왕까지 전부 9단에 이르렀다는 것을 뜻했다. 틀림없는 강자다.

"이길 수, 있겠어?"

"문제없다."

"힘낼게."

세 사람의 견해는 어제와 일치했다. 만약 『타이틀전 출전 경험자』 같은 강자가 적의 호위로 나타나더라도— 2대1이라면 이길 수 있다.

윈필드도 객관적 시점에서 전력을 추측해보고, 충분히 승산이 있다고 판단했다. 실비아와 에코는 대부분의 메인 스킬을 9단까지 올렸다. 게다가 전위와 후위 콤비는 상성이 뛰어나다. 십중팔구 지지 않을 것이다. 단 하나 부족한 것…… 『대인전 경험』이라고 하는, 매우 사소하면서도 의외로 크나큰 요소를 제쳐둔다면 말이다.

"알았어. 실비아 씨와, 에코 씨가, 무력화시켜. 절대, 방심하면, 안 돼."

말 안 해도 안다는 듯이, 실비아와 에코는 당당히 앞으로 나섰다.

바로 그때, 가람이 입을 열었다.

"실비아 버지니아인가. 네 아버지를 잘 알지. 나를 상대로 2대1로 싸우려는 건가? 기사의 긍지를 버렸나 보지?"

"……큭!"

실로 교묘한 도발이었다. 정의감이 강하고 기사를 동경하는 실비아의 성격을 노리고, 아버지를 언급하면서 그녀의 자존심을 건드렸다. 숙련된 장외전술이다.

"안, 돼. 진정, 해."

"음. 안다. 알지만…… 나도 물러설 수 없을 때가 있어."

"……아아~."

윈필드는 말려보려 했지만, 말을 듣지 않는 실비아를 보고 포기했다.

실비아는 세컨드에게 나쁜 영향을 받은게 아닐까 싶을 만큼, 참 완고했다. 정의와 긍지를 위해서라면 아무렇지 않게 목숨을 거는 인간이었다.

그렇기에, 가람의 도발에 응하고 마는 것이다. 그것은 필연이라 해도 과언이 아니다.

"얕보지 마라. 1대1로 싸워주지."

실비아는 활을 당기며, 화살을 시위에—.

"바보 같은 녀석."

"아닛?!"

—다음 순간, 가람은 실비아의 눈앞까지 쇄도했다.

그리고, 대검이, 무자비하게 휘둘러졌다.

"크윽……!"

그것을 받아낸 이는 에코였다. 괴로운 표정을 지으며, 방패로 어찌어찌 막아냈다.

"호오, 대단한걸. 이걸 받아낼 줄이야."

갑자기 말이 많아진 가람이 에코를 칭찬했다. 그러면서도 움직임을 멈추지 않았다.

두 걸음 물러난 그는 대검을 하단으로 내렸다.

뭘 하려는 걸까. 판단이 서지 않은 실비아는 후퇴하면서 《은장궁술》을 준비했다.

"윽!"

가람은 검을 지면과 평행하게 들면서 움직였다. 「찌르기다!」 하고 직감한 실비아는 옆으로 몸을 날리며 《은장궁술》을—.

"움직임이 너무 단순해."

그 순간, 가람은 직선적인 움직임에서 곡선적인 움직임으로 변화했다. 《계마검술》을 도중에 캔슬한 후, 《보병검술》을 펼쳤다. 그 움직임 안에는 다수의 페이크와 유도가 존재했으며, 처음 보고 피하는 것은 지극히 어려운 수준의 노련한 기술로 승화됐다.

"커억!!"

실비아는 공격을 당하고 말았다. 어깨에서 선혈이 뿜어져 나오더니, 3미터 정도 뒷걸음질 친 후에 무릎을 꿇었다.

"……윽."

하지만, 을등급 던전을 몇 번이나 공략한 그녀는 그대로 무너지지 않았다. 어깨의 상처를 개의치 않으며 바로 몸을 일으킨 실비아는 가람과 거리를 벌리면서 포션을 마셔서 HP를 완전 회복시켰다.

"에잇~!"

"우왓!"

게다가 가람의 적은 실비아만이 아니었다. 어느새 가세한 에코가 가람을 향해 돌진했다. 공성전에서 대활약한 《비차방패술》이다. 하지만…….

"그건, 빈틈이 매우 크지."

명중하지 않는다면, 의미가 없다. 가람은 아슬아슬하게 공격을 피한 후, 옆을 지나치는 에코의 등을 향해 《보병검술》을—.

"……위험할 뻔했군."

펼치지 못했다. 실비아가 그 틈을 노리며 《보병궁술》을 날린 것이다.

가람은 뒤로 돌아서며 대검으로 화살을 튕겨내더니, 그 기세를 몰아 실비아에게 접근했다.

"부단장님의 화력은 얼추 파악했다."

실비아는 그렇게 중얼거리면서 《금장궁술》을 준비했다. 범위공격과 넉백 효과를 지닌, 【궁술】 중에서는 흔치 않은 근접 대응 스킬이다.

"—큭."

재빨리 실비아의 스킬을 간파한 가람은 그 자리에서 걸음을 멈췄다. 그리고, 전법을 바꿨다. 순식간에 접근해 《은장검술》로 해치우는 전법에서…… 중거리에서 《용왕검술》로 해치우는 전법으로 말이다.

준비 시간은 약 4초. 빈틈은 크지만, 사정거리와 위력 또한 크다.

"그걸 기다렸다!"

실비아는 가람이 《용왕검술》의 준비에 들어가자마자 《금장궁술》을 캔슬하더니, 《비차궁술》을 준비하기 시작했다. 나중에 준비에 들어가더라도 상대방의 준비 시간이 4초나 되기에 늦지 않을 거라고 판단했다.

"뭐, 나쁘지는 않지만 벼락치기 전술이로군."

가람은 여유로운 표정으로 《용왕검술》을 캔슬했다. 그 순간, 실비아는 승리를 확신했다. 《비차궁술》에 대응할 수 있는 스킬을 준비할 시간이 없다고 판단한 것이다.

"헛소리 마라! 이걸로 끝이다!"

실비아는 준비가 완료되자마자 《비차궁술》을 펼쳤다. 명중하기만 한다면, 아무리 타이틀전 출전 경험자라도 큰 대미지를 입을 것이다.

"은장이었다면 명중했을지도 모르지."

하지만 가람은 태연한 어조로 그렇게 말하더니…… 《금장검술》을 발동시켜서, 실비아의 《비차궁술》을 간단히 튕겨냈다.

"아니!"

"이 거리에서라면 아슬아슬하게 펼칠 수 있거든."

대인전 경험의 차이가 이렇게 드러났다. 스킬의 준비 시간과 그 대응법 등에서 말이다. 가람은 일일이 생각할 필요 없이, 몸이 완벽하게 기억하고 있다. 한편, 실비아는 일일이 생각하며 행동하고 있다. 그 차이는 이렇게 거대했다.

"하앗!"

그 직후, 가람은 등 뒤에서 쇄도하는 에코를 《은장검술》로 막아냈다.

카앙 하며 방패와 대검이 격돌하자, 에코는 비틀거렸다. 《은장검술》이라고는 해도, 상대는 타이틀전 레벨의 강자다. 공격 하나하나가 어마어마하게 묵직했다.

"받아라!"

그 후에도 공격이 이어졌다. 스킬을 펼치지 못한 에코는 가람의 《은장검술》을 방패로 막아낼 수밖에 없었다.

"아, 으……."

에코는 비틀거리며 엉덩방아를 찧었다. 큰 충격을 받은 탓에 뇌진탕이 일어난 것이다.

"……."

알현실에서 침묵이 흘렀다.

이대로는, 진다—. 실비아는 직감했다. 에코와 2대1로 싸우는데도, 진다. 그것은 굴욕이자…….

"불타오르는구나."

오래간만의 『강적』. 세컨드가 리더인 팀 퍼스티스트의 일원인 그녀의 투자가, 불타오르지 않을 리 없다.

"안 돼. 이것만은, 안 돼. 물러나자, 실비아 씨. 괜히, 서두를 필요, 없어. 저 녀석들은, 도망칠 곳이, 없잖아."

"안 된다. 만약 부단장이 꼭두각시인 채로 밖에서 날뛰어봐라. 우리 쪽의 피해는 세 자릿수에 육박할지도 모른다."

"그래도, 위험해. 관두는 편이, 나아."

"윈필드…… 미안하다."

실비아는 그렇게 말한 후, 돌아섰다. 그녀에게도 양보할 수 없는 정의가 있다.

윈필드는 얼굴도 모르는 불특정 다수보다 실비아와 에코의 목숨이 더 소중했다. 하지만 실비아는 밖에 있는 병사들의 목숨을 자신들과 같은 목숨이라 여겼다.

"발 재상, 쟈름 제3기사단장. 이 틈에, 자기 죄를 떠올려라."

"하하. 얼간이 여기사 주제에 무슨 소리를 하는 거지? 상대도 못 되고 있으면서 말이다."

"내가 네놈들을 단죄하겠다— 변신!!"

"윽?!"

실비아는 6단인 《변신》을 사용했다. 무슨 수를 써서라도, 이 자리에서 결판을 낼 심산이었다.

불꽃 가면과, 불꽃 망토. 몸에 걸친 경갑옷에서 화염이 뿜어져 나오는 그 모습은 불꽃의 화신을 연상케 했다.

"쳇……!"

가람을 혀를 차더니, 《용왕검술》을 준비했다. 순식간에 「변신에는 시간이 걸린다」는 점을 간파하고, 그 시간을 유효하게 이용하려 했다.

……서로가, 도박에 나섰다.

《용왕검술》을 견뎌내면, 실비아의 승리다. 《용왕검술》이 먹힌다면, 가람의 승리다.

"덤벼라!"

"간다, 계집!"

마치 짜기라도 한 것처럼, 타이밍이 맞았다.

실비아는 변신 완료 후의 무적 시간 2초 동안 준비 가능한 스킬 중에서 가장 강한 《비차궁술》을 펼쳤다. 그와 동시에 가람은 《용왕검술》을 펼쳤다.

서로의 스킬이 격돌하며, 상쇄됐고, 결국—.

“ ”

―실비아는, 기절(스턴)한 채. 지면에 쓰러졌다.

대미지는 크지 않다. 하지만 대응하지 못했다. 범위 공격인 《용왕검술》과 단일 공격인 《비차궁술》은 상성이 나빴다. 그래서 《용왕검술》의 『스턴 효과』에 정통으로 당하고 말았다.

“하, 하하하하! 잘했다, 가람!”

“대단해! 그대로 여기 있는 놈들을, 그리고 제2왕자도 죽여버려!”

발과 쟈름은 환호성을 질렀다. 가장 위협이 될 거라 여긴 상대를 무력화시킨 것이다. 이제까지 쭉 궁지에 몰려있었던 만큼, 드디어 상황이 역전되기 시작했다고 여기더라도 이상할게 없다.

“으……!”

에코는 실비아가 기절하는 광경을 보고 몸을 일으키더니, 위협하듯 으르렁거렸다.

그런 에코와 대치한 가람은 대검을 어깨에 걸치더니, 이마의 식은땀을 닦았다. 변신 상태의 실비아를 해치운 것은 운에 지나지 않는다는 사실을, 전혀 대미지를 입지 않은 그녀를 보고 파악했다.

그리고, 눈치챘다. 설마, 이 계집도―.

“변, 신!”

예상은 적중했다. 가람은 경계 레벨을 최대한 끌어올렸다.

“……장난은 끝이다.”

이곳은 「일섬죄전」의 무대. 가람은 그렇게 생각함으로써, 자신의 집중력을 몇 배로 끌어올렸다.

상대는 일개 계집이 아니다. 타이틀을 노리는, 강자 중의 강자다. 그렇게 극도로 집중한 가람에게서는 방심이, 잡념이, 서서히 사라졌다.

"저기, 가족은, 이제, 무사해. 재상을, 편들 필요, 없어."

윈필드가 가람의 집중력을 흐트러뜨리려 했다. 하지만 가람은 그 말을 들은 척도 하지 않았다. 아니, 들리지 않았다. 비정정적으로 집중한 그는 그야말로 몰입 상태라 해도 과언이 아니다.

"타앗!"

카앙 하는 큰 소리가 주위에 울려퍼졌다. 가람의 《비차검술》을 에코가 《계마방패술》로 받아냈다. 《계마방패술》은 방어+넉백 효과를 지닌다. 하지만 넉백된 것은 가람만이 아니었다. 에코도 《비차검술》의 위력을 전부 받아내지 못하고 밀려났다.

"그렇겐 못한다!"

"꺄아!"

에코가 《금장방패술》을 준비하려 하자, 가람은 주저 없이 접근해서 《향차검술》로 공격했다. 향차는 관통 효과가 부여된다. 에코는 방패로 막아냈는데도 대미지를 입고 말았다.

……그 후로는, 일방적이었다.

기본적으로 【방패술】은 방어를 주축으로 한 스킬이다. 1대1에는 적합하지 않았다.

에코는 그저 필사적으로 가람의 공격을 막아낼 수밖에 없었다. 가람은 《향차검술》과 《각행검술》 같은 관통 공격을 섞어 펼치면서,

에코의 HP를 야금야금 갉아먹었다.

"실비아 씨! 실비아 씨!"

윈필드는 어떻게든 실비아를 깨워보려고 분투했다. 하지만 실비아는 깨어나지 않았다. 정령이기에 인벤토리를 지니지 못한 그녀는 상태 이상 회복 포션 등을 가지고 있지 않았다.

에코의 HP는 점점 줄어갔다. 근육승려인 그녀는 스스로를 치료하며 버티고 있지만, 그래도 《변신》이 풀린다면 가람의 공격을 막아내지 못할 것이다.

남은 시간은 얼마되지 않는다. 상태 이상 회복 포션을 다른 사람한테 받으러 가야 할까…… 그녀가 그런 생각을 하고 있을 때, 뜻밖의 인물이 알현실에 나타났다.

"……제1왕자, 클라우스……."

윈필드는 그렇게 중얼거리며, 아랫입술을 깨물었다. 타이밍적으로 최악이었다.

"잘 오셨습니다, 전하! 저기 뻗어 있는 여자와, 저 잿빛 머리카락의 여자를 죽여버리십시오!"

발 재상이 기쁨에 찬 목소리로 지시를 내렸다.

클라우스는 아무 말 없이 허리에서 검을 뽑더니, 윈필드를 향해 겨눴다.

"검술, 특기, 랬지. 큰일났네."

제1왕자 클라우스는 젊은 나이에 제1기사단장을 맡을 만큼 【검술】이 뛰어나다. 그 실력은 타이틀전 출전자를 제외하면 왕국 제일

일 거라는 말을 들을 정도다.

윈필드는 실비아를 감싸려는 듯이 클라우스를 막아섰다. 그녀도 정령인 만큼, 평범한 인간보다는 강하다. 하지만 클라우스보다 강하냐면, 그렇지는 않다.

"휴우……할 수밖에, 없겠네."

그녀는 최종수단을 쓸지 생각했다. 아무에게도 말하지 않은, 그리고 정령만이 쓸 수 있는, 궁극의 수단이다.

원래 최악의 상황이 벌어질 경우, 쓸 생각이었다. 그리고, 우연히, 그 최악의 상황이 벌어지고 말았을 뿐이다. 만약 왕성 공략이 길어지고, 타이틀전 출전자 수준의 강자가 재상을 호위하고 있으며, 실비아와 에코가 폭주하거나 힘을 합쳐도 그자를 이기지 못했을 경우. 기적적으로, 그런 최악의 패턴이 벌어진다면……『비장의 카드』를 쓰자. 어제, 그러기로 결심했다.

윈필드로서는 「이럴 때는 이렇게」 같은 식으로 장기 교본에 따른 수를 두는 것이나 다름없다. 평소와 다름없는, 별일 아닌, 현재 국면에서 최선의 수다. 모든 장기말을 다 동원해 상대의 왕을 잡는, 그녀 취향의 대국……이라고 할 수 있다.

하지만, 어째서일까. 그녀는 각오가 서지 않았다.

"……가람. 너는 원정을 가지 않았느냐?"

바로 그때, 클라우스가 천천히 입을 열었다. 그것은 가람 제2기사단 부단장을 향한 말이었다. 수상한 분위기를 감지한 윈필드는 일단 상황을 관찰하기로 했다.

"네……. 오늘, 귀환했습니다."

가람은 제1왕자의 말을 무시할 수 없었기에, 에코를 몰아붙이며 대답했다.

"이상해. 역시, 이상하구나."

"뭐가 이상하단 겁니까, 전하! 빨리 그 여자를 죽이지 않으면, 전하께서 해를 입을 겁니다!"

계속 중얼거리기만 하는 클라우스를 보고 인내심이 바닥난 발 재상이 고함을 질렀다. 하지만, 클라우스의 태도에는 변화가 없었다.

"왜 갑자기 이곳으로 불려온거지? 연락을 받은건, 왕국에서 기사단의 협정 위반이 화제가 된 후 아니냐?"

"저기, 그게……."

"내 말이 맞지?"

"네……."

"됐어! 가람, 너는 닥쳐! 전투에나 집중해라!"

"재상! 너야말로 닥쳐라!!"

클라우스가 고함을 질렀다. 그 순간, 이제까지의 의문이 확신으로 바뀌었다.

"네 아내는 안다. 프론 제2왕비를 모시는 시녀지?"

"네."

"어제, 제2왕비가 왕성을 나가는 모습을 봤다. 네 아내는 그 옆에 없었어."

"그게 어쨌다는 겁니까!"

“닥쳐라, 발. 내가 국민에게 비난당하던 시절, 발코니에서 제2왕비를 본 적이 있다. 그때, 가람의 아내는 그녀의 메이드였어. 그 후, 네가 가람에게 연락을 해서 불렀다. 이걸 전부 고려해볼 때, 이 짧은 기간에 가람이 원정지에서 홀로 돌아와야만 할 이유라면…… 간단히 예상이 돼. 흥, 구역질이 나는군.”

“전하! 그건 착각이십니다! 그 시녀는 실수를 범해 해고를—.”

“꼬리를 드러냈구나…… 쓰레기. 나를 속이고 있었던 거냐. 나를 이용하고 있었던 거냐. 쭉, 쭉, 바로 나를……!”

클라우스는 언성을 높이며 발 재상을 노려봤다. 더는 얼버무릴 수 없는 상황이었다.

“프론 제2왕비는 메이드가 실수를 범했다고 해고하실 분이 아니다. 가람은, 왕명인 원정을 내팽개치고 부하들을 내버려 둔 채 홀로 돌아올 남자가 아니다. 나는…… 나는, 아버님이 살해당했는데 가만히 입 다물고 있을 남자가 아니다!!”

클라우스는 재상을 검으로 겨눴다.

“네놈은 이 왕국의 고름이다. 제국의 개여, 이 자리에서 심판해 주마—!”

“—전하, 용서해주시길. 저에게도 지켜야만 하는 것이 있습니다.”

그런 클라우스를 막아선 이는 바로 가람이었다.

에코는…… 《변신》이 풀린 채, 마치 걸레짝처럼 바닥을 뒹굴고 있었다.

“물러나라. 너도 괴로운 처지이지 않느냐.”

"그럴 수는 없습니다. 저는 저들을 거스를 수 없지요."

인질을 잡혔다고 인정하는 것이나 다름없는 발언이었다. 하지만, 가람에게는 선택지가 없었다.

결국, 클라우스와 가람은 대치했다.

"왜 물러나지 않는 거지? 네가 저 둘을 죽여버리면 해결될 일이지 않느냐?"

"그들의 부하가 손을 쓸 겁니다."

"어쩔 수 없는 건가."

"네. 가족이 괴로워하는 모습을, 더는 보고 싶지 않습니다."

클라우스를 대하는 가람의 태도에서는, 실비아 일행을 대할 때와는 다르게 경의가 묻어났다. 그는 클라우스가 어릴 적부터 알고 지낸 사이였다.

"……이런 식으로 스승인 너와 대치하게 될 줄이야."

"언젠가는, 지금과는 조금 다른 형태로, 이렇게 되리라 생각했습니다."

"훗, 그랬나."

두 사람은 서서히 거리를 좁혔다. 그 자세는 매우 흡사했다.

"가람! 저놈은 이제 쓸모없다! 죽여버려라!"

발 재상이 뭐라고 떠들어대고 있었다. 하지만 집중하고 있는 두 사람은 그 목소리가 전혀 들리지 않았다.

다음 순간— 두 사람이 《은장검술》을 펼쳤다. 그 찰나에, 대체 어떤 기교가 담겨있을까. 그것은 두 사람만이 아는 세계였다.

"크……윽."

클라우스는 무릎을 꿇었다. 허벅지에 깊은 상처가 났다. 치료를 받지 않는 한, 몸을 일으키지 못할 것이다.

가람은 슬픈 표정으로 그 모습을 응시했다. 아내와 자식을 위해서라고는 해도, 한 나라의 왕자이자 자신의 제자에게 상처를 입힌 것이다. 그 사실은 그의 마음에 고칠 수 없는 상처를 새겼다.

"잘했다, 가람! 숨통을 끊어버려라! 죽여버려! 그리고 마인과 하일라이도 죽여! 다 죽여버리는 거다! 이딴 왕국, 엉망진창으로 만들어주마!"

발 재상은 정신이 나간 것처럼 웃어댔다. 아니, 그는 이미 망가졌다. 왕국을 꼭두각시로 만드는 데 실패했고, 제국에도 버림을 받았다. 목표를 잃어버린 그는 그저 파멸만을 바랄 뿐인, 증오와 복수심에 휩싸인 추악한 남자가 되고 말았다.

"……."

가람은 아무 말 없이 기절한 실비아에게 다가갔다. 이 자리에 있는 이들 중에서 가장 위협이 되는 건 실비아라고 판단하고, 가장 먼저 죽이기로 한 것이다.

"……해야, 겠네. 나한테, 맡기라고, 말했는걸."

상황을 보고 있던 윈필드는 조용히 나섰다. 주저없이, 가람을 향해 걸음을 옮겼다. 드디어, 각오를 다진 것이다.

"뭐냐."

가람은 경계심에 사로잡히며 걸음을 멈췄다. 전투태세를 취하지 않은 채, 아무런 무기도 없이 다가오는 여자. 수상하기 그지없었다.

"별거, 아냐. 그냥, 좀 쓸쓸하네. 마지막 인사 정도는, 해두고 싶었거든."

"뭐……?"

빙긋 웃으며, 그런 말을 입에 담았다. 이해 못 한 가람은 당혹스러워했다.

"정령은, 존재 그 자체를, 불태워서, 잠깐, 무적이 될 수 있어. 1분 정도, 일까? 그 사이에 너희 셋을 죽여서, 실비아 씨를, 에코 씨를, 지킬 거야. 그게, 나의 마지막 한 수. 이 상황에 딱 맞는, 한 수."

윈필드의 우려는, 유감스럽게도 적중했다. 그래서, 그녀는 당연한 듯이 『비장의 카드』를 써서, 이 유희를 끝내려 했다.

다른 길은 얼마든지 있지만, 이게 이 상황에서의 최선이다.

가치관의 차이, 일까. 생사관의 차이, 일까. 자기 목숨 하나로 전부 해결된다면, 기쁜 마음으로 내놓을 수 있다. 윈필드는, 그런 정령이었다.

"이걸로, 끝. 해냈네. 내가 사라지는 것 말고는, 아무, 문제없어. 굿한 결말, 이야."

윈필드는 태연한 표정으로 그렇게 말하더니, 자기 가슴에 손을 댔다.

인간이라면 심장이 위치하는 장소에, 정령에게 있어 생명의 근원이 존재한다.

그것을, 파괴한다. 매우 간단하면서도, 매우 무시무시한 방법이었다.

"잘 있어~."

……다음, 순간.

윈필드는 물론이고 세컨드조차 몰랐던 방법으로 암흑이 넘쳐 나오더니, 암흑이 끓어오르면서 이 자리에 있어선 안 되는 존재가, 위압감을 뿜으며 그림자 안에서 현현했다. 쓰러진, 실비아의 그림자에서…….

"—기억하고 있는 그림자라면 어디든 가능한 거구나. 진짜 엄청나네. 설마 『사람의 그림자』로도 전이할 수 있을 줄은 몰랐어."

……이 상황은 뭐지. 나는 시험 삼아 실비아의 그림자로 《암흑전이》를 해봤다. 그런데 실비아는 눈이 까뒤집힌 채 기절했고, 에코는 엉망진창이 된 채 몸을 웅크리고 있었다.

윈필드는 동그랗게 뜬 눈으로 나를 쳐다보며 놀라더니…… 곧 조용히 눈물을 흘렸다. 어, 이 녀석이 우는 걸 보면 심각한 상황 같네.

"네가 한 거냐?"

윈필드와 대치한 대검을 든 아저씨에게 말을 걸었다. 그 아저씨는 눈을 날카롭게 뜨더니, 대검을 고쳐 쥐며 입을 열었다.

"누구냐?"

오오, 자세에서 빈틈이 없는걸. 이 자식, 꽤 하네.

아무래도 실비아와 에코는 이 아저씨에게 당한 것 같았다. 던전 공략 경험밖에 없는 두 사람에게는 PvP에 익숙한 상대가 벅찰지도 모른다.

뫼비온은 스테이터스 차이를 PS로 간단히 극복할 수 있는 게임이다. 2대1인 상황일지라도 말이다. 그건 경험해보지 않으면 느낄 수 없는 커다란『차이』이지. 아니,『벽』이라고 하는 편이 나을까. 다들 언젠가 부딪치는 벽이다. 그 벽을 뚫을 수 있을지는, 부딪친 후에 얼마나 노력하느냐에 달려있다.

저 두 사람에게는 좋은 약이 됐을 것이다. 보통 이 시기에는 자기가 상급자라도 된 것처럼 자신이 붙어서, 자기보다 약한 녀석들을 상대로 우쭐대거나 우월감에 젖어 들면서 자만하기 마련이다. 한번 따끔한 맛을 봐두면, 장래에 큰 도움이 될 것이다.

"앙코, 수고했어. 송환할테니 쉬어. 아니면 보고 갈래?"

"주인님, 그런 매정한 말씀 마시옵소서. 부디 주인님의 활약을 제 두 눈에 새기고 싶사옵니다."

"그래. 그럼 거기서 보고 있으라고."

으음, 저 녀석의 무기는 대검이니까【검술】쪽이겠네. 좋아, 그럼 나도…….

"아, 재상도 있잖아! 너도 잘 봐둬!"

누구한테 싸움을 걸었는지 똑똑히 알려줄 좋은 기회다.

나는 미스릴 롱소드를 인벤토리에서 꺼낸 후, 저 아저씨와 대치했다.

"동전이 떨어지면 대결 시작이야. 알았지?"

"잠깐만. 너는 누구냐. 검은 옷을 입은 저 여자는 대체 누구지?"

"그딴 건 아무래도 상관없잖아. 나는 말이지. 너무 오래간만이라……. 아, 무리야. 더는 못 참겠어."

나는 동전을 손가락으로 튕겼다. 그 순간, 저 아저씨가 전투태세를 취하는 게 느껴졌다. 역시 전환이 빠른걸. 내 안목은 정확하다니깐.

그리고 동전이— 떨어졌다.

"자아, 끝."

아까 한 말은 취소해야겠다. 시작하자마자 아저씨의 오른팔 힘줄을 잘랐고, 승패는 그대로 갈렸다. 조무래기였다.

최초의 움직임이 너무 느렸다. 《각행검술》의 페이크에도 반응하지 못했다. 내 발만 쳐다보니 반응이 느려지는 거야. 게다가 간격도 제대로 재지 못했다.

"네, 네놈은, 뭐냐! 뭐, 뭘 한 거지?!"

"응? 보병검술을 썼을 뿐이야."

"그 검은, 뭐냐! 검이, 늘어나다니……!"

"그야 당연히 늘어나지. 칼자루 끝을 쥐었거든."

"뭐……!"

아—, 그걸 몰라서 이렇게 쉽게 당한 건가.

"기본부터 다시 공부해. 발을 보지 말고 전체를 봐. 그리고, 대검은 관두는 편이 좋지 않을까? 너한테 안 맞아. 제대로 써먹지를 못하잖아."

조언을 해주자, 아저씨는 절망한 것처럼 고개를 푹 숙이며 그 자리에 무릎을 꿇었다. 자신감이 박살난 것 같네, 하하하.

"에코~. 아, 기절한 거야? 정신차려~."

몸을 웅크린 채 의식을 잃은 에코에게 상태 이상 회복 포션과 고급 포션을 먹였다. 그러자 그녀는 금방 기운을 되찾았다. 「세컨드!」라고 외친 그녀는 환한 미소를 지으며 나를 끌어안았다.

이어서 실비아도 상태 이상 회복 포션을 먹여서 깨웠다. 기절해 있던 실비아는 「아닛?!」 하고 외치며 벌떡 몸을 일으키더니, 나를 쳐다보며 「어라?」 하며 얼이 나갔다. 잠이 덜 깬 듯한 반응이 조금 귀여웠다.

"윈필드, 상황을 설명…… 어라, 윈필드?"

지금 어떤 물어보려고 윈필드를 돌아보니, 그녀는 아직도 울고 있었다. 맙소사. 대체 얼마나 충격적인 일이 있었던 거야.

"다, 다행이야, 정말 다행, 다행…… 우에에에엥."

아예 목놓아 우네……. 어쩔 수 없이 「괜찮아」 하고 말하며 울음을 그칠 때까지 안아줬다.

……너무 많은 짐을 짊어지게 한 걸지도 모른다. 생각해보니, 너무 많이 맡겼던 것 같다. 유카리에게 소환된 후, 인간계에 처음 왔을 그녀를 조금이라도 쉬게 해주자는 생각을 하지 않았다. 별다른 근거도 없이, 머리가 좋다는 이유만으로 「이 녀석이라면 괜찮겠지」

하고 생각했는데, 그녀 또한 팀의 일원이다. 더 신경을 써줬어야 할지도 모른다.

"나, 나, 세컨드 씨, 없이도, 잘, 해결, 할 수 있도록, 해뒀는데, 그게, 최선이라고, 생각했는데, 하지만, 하지만, 실은, 사라지고 싶지 않았어! 다른 방법, 있었을지도, 모르지만, 그래도, 이게 최선이라고, 어제는, 납득했어! 하지만, 무리였어! 결단을, 내릴 수, 없었, 어! 미안, 해! 도움이 못 되어서, 미안해!"

무슨 말을 하는 건지 모르겠다. 하지만 뉘앙스는 이해가 됐다. 「도움이 못 되어서 미안하다」며, 필사적으로 사과하고 있다. 아무래도 실수를 저지른 것 같았다. 그리고 내 옷에 콧물이…… 뭐, 됐다. 어차피 이 녀석의 마스터가 세탁할 거니까 말이다.

"실수는 누구나 해. 나도 앙코가 쓰는 암흑전이의 범용성을 어젯밤에서야 눈치챘다고."

"아냐, 아냐! 상대가, 강하다는 건, 알았지만, 방심했어! 다들, 위험에, 처하게, 한 거야! 내가, 더 빨리, 결단을 내렸으면, 이렇, 게는……."

"진정해. 애초에 네가 도움이 안 된다면, 실비아는 뭐가 되냐고."

옆에서 「너무한 거 아니냐?」 라고 딴죽을 날리는 실비아를 무시하며, 나는 말을 이었다.

"보름도 안 되는 기간에 재상 측을 이렇게 궁지에 몬 게 누구지? 한나절 만에 성을 함락시킨 건 누구지? 피해가 이렇게 적은 건 누구 덕분이지?"

"……세, 세컨드, 씨?"

"아냐! 전부 너라고, 너~!"

과소평가 좀 작작 해.

"너는 얼마 전까지 완벽 초인이었어. 언제나 최선의 수를 뒀지. 그래서 실수 한두 번 했다고 이렇게 충격을 받은 거야. 깨끗하고 새하얀 셔츠일수록 얼룩이 신경 쓰이기 마련이거든. 그 심정은 나도 이해해."

"하지만, 최선의 수, 를 안 쓰면, 모두의, 목숨이……."

"그렇게 전부 짊어지려고 하지 마. 차선의 수도 괜찮고, 지지만 않는 수라도 괜찮아. 꼭 깔끔하게 이길 필요는 없어. 이건 『유희』잖아? 그럼 더 여유를 가지고 즐겨."

"……!"

"너, 자기 혼자 전부 깔끔하게 해결하려고 했지? 그런건 재미없어. 유희라고 간단히 목숨을 내던지지 마. 유희니까 즐기면서 목숨을 걸어. 중요한 순간에 말이지. 그러면 분명 재미있어질 거야. 어때? 내 말을 이해했어? 알았으면 울음 그쳐."

윈필드는 여전히 울고 있지만, 내 품속에서 고개를 끄덕였다.

그래. 이해했나 보네. 그럼…….

"……자아, 이제 벌을 주도록 할까."

윈필드의 어깨가 흠칫하며 떨렸다.

"어, 어째서냐, 세컨드 님. 내가 이런 말을 하는 것도 좀 그렇지만, 윈필드는 잘했다고 생각한다만……."

"그건 알아. 어이, 실비아 양. 네가 뻗은 건 혼자서 멋대로 폭주했다가 한 방 제대로 먹어서지? 그건 자아아알~ 안다고."

"……으, 음. 정말 미안하다."

"하지만, 에코가 당한 건 마음에 안 들어. 그건 윈필드에게 감독 책임이…… 어? 잠깐만 있어봐. 이건 윈필드 탓이라기보다, 멋대로 기절한 실비아—."

"—죽어라아앗!!"

내가 진범을 찾아내려던 순간, 눈치 없는 재상이 나를 향해 뭔가를 던졌다. 그러고 보니, 저 녀석들을 내버려 두고 있었다.

"주, 주인님께, 날붙이를 던지다니……! 그것도, 독을! 바른……!"

도중에 그걸 잡은 앙코가 부들부들 떨며 그렇게 말했다. 나이프의 냄새를 맡아보기만 해도 독이 묻어있다는 걸 알 수 있는 건가. 역시 늑대는 후각이 예민한걸.

그건 그렇고, 재상이나 되어서 추하게 발악하는 거냐. 정말 체념할 줄을 모르는 녀석이다. 목적이 뭔지도 이제는 모르겠다. 지금도 알아듣지 못할 넋두리를 늘어놓으며 칭얼거리고 있었다. 왠지 저 인간이 점점 불쌍하게 느껴지는걸…….

"재, 재상 각하! 도도도, 도망칩시다, 재상 각하!"

재상을 어떻게든 정신 차리게 하려고 옆에서 계속 말을 거는 저 아저씨도 불쌍했다. 저 녀석은 누구일까. 제3기사단장인가? 쥬, 으음, 쥬…… 쥬겜? 아니, 쥬르…… 아니지, 쟈였나? 쟈쟈쟈, 쟈…….

"키아아아아앗!"

……재상에게서 눈을 뗀 바로 그 순간의 일이었다.

내가 본 것은, 괴성을 지르며 돌진한 재상이 들고 있던 길쭉한 검으로 앙코의 등을 베려 하는 광경이었다.

"아."

—내 입에서 나온 건, 그 말이 전부였다.

앉아, 멈춰, 죽이지 마, 같은 말을 할 겨를이 없었다. 《송환》조차도 무리였다.

앙코는 몸을 비틀며 뒤를 돌아보더니, 그대로 늘어뜨리고 있던 왼손을 위쪽으로 휘둘렀다.

발톱 공격. 엄연한 앙코의 스킬이다.

……그래서, 일까. 재상의 최후는, 눈 뜨고 볼 수 없을 지경이었다.

"우와, 맙소사……."

간단히 말해, 살점이 벽에 흩뿌려져 있었다. 움푹 팬 벽에, 방금까지 재상이었던 고깃덩어리가 박혀 있었다. 비정상적인 압력이 가해지면서 완전히 으깨져 있었고, 곳곳에서 뼈로 보이는 새하얀 물체가 튀어나와 있었다.

툭. 어느 부위인지 알 수 없는 살점이 바닥으로 떨어졌다. 유심히 보니, 천장에는 엄청난 양의 피와 살점이 흩뿌려져 있었다. 청소하려면 큰일이겠는걸…….

"히…… 히익……!"

제3기사단장이 짧막한 비명을 지르며 그 자리에서 엉덩방아를 찧었다. 몇 초 후, 대리석 바닥에 물웅덩이가 생겼다. 아아~, 지렸네.

"죄, 죄송하옵니다, 주인님! 제가, 또 멋대로 행동했나이다! 소,

손이 미끄러진 것이옵니다. 아아, 이 손이……!"

"앙코."

"아…… 네."

"방금은 어쩔 수 없었어."

등 뒤에서 저렇게 기분 나쁘고 땀범벅인 아저씨가 달려든다면, 무심코 손을 휘두르는 것도 무리는 아니다.

"관대한 처분에 몸 둘 바를 모르겠사옵니다……."

나는 앙코의 머리를 두드려주고, 겸사겸사 귀를 조물조물하는 것으로 용서해줬다.

아…… 그래도, 허무한걸. 생포되더라도 처형을 면할 수 없겠지만, 유용한 정보를 가지고 있을지도 모르니 그냥 죽여버린 건 좀 아쉬웠다.

뭐, 됐다. 정보를 가지고 있을 듯한 아저씨라면 한 명 더 있으니 말이다.

"히이익!"

내가 힐끔 쳐다보자, 제3기사단장은 주저앉은 채 뒤편으로 물러났다.

"……어, 어라? 클라우스?"

기분나빠서 고개를 돌린 나는 그제야 클라우스 제1왕자가 이 자리에 있다는 것을 눈치챘다.

클라우스는 여전히 절망에 찬 표정을 짓고 있는 대검 아저씨의 옆에서 멍하니 서 있었다. 저항하려는 기색이 전혀 없었다. 재상과 다르게 깨끗하게 체념한 것 같다. 잘 됐다.

"좋아, 이 일은 이걸로 끝!"

나는 개운한 기분으로 기지개를 켰다.

카멜 신국은 쫓아냈다. 카라메리아의 규제도 시작했다. 재상과 제3기사단장과 제1왕자는 제압했다. 제1왕비도 아마 잡혔을 것이다. 성도 곧 함락될 것이다. 그럼, 국내에는 우려할 문제가 없다. 그렇다면…….

"자아, 이 재상이었던 고깃덩어리를 상자에 담아서 제국에 보내자."

"지, 진심이냐? 세컨드 님."

"그래. 썩으면 안 되니까 냉장 배송을 해야겠는걸."

"……진심이구나."

당연하지.

"열받거든. 자기만 안전한 곳에서 구멍만 하고 있어? 국왕을 암살하란 지시를 내린 것도 제국의 황제일 거 아냐. 그러면 지원군을 보내지 않은 것도 황제의 지시야. 자기가 일을 벌여놓고 중요한 순간에 자기 안위만 챙겼어. 진짜 열받는다고. 안 그래? 나는 결심했어. 평생, 황제가 단 하루도 발 뻗고 못 자게 만들어줄 거야. 괴롭히고 또 괴롭혀줄 거라고. 언제 내가 쳐들어올지 몰라 두려움에 떨며 살게 만들어줘야지. 그리고 부디 스트레스로 뒈져버려."

"다행이구나. 나는 이제부터 제국과 전면전쟁을 시작하겠다는 건 아닌가 싶어 걱정했다."

"에이, 그럴 여유는 없어."

"여유……?"

"응. 왜냐하면—."

마인이라면, 나와의 약속을 꼭 지켜줄 것이다. 그러면, 드디어, 열린다.

"곧, 동계 타이틀전의 시기거든."

왕성은 완전히 함락됐다.

제1왕자파의 병사는 전부 구속됐고, 고깃덩어리가 된 재상 이외의 중요인물도 차례차례 체포됐다.

클라우스 제1왕자는 참회에 찬 표정을 지으며 전혀 저항하지 않았다. 쟈름 제3기사단장은 소변으로 범벅이 된 채 부들부들 떨면서 울었다. 화이트 제1왕비는…… 차마 쳐다볼 수가 없었다. 미치광이란 저런 사람을 가리키는 말이리라.

뭐, 그런건 아무래도 상관없다.

오랫동안 이어진 말썽이 드디어 해결된 것이다. 나는 개운한 마음으로 밥을 먹고 씻은 후에 푹 자고 싶어서, 가벼운 발걸음으로 귀가했다.

"유카리, 어때? 약속을 지켰지?"

한밤중인데도 호화로운 술상이 차려졌다. 내 하인들에게는 참 감사해야겠는걸.

술에 취한 나는 문뜩 유카리를 향해 그렇게 말했다.

"네. 주인님께서는, 어떻게든 해주셨어요."

유카리는 역시 그 약속을 기억하고 있었는지, 과거에 내가 했던 말에 비춰 그렇게 말하면서 드물게도 미소를 머금었다.

"루시아 아이신 공작의 원수…… 발 모로 재상의 최후는, 들었어?"

"네. 무시무시한 최후였다고 들었습니다."

"못 봐서 다행이야. 봤다간 저녁 반찬인 햄버그를 못 먹었을걸?"

"주인님. 다 드신 후에 그리 말씀하셔도 설득력이 없습니다."

그건 그런가. 하지만 맛있었거든.

"맞다. 큐베로, 있어?"

"네, 여기 있습니다."

있었다. 이 녀석은 언제 어디에나 있는걸.

"이 정도면 원수를 갚았다고 생각하는데, 어때?"

"더할 나위 없는 결과라고 생각합니다. 의적 탄압대의 악독한 행적이 국민들에게 알려졌고, 비겁한 짓을 벌인 남자는 죽었습니다. 저승에 있는 두목, 그리고 저를 위해 죽어간 부하들의 원통함이 풀렸을 테죠."

"이제 생존자 수색만 남았네. 뭐, 이제는 탄압도 당하지 않잖아. 금방 나타날 거야."

"……네."

큐베로는 목소리를 죽이며, 조용히 눈물을 흘렸다.

그것이 원통한 마음에서 우러난 게 아니라는 사실을, 금세 눈치챘다.

“그리고, 비사이드에게 전해. 생각이 있다면 우리 집에서 일하라고 말이야. 다른 멤버를 찾는다면, 그 녀석도 고용할 준비가 되어 있어.”

그 순간, 겨우겨우 참고 있던 울음이 터져 나왔다. 큐베로는 울고 또 울었다. 이 녀석은 꽤 인내심이 강하다고 생각했는데, 의외로 눈물샘이 약한 걸지도 모르겠다.

“으음, 남은 건…….”

마인과의 의리도 지켰다. 공작이 맡긴 왕국의 미래 또한, 한동안은 밝을 것이다.

그럼, 남은 건…….

“윈필드.”

“응. 세컨드 씨.”

이 녀석이 남았지. 그녀에게는 여러모로 신세를 졌다. 하나부터 열까지, 전부 말이다. 하지만 거기에는 감사나 사과의 말 같은 건 필요없다. 나와 그녀는 그저 장기판 위에서 함께 놀았을 뿐이다.

“재미있었어?”

“재미없게 만들어서, 미안해. 나, 아직, 어렸어.”

“승리에 목매단 거야?”

“응. 승리를, 욕심냈나, 봐.”

대단한걸. 몇 시간 전만 해도 엉엉 울며 감정적인 모습을 보였으면서, 이미 자신이 반성할 점을 객관적으로 분석하고 있다.

"세컨드 씨는, 대단하네, 잡념이, 눈곱만큼도, 없었어. 그런데, 나는……."

"아~, 그만해. 나를 칭찬하는 건 괜찮지만, 반성은 자기 방에서 해."

"응. 그럼, 칭찬할게. 세컨드 씨, 멋져! 세컨드 씨, 세계 1위! 세컨드 씨, 사랑해!"

"와하하! 오늘밤은 참 즐거운걸."

적당히 술기운이 도니, 기분이 최고였다. 하지만 이야기를 마친 순간, 윈필드는 《송환》되고 말았다. 그녀가 무슨 잘못을 한 거지.

"……자아."

나는 마음을 다잡은 후, 실비아를 향해 고개를 돌렸다. 실비아는 나와 시선이 마주치자, 곤히 잠들어 있는 에코를 무릎 위에 올려둔 채 쓴웃음을 지었다.

"어울리지 않는 짓거리는 얼추 마무리됐어. 이제부터는 어울리는 짓을 다시 시작할 거야."

"음. 뭘 할 거지?"

"우선 내일은 메티오 던전에서 드래곤 사냥이나 하자."

"내일?!"

"쇠뿔도 단김에 빼라잖아. 아, 내일이 아니라 오늘이네."

"자, 잠깐만. 너무 서두르는 것 아니냐?! 저기, 뭐랄까, 뒤풀이 같은 걸, 한 다음에 좀 천천히 시작해도……."

실비아 녀석, 정쟁에 휘말린 사이에 마음이 꽤 느슨해진 것 같다. 좋아. 머지않은 타이틀전에 대비해 다시 단련시켜줘야겠다.

"결심했어. 메티오가 아니라 아이솔로이스로 하자."

"가, 가가가, 갑등급 던전이지 않느냐! 무리, 절대 무리! 나한테는 무리다!"

"잔말하지 마."

"너무해……."

모처럼 쉴 수 있을 줄 알았는데, 하고 중얼거린 실비아는 아쉬운 듯한 표정을 지었다. 으음~, 좀 불쌍하니까 채찍만이 아니라 당근도 준비해줘야겠다.

"돌아오는 길에 쇼핑이라도 할까. 너와 에코한테 상을 주기로 약속했었잖아."

"그, 그래? 그거 기대되는구나!"

실비아는 순식간에 부활했다. 너무 무른 걸지도 모르겠지만, 웃는 모습이 귀여우니 됐다 싶었다.

이리하여, 우리가 고개를 들이밀었던 정쟁은 막을 내렸다. 그리고 평소와 다름없는 생활이 시작됐다.

……그렇게 생각했지만, 다음 날 아침에 마인이 우리 집에 직접 찾아왔다.

"……어서 오십시오, 마인 국왕 폐하."

"그, 그렇게 부르지 마세요! 아직 즉위하지 않았단 말이에요."

"그럼 마인 차기 국왕 폐하."

"정말! 그런 태도 좀 취하지 마요. 저와 세컨드 씨는, 치, 친구잖아요."

어찌 된 건지 마인은 친구라는 말을 입에 담으며 얼굴을 붉혔다. 그렇게 부끄러우면 그 말을 입에 담지 않으면 될 텐데 말이다.

"진짜지? 그럼 나도 한마디 하겠는데, 짜증나니까 꼭두새벽부터 찾아오지 마. 자기 위치를 생각하라고. 무시하고 싶어도 할 수가 없잖아."

"앗, 너무해요! 모처럼 답례로 뭘 원하는지 물어볼까 해서 온 건데……."

"잘 왔어. 마인. 나의 맹우여!"

"진짜 약삭빠르다니까요……."

……일부러 찾아온 것을 보면 중요한 일이 있나 했더니, 마인이 가장 먼저 입에 담은 건 별것 아닌 일이었다.

"클라우스의 처벌?"

"네……."

"그딴 귀찮은 일은 내가 알 바 아냐. 사형시키면 되잖아. 아니면 왕도엔 발도 못 붙이게 해버려."

"하지만, 어머님께서 반대하세요."

흐음, 프론 제2왕비가 반대하는 건가. 확실히 그 사람은 참 상냥해 보이긴 해.

"윈필드, 너는 어떻게 생각해?"

"나도, 사형이, 좋을 것, 같아. 부단장도, 사형, 시켜."

"부단장?"

"제2기사단 부단장인 가람 말이군요. 세컨드 씨가 순식간에 쓰러뜨렸다고 들었어요."

"아, 그 아저씨 말이구나."

개인적으로는 그 아저씨까지 사형시킬 필요는 없다고 생각한다. 실비아와 에코의 콧대를 꺾어준 공은 크니까 말이다. 하지만 클라우스는 마음에 들지 않는다.

"문제는 형님이 재상에게 이용당했다는 점이에요. 형님 본인은 왕국을 위하는 일이라 생각하며 행동해온 것 같거든요……."

"그 말은 그 녀석이 바보라서 이용만 당해온 탓에 이런 사태가 벌어졌다는 거잖아?"

"네. 뭐, 단적으로 보자면 그렇죠."

"그럼 문제 많은 거잖아."

"그렇긴 한데, 어머님이……."

아하. 마인 녀석, 왕립 마술학교에서 마더콤 소리를 들을 만한걸.

"마인, 네가 결정해. 네가 직접 결정하지 못한다면, 네 어머니가 국왕이 되는 거나 별반 다름없을 거야."

"……맞아요."

아~, 틀렸네.

"차라리 그 녀석을 네 노예로 만드는 건 어때?"

"그것도 생각해봤어요. 저도 그편이 좋을 거란 생각이 들었고요. 하지만 하일라이 대신과 멤피스 단장이 왕자를 노예로 만드는 건 국가적인 수치라고……."

"푸하하하! 국가적인 수치는 무슨! 제국한테 이렇게 농락당해놓고 이제 와서 그런 소리를 하는 거냐! 그거야말로 다른 나라의 웃음거리일걸?"

"되게 노골적이네요."

"사실이잖아."

"하아…… 정치는 참 어렵네요."

무슨 당연한 소리를…….

"괜찮아. 네가 폭군이 되지 않도록 우리가 지켜봐 줄 테니까, 네가 하고 싶은 대로 해. 그리고 실수하면, 반성한 후에 고치면 된다고."

"세컨드 씨……."

"그러니까, 동계 타이틀전이나 꼭 개최해. 그리고 4대 속성의 마도서를 1형부터 4형까지 전부 내놔."

"그게 본심이군요."

"이것도, 본심이야."

마인은 어처구니없다는 듯이 웃으며 「못 말리는 사람이라니까」 하고 중얼거렸다. 오케이라는 걸로 받아들이면 되겠지. 좋아, 이걸로 우리 멤버 전원에게 전속성 【마술】을 가르칠 수 있다. 5형 마도서는 내가 구하면 되니 문제없다.

그 외에도 필요한 게 많지만, 이번에는 이 정도로 타협하기로 했다. 딱히 이 녀석을 위해 힘쓴 건 아니니 말이다. 수고를 덜었으니 럭키~ 정도가 적당할 것이다.

"……알았어요. 그럼 제 생각대로 하겠어요."

나의 적절하고 타당한 조언을 듣고 뭔가를 깨달았는지, 마인은 당당한 눈길을 머금으며 그렇게 선언했다.

그래, 그러면 돼. 캐스탈 왕국은 적당히 존속되면서 타이틀전이 계속 개최된다면, 그걸로 충분하다고.

"그럼 마지막으로 세컨드 씨의 처우를 전달할게요."

마인은 갑자기 진지한 표정을 지으며 그렇게 말했다. 뭔가 중요한 이야기를 하려는 것 같았다.

"캐스탈 왕국은 귀하를 캐스탈 왕국 주재 지팡구국 특명 전권대사로 인정 및 합의합니다."

"하아."

"……으음. 즉, 세컨드 씨는 이대로 캐스탈 왕국에 살아도 된다는 거예요. 이 어이없게 넓은 토지도 지팡구 대사관으로 인정하고, 여러모로 편의도 봐드리겠어요."

"오오."

여러모로 무리한 설정이지만, 문제가 되지 않도록 내 처우를 신경 써준 것 같았다. 응, 정말 감사할 일이다.

대충 고맙다고 말하는 건 좀 아닌 것 같아서, 「삼가 받겠습니다」 하고 말하며 공손히 서장을 받았다. 참고로 이게 어떤 서장인지는 전혀 알지 못했다.

……이리하여, 어찌된 영문인지 나는 존재하지도 않는 나라의 대사가 됐다.

◇◇◇

"……윽."

황제 골드 말베르의 딸 멜슨 말베르는 전율했다.

아버지에게 불려가서 보게 된 광경은, 그녀의 상상을 아득히 넘어섰다.

"이건 발 모로의 펜던트군. 짐이 준 물건이 틀림없다."

"아버님은, 이, 이게, 발 모로의 유해라고…… 말씀하시는, 건가요?"

"틀림없을 거다. 하하하."

"웃을 일이 아닙니다! 이, 이건……!"

멜슨은 변색된 고깃덩어리에서 눈을 뗐다.

이것이 인간의 사체라는 말을, 도저히 믿을 수가 없었다. 하지만, 만약, 그게 사실이라면. 그렇게 생각하는 것만으로, 온몸이 떨릴 정도로 두려웠다.

"이제 알겠지? 상대는 황제에게 다진 고기를 보내는 자다. 어중간한 짓은 할 생각도 마라."

"……."

"신국은 패퇴했다. 그 남자 한 명에게 말이지. 멜슨, 절대 싸워서 이길 생각은 말아라. 그랬다간 다음에는 네가 이렇게 될 거다. 너는, 짐의 등을 보고 배우거라. 짐의 장점과 단점을 보고 배워서, 자신의 양식으로 삼는 거다."

"……네, 아버님."

한담2 서열전

퍼스티스트 가에는 서열이 존재한다. 우선 정점은 세컨드다. 그 다음에는 실비아, 에코, 유카리가 자리한다. 여기까지는 절대불변의 서열이다.

그 아래…… 즉, 하인들의 서열은 치열한 경쟁을 통해 정해진다.

서열 상위를 차지한 이는 「14인」이라 불리는 초기 멤버. 통칭, 제0기생.

메이드 열 명으로 구성된 『십걸』, 남성 네 명으로 구성된 『사천왕』, 총 열네 명이다.

그 다음이 제1기생. 열네 명 직속의 부하로 들어온 다수의 하인이다.

그리고 그 아래에 제2기생이 존재하며, 곧 제3기생도 들어올 거라는 소문이 돌고 있다.

그들은 그 서열을 어떤 식으로 결정할까.

그것이 바로― 「서열전」. 희망자만이 참가해서, 정기적으로 개최된다.

처음에는 그냥 몰래 싸워서 서열을 정했다.

하지만 어느 날, 유카리에게 들키고 말았다. 꾸중을 들을 거라고 다들 생각했지만…… 유카리의 입에서 나온 것은 뜻밖에도, 서열전의 공식화 제안이었다.

1위와 2위, 3위와 4위순으로 가까운 순위인 자들끼리 대결을 벌여서 서열을 갱신하는 방식이다. 한 번 개최될 때마다 두 번의 대결을 치르며, 각자에게는 서열 도전과 서열 방어의 기회가 균등하게 주어진다. 즉 2위와 3위, 4위와 5위의 대결이 벌어진 후, 1위와 2위, 3위와 4위의 대결이 치러지는 시스템이다. 하인들은 그것을 대결에 임하는 상위 서열의 숫자에서 따와 짝수전과 홀수전으로 구별한다. 특히, 홀수전은 격렬하다. 서열 1위가 바뀔 가능성이 있는 것이다. 그리고 여기서 2연승을 거두는 이도 적지 않다. 분위기가 달아오르지 않는다면, 그게 오히려 이상할 것이다.

"이번에는 파란이 불겠군요……."

그리고, 또 서열전 개최 시기가 됐다. 정쟁이 종결된 후, 첫 서열전이다. 오래간만에 개최되는 만큼, 큐베로가 방금 말한 것처럼 파란이 불 것이다. 왜냐하면, 요리장 소브라가 카라메리아 의존증 치료를 위해 일시 이탈했기에, 서열 3위가 공석인 것이다.

서열 2위 집사 큐베로

서열 4위 수석 정원사 릴리

서열 5위 십걸 엘

서열 6위 십걸 코스모스

서열 7위 십걸 샨파니

아마 이들 사이에서 파란이 불 것이다. 그리고 서열 1위…… 십걸 이브.

1위에서 3위까지는 거의 변화가 없었다. 그런데, 이번에는 변화가 일어날 것이다.

당연히, 다들 높은 서열을 노리고 있었다. 특히 릴리는 의욕이 엄청났다. 이제까지 소브라에게 막혀 도전하지 못했던 2위 자리가 눈앞에 있으니 말이다.

"릴리 이하의 서열은 서열을 한 칸씩 올린 후, 짝수전을 개시하겠습니다. 이브는 평소와 마찬가지로 견학하세요."

유카리의 감시 하에, 서열전이 시작됐다. 짝수전에서 주목을 모으는 대결은 역시 큐베로 대 릴리, 엘 대 코스모스 전이었다. 서열 1위 도전자 결정전, 그리고 결번인 3위를 차지할 가능성이 걸린 대전이다. 다들 투지를 불태우고 있었다.

"큐베와 싸우는 건 꽤 오래간만이네."

"몇 달만이던가요……. 가슴이 뛰는군요, 릴리."

"그렇게 말해주니 기쁜걸. 나도, 흥분돼……!"

마주선 거한과 집사. 둘은 여유로운 미소를 머금으면서도, 몸에서 피어오르는 살기를 완전히 숨기지는 못했다.

서열전에 참가하지 않는 하인들은 눈동자를 반짝이며 관전하고 있었다. 자기도 언젠가 저런 식으로— 라는 식으로 동경하는 걸까. 아니면, 단순히 고차원의 싸움을 보면서 즐기고 싶은 걸까. 아마 양쪽 다일 것이다.

"갈게. **이 누님**이 얼마나 강한지 가르쳐줄게."

"저야말로 의적의 방식을 보여드리죠."

두 사람이 지닌 스킬은 【체술】이다. 그래서 관객은 이렇게 예상했다. 기술은 큐베로, 힘은 릴리가 뛰어날 거라고 말이다. 두 사람의 체격 차를 보면, 그렇게 예상하는 게 당연했다. 하지만, 실은—.

"대단한 펀치군요!"

"큐베야말로 꽤 하네!"

콰광 하는 소리를 내며, 두 사람의 《은장체술》이 정면에서 충돌했다.

양쪽 다, 특기로 삼는 건 「힘」이었다. 주먹 하나로 의적 R6의 부두목이 된 큐베로와, 거대한 체구를 완벽하게 활용하는 릴리. 힘과 힘의 격돌이었다.

"우후후. 저기, 트랜스젠더가 왜 강한지 알아?"

"실례지만, 배움이 부족해 모릅니다."

"그건 말이지. 남자의 근력과 여자의 섬세함, 상반되는 두 가지를 모두 겸비해서야!"

그 순간, 릴리가 거리를 좁히며 허공에서 춤췄다.

언뜻 보면 빈틈투성이의 우행이었다. 하지만 그 예상 밖의 행동에 큐베로는 한순간 멈칫했다. 소브라라면 「바보 아냐」 하고 웃어넘길 행동이, 성실한 큐베로에게는 매우 효과적이었다. 그 춤에 「뭔가 의미가 있는 건 아닐까」 하고 생각한 것이다.

"크……!"

릴리가 공중에서 펼친《은장체술》이 큐베로를 짓이기려는 듯이 덮쳤다. 거구에 걸맞게, 그 공격은 어마어마한 위압감을 지니고 있었다.

"이, 이걸 받아낸 거야? 큐베는 대단하네."

"……칭찬 감사합니다. 그럼 이번에는 제 차례겠군요."

큐베로는 공격을 피하지 않고 정면에서 받아냈다. 힘 승부로, 이긴다. 그러지 않으면 의미가 없다. 그것이 그가 말한「의적의 방식」이다.

그리고, 큐베로는 견뎌냈다. 릴리는 이 시점에서 패배를 각오했다. 상대는 자신의 주먹을 정면에서 받아냈다. 자기만 피할 수는 없다. 설령 지게 되더라도, 마찬가지로 정면에서 받아내야 한다. 그것이 예의다.

"어디 해봐~!"

"갑니다."

큐베로의《은장체술》이, 릴리의 몸을 몇 센티미터 정도 허공으로 띄웠다. 릴리는 뒤편으로 세 걸음 물러나더니, 그대로 벌러덩 쓰러졌다.

대결 종료— 서열, 변동 없음.

"여어…… 이번에는 너구나."

"이야, 신세 좀 질게요. 엘찌."

이번 서열전은 만능 메이드대『십걸』에 속한 엘과 코스모스의 서열전이다.

엘은 누구나 아는 붉은 머리 자매 중 언니 쪽이다. 그리고, 누구나 두려워하는 「무투파 엘대」의 대장이다.

한편 코스모스란 메이드는…… 다들 질색했다. 그렇다고 딱히 싫어하는 건 아니다. 하지만, 그다지 좋은 이미지는 아니었다.

"엘찌의 허벅지는 오늘도 눈부시네요~. 코를 묻고 킁킁거리고 싶어요."

"너는 여전히 제정신이 아니구나……."

왜냐하면— 그녀는, 변태였다.

입만 열었다 하면 음담패설을 늘어놨다. 걸어다니는 외설물이란 그녀를 가리키는 말일 것이다. 취미는 그림 그리기다. 예술적 센스가 뛰어나서, 저택 내부 장식은 그녀의 센스에 따라 결정된다고 해도 과언이 아닐 만큼 뛰어났다. 그림에 대한 재능도 천재적이라서, 그녀가 그린 그림을 복도에 걸어놓기도 했다.

하지만 그런 그녀의 실체는 바로 변태 그 자체다. 코스모스는 음담패설을 주제로 한 그림을 추상적으로 그려낸 후, 타인에게 보여주면서 흥분하는 변태다. 직속 부하에게 자기가 그린 꽃의 꿀을 빠는 애벌레 그림을 보여주면서 「이건 여성과 남성의……」 같은 해설을 세세하게 해주는 일이 잦았다. 그래서, 코스모스의 변태적인 성향을 안 메이드들은 그녀를 질색했다.

"좋아, 시작할까."

"잘 부탁드려요~."

“…….”

남자보다 더 드세서 「사소한건 신경쓰지 않는 타입」인 엘마저 어이없게 만드는 코스모스의 언동은 여전했다. 하지만 겉모습은 청초하기 그지없는 흑발 롱헤어 정통파 미소녀다. 그리고…….

“어이쿠.”

역시, 강했다. 엘의 날카로운 《보병체술》을, 너무나도 간단히 피했다.

당연했다. 그런 실력이 없다면, 서열 6위는 되지 못했으리라.

그녀는 자신의 장기인 【봉술】을 쓰기 위해 봉을 꺼내 들었다.

“변태 주제에 꽤 하잖아.”

“그렇게 칭찬해주면 속옷을 갈아입어야 하는 사태가 벌어지고 말 거예요.”

“이 자식, 사람을 좀 작작 얕보란…….”

“앗!!”

“왜, 왜 그래?”

“괜찮아요. 오늘은 아예 안 입었거든요.”

“……인마, 사람을 놀리는 거냐!”

“꺄아~!”

일부러 몸을 배배 꼰 코스모스는 엘의 펀치를 피하는 척하며 바닥을 굴렀다.

롱스커트가 휘날리면서, 내부가 드러났다. 엘에게만 보이도록 교묘하게 각도를 계산하며 넘어진 것이다.

"진짜잖아!!"

"맨들맨들하죠? 훗훗훗, 저도 엘찌처럼 미니스커트를 입을까 봐요~."

"절대 안 돼! 유카리 님에게 이를 거야!"

"우왓! 그것만은 봐주세요!"

코스모스는 몸을 부르르 떨더니, 멀리서 큐베로와 릴리의 대결을 관전하고 있는 유카리를 힐끔 쳐다보았다. 아무리 변태라도, 저 무시무시한 메이드장은 무서워하는 것 같았다.

엘은 그 틈을 놓치지 않았다.

"거기냐!!"

큰 걸음으로 거리를 좁힌 후, 주저 없이《향차체술》을 펼쳤다.

《향차체술》은 발 기술. 즉…… 하이킥이다.

"누, 눈보신……!"

코스모스는 만족한 듯한 표정을 지으며 쓰러졌다. 순식간에 벌어진 일이었다.

대결 종료— 서열, 변동 없음.

짝수전이 끝나고, 같은 날 오후에 홀수전이 개최됐다.

"어머나, 가짜 상류층 아가씨. 안녕하신가요."

"오~ 호호호! 안녕, 품행 천박 양. 날씨가 참 좋군요."

서열 5위 코스모스 VS 서열 6위 샨파니. 두 사람은 견원지간이다.

코스모스는 짝수전 때와 달리 표정에 진심이 어렸다. 절대 지고 싶지 않다는 감정이 묻어나고 있었다. 한편, 만능 메이드대 십걸 중 한 명인 샨파니는 우아한 표정으로 코스모스를 내려다보고 있었다.

풍성한 금발은 엘레강트한 웨이브를 자아내고 있고, 꽤 큰 키와 꽤 큰 가슴, 오만한 느낌이 감도는 눈매와 표정. 어디를 봐도 영락없는『상류층 아가씨』였다. 메이드복 곳곳도 약간 개조가 되어 있으며, 반짝이는 장식이 달려있었다.

그녀는 패션과 몸가짐에 최대한 신경을 썼다. 매일 아침 한 시간 이상의 사간을 들여서 머리카락을 세팅하며, 화장에도 정성을 들인다. 메이드복의 장식 또한 매일 바꾼다. 행동거지에서도 기품이 느껴지며, 몸놀림에서 빈틈이 없다. 말투 또한 상류층 아가씨 같으며, 웃을 때도「오~ 호호호!」하고 오만하게 웃는다.

그렇다. 그녀는『상류층 아가씨』를 동경했다. 왜 그렇게까지 동경하는지는, 메이드 중 그 누구도 알지 못했다. 하지만 샨파니가 메이드이면서도 상류층 아가씨다우려고 매일같이 노력한다는건, 모든 메이드가 알고 있다.

그래서 코스모스는 샨파니를 싫어했고, 샨파니는 코스모스를 싫어했다.

이것은「5위와 6위의 대결」이 아니라—「비천함과 고상함의 대결」이었다.

"빨리 봉을 꺼내는게 어떻겠어요?"

"파니찌야말로 빨리 거무튀튀하고 길쭉하며 투박한 물건을 꺼내 들지 그래요?"

"……당신, 그런 이름으로 부르지 말라고 몇 번이나 말했을 텐데요?"

"에이~. 괜찮잖아요. 파니찌~. 파니찌의 찌찌는 파이처럼 납작할 것 같거든요~."

"이익~! 오늘은 절대 용서 못 해요! 덤비세요, 코스모스! 제가 당신의 버르장머리를 고쳐주겠어요!"

"우와아. 이익~ 하고 말하는 사람을 처음 봤어요. ……흥분되네요."

코스모스는 【봉술】을 쓰기 위해 봉을, 샨파니는 【검술】을 쓰기 위해 목검을 들었다.

두 사람은 서로를 노려보더니…… 미리 짜기라도 한 것처럼 동시에 몸을 날렸다.

"다, 당신의 변태 봉술은, 여전하군요."

"파니찌야말로, 검을 잘, 다루네요. 밤일도 능숙하죠?"

"입만 살아가지고!"

"아, 입으로 해달라고요?"

"으~! 정말!"

"자아, 화내지 말아요. 제가 속옷을 벗기 전에 이기지 못하면 큰일 날 거라고요~."

"대체 무슨 소리를 하는 거예요?!"

코스모스는 집요한 성희롱 공격과 꼬불거리듯 변화무쌍한 【봉술】로 샨파니를 농락했다. 두 사람이 대결을 벌이면, 초반에는 항상 이런 양상이었다.

하지만, 샨파니도 밀리지 않았다. 짝수전에서는 7위인 구무장 저스트에게서 6위 자리를 지켜냈다. 그런 그녀의 실력만큼은 진짜배기다.

"이게…… 적당히 좀, 하세요!"

"우, 왓."

샨파니는 《계마검술》의 날카로운 찌르기로 코스모스의 명치를 노렸다. 코스모스는 간발의 차이로 몸을 비틀어 그 공격을 피했다. 목검은, 코스모스의 옆구리를 스쳤다.

"아야야야."

"오~ 호호호! 나비처럼 날아, 벌처럼 쏜다. 릴리 씨를 보고 배웠답니다."

"……파니찌는 박는 걸 참 좋아하네요."

"네. 지금은 목검이지만, 원래는 레이피어를 쓰니까요. 오호호!"

"그럼, 박히는 것도 좋아하겠네요!"

"—읏!"

옆구리를 움켜잡고 아파하는 척을 하던 코스모스가 샨파니의 허를 찌르며 《향차봉술·돌(突)》을 펼쳤다. 관통 효과를 지닌 재빠른 찌르기— 코스모스가 좋아하는 스킬이다. 승리를 확신하며 방심한 채 웃고 있던 샨파니는, 코스모스의 《향차봉술·돌》을 정통으로 맞고 눈을 까뒤집으며 기절……하는 것이 평소 패턴이었다.

"같은 수가 몇 번이나 통할 거란 생각 마세요!"

아무래도 대책을 세워둔 것 같았다. 샨파니는 그 공격을 피하더니, 그대로 《보병검술》을 펼쳐서 코스모스의 뒤통수를 향해 목검을 휘둘렀다.

……그 순간, 이제까지 코스모스에게 당한 수많은 성희롱이 주마등처럼 머릿속을 스쳤다. 그 바람에 목검을 쥔 손에 필요 이상으로 힘이 들어갔다.

"우훗?!"

코스모스는 남들에게 보여주면 안 될 듯한 표정으로 기절했다. 흑발 롱헤어의 청초한 미소녀 같은 이미지는 이제 찾아볼 수도 없었다.

"해냈다~! 해냈어요! 해냈다고요! 드디어 이겼어요~!"

대결 종료— 서열, 변동. 샨파니는 5위로 올라갔다.

오늘의 최종전, 서열 1위 이브 VS 서열 2위 큐베로. 이 대결을 한마디로 표현하자면…… 평소와 다름없다. 항상, 1위와 2위는 이 두 사람이었다.

"도전자에 변함이 없는 점, 양해 부탁드립니다."

"……찮……요."

"괜찮아요, 라고 하십니다."

집사 큐베로와 마주 선 십걸 이브. 그 옆에는 어찌 된 건지 메이드 한 명이 있었다.

그녀의 이름은 루나. 통칭 「통역」이다. 미인도 아니고 귀엽지도 않으며 그렇다고 못나지도 않은, 평범한 외모의 소유자다. 헤어스타일도 평범하고, 체형도 평범하다. 목소리도 평범한, 아무런 특징이 없는 메이드다.

그 정체는 유카리가 거느린 비장의 암살부대인 이브 부대 안에서도 가장 우수한 암살자다. 하지만 아직 암살을 한 적은 없다. 그저 그녀의 조사 능력은 경악을 금치 못할 수준이다. 의적 R6의 생존자인 비사이드를 찾아낸 것도, 제3기사단장 쟈름이 지닌 암살부대의 대장 텐더를 잡을 준비를 한 것도, 실은 그녀다.

그리고, 그런 그녀에게는 개성이 하나 있다. 그것은 「겁이 없다」는 점이다. 공포라는 감정이 결여됐다고 해도 과언이 아닐 정도다.

그래서일까. 대부분의 메이드들이 두려워하는 이브 대장과 대화를 나눌 기회가 찾아왔다. 그때 루나는 이브가 실은 「그저 무뚝뚝하고 무표정하며 내성적인데다 소극적일 뿐인 소녀」라는 사실을 알았다. 하얀 악마니 꼭두각시 암살 인형이라 불리며 두려움의 대상이 되고 있는 그녀도, 가능하면 남들과 잘 지내고 싶어 했다. 그런 대장의 진심에 감격한 루나는 그 후로 이브의 통역으로서 가능한 한 그녀의 곁을 지키며, 타인과의 커뮤니케이션을 돕게 됐다.

"……요."

"……저야말로 미안해요, 라고 하십니다."

"아, 네."

하지만 루나한테도 문제가 있었다. 그녀 또한 커뮤니케이션 장애인 것이다.

말끝에 「라고 하십니다」를 꼭 붙이며, 통역이란 일에 집중해야 겨우 말을 할 수 있지만…… 평소의 그녀는 남들과 시선을 마주하지 않았고, 자기가 먼저 말을 거는 일도 없으며, 그날의 업무가 끝나면 자기 방에 가서 애완동물인 거미와 대화를 하는, 그런 어두운 유형의 사람이다.

"……탁……요."

"잘 부탁해요, 라고 하십니다."

"……네. 저야말로 잘 부탁드립니다."

방향성이 다른 두 명의 커뮤증 메이드. 실로 기묘한 매칭이다. 메이드들은 이미 이 광경에 익숙해졌지만, 집사인 큐베로는 아직 익숙해지지 않았다.

인사를 마친 두 사람은 예를 표한 후, 거리를 벌리며 대치했다. 할 일을 마친 루나는 관전석으로 물러났다.

큐베로는 「왜 이곳의 하인들은 하나같이 개성이 넘치는 걸까요」라는 집사다운 고민을 하며 탄식을 터뜨린 후, 천천히 주먹을 치켜들었다. 그가 사용하는 건 여전히 【체술】이었다.

한편 이브는 양손을 축 늘어뜨린 채 멀뚱멀뚱 서 있었다. 흰 살생선 같은 손가락 끝에는 빛을 받아 반짝이는 「눈에 보이지 않는 무언가」가 달려있었다. 그렇다. 그녀는 유카리도 인정하는 【실조종술】의 달인이다.

"그럼……."

파이팅 포즈를 취한 큐베로는 슬금슬금 접근했다. 이브는 두 손을 가볍게 흔들고만 있었다.

……사실 이 두 사람의 상성은 최악이었다. 【체술】은 근거리 타입이다. 다가가서 공격하는게 전부인, 단순명쾌한 스킬이다. 하지만 【실조종술】은, 중거리 타입이다. 거리를 벌린 상태에서도 공격이 가능하며, 광범위 공격과 근거리전 대응도 가능한 멀티 스킬이다.

"이건, 정말, 피하기 어렵군요!"

두 사람 사이에 쳐진 실— 눈에 보이지 않는 공격을, 큐베로는 경험에서 비롯된 직감으로 차례차례 피하며 다가갔다.

이브가 펼친 스킬은 《금장실조종술》이다. 자신을 중심으로 반경 약 4미터에 실을 촉수처럼 방출한 후, 그 실에 닿은 상대를 묶는 스킬이다.

"하앗!"

큐베로는 《향차체술》로 자기를 묶으려 하는 실을 걷어차서 끊었다. 실에는 펀치보다 킥이 낫다. 큐베로는 몇 번이나 싸워보면서, 대처법을 몸으로 익혔다.

"……."

이브는 아무 말 없이 실을 이용한 관통 공격을 펼치는 스킬 《향차실조종술》을 큐베로에게 날렸다. 큐베로는 그대로 뒤편으로 물러나며 공격을 피했고, 두 사람 사이의 거리는 다시 벌어졌다. 그러자 이브는 다시 《금장실조종술》을 펼쳐서 자신의 영역을 구축했다.

"이야…… 이래서야 평소와 똑같아서 재미가 없군요."

이 무한 루프 탓에 좀처럼 접근할 수 없고, 초조해진 나머지 무리한 공격을 펼쳤다가 실에 휘감긴 끝에 속수무책으로 지고 만다.

그것이 평소 패턴이었다.

"하지만 저한테도 전직 의적이라는 긍지가 있습니다. 계속 당하기만 해선, 체면이 구겨질 테니까요."

큐베로는 팔을 집사복으로 감싸며 각오를 다지더니, 다시 이브의 영역으로 접근했다.

이번에는, 작전이 있는 것이다.

"……윽……."

이브는 움찔하며 반응을 보였다. 갑자기 멈춰선 큐베로의 발치에서 뭔가가 반짝인 것처럼 보였다. 그녀는, 눈이 나쁘다. 그래서 그게 뭔지 알아보지 못했다. 하지만, 뭔가가 일어났다는 것만은 확신했다.

그리고, 그것은, 역시 기분 탓이 아니었다.

"앗—?!"

관전석에서 탄성이 터져 나왔다. 큐베로는【마술】을—《바람 속성·2형》을 발동시켰다. 그의 발치에서 반짝인 빛은 스킬을 준비할 때의 마술진이었다.

"최근에, 익혔죠……."

2형은 범위 공격 마술이다. 돌풍이 휘몰아치면서, 이브의 실을 차례차례 날려버렸다.

"갑니다."

그 직후, 큐베로는 이브를 향해 내달렸다. 마치, 도움닫기를 하듯이…….

"거친 짓을 하더라도, 양해해 주시길."

2미터 정도 떨어진 곳에서 점프한 큐베로의 몸이 허공에서 춤췄다. 《계마체술》— 즉, 날아차기다.

2형의 바람에 의해 균형을 잃으면서 공격을 피할 수가 없게 된 이브는 이 날아차기를 받아낼 수밖에 없다. 하지만 이브는 근거리에서 《계마체술》을 받아낼 수 있을 만큼 강력한 【실조종술】을 쓸 수 없다.

……큐베로는, 그렇게 생각했다.

하지만, 그것은 사실이 아니었다. 쓸 수 없는 게, 아니었다. 이제까지, 쓰지 않았을 뿐이다.

"설마?!"

큐베로의 날아차기를, 이브는 《비차실조종술》로 상쇄했다. 밀집되어 다발을 이룬 실로 채찍처럼 공격하는 스킬이다.

그것은 세 가지 경악을 자아냈다. 비차처럼 고위의 스킬을 습득하고 있다는 경악과, 《계마체술》 2단을 상쇄하는 그 뛰어난 위력에 대한 경악, 그리고 이제까지의 서열전에서 본 실력을 발휘하지 않았단 사실에 대한, 경악이다.

"졌습니다. 완패입니다."

착지한 큐베로는 이어진 《금장실조종술》에 의해 완전히 꽁꽁 묶인 상태에서 패배를 인정했다.

대결 종료— 서열, 변동 없음.

서열 1위 이브

서열 2위 큐베로

서열 3위 릴리

서열 4위 엘

서열 5위 샨파니

서열 6위 코스모스

서열 7위 에스

서열 8위 저스트

"이번 서열전에서는 상위권에서 파란이 불 거라고 예상했습니다만…… 큰 변동은 없군요."

서열전이 종료되고, 새로운 서열이 발표됐다. 상위에서는 샨파니가 코스모스에게 이기고 5위가 됐으며, 십걸 에스가 구무장 저스트를 이겨서 7위가 됐다. 그 외에는 큰 변화가 없었다.

큐베로가 그 중얼거림을 들은 건지, 한 남자가 퉁명한 표정을 지었다.

"납득…… 안 돼요."

"어라? 플룸. 너는 참가도 안 했잖아."

구무원인 플룸은 저스트를 형님이라 부르며 따르는 열네 살 소년이다.

그는 서열전에 참가하지 않았다. 하지만, 서열전의 결과를 보고, 불만 섞인 표정을 지었다.

"형님의 서열 말이에요. 8위라니…… 소브라 형이 복귀하면, 9위로 떨어질 거라고요."

"아앙? 너, 나를 무시하는 거냐?"

"아, 아니에요! 그냥, 저기……."

플룸은 자기가 따르는 형님이 「사천왕 중 최하위」라는 사실에 약간 불만을 가지고 있었다. 그것만이 아니다. 그 위에는 메이드가 다섯 명이나 있는 것이다. 「세상에서 가장 멋진 내 형님」이 이렇게 서열이 낮다니…… 동생으로서 그걸 받아들일 수가 없었다.

"……싸움 실력만으로 얼마나 잘났는지 결정된다는건, 좀 이상하지 않나요?"

하지만 그런 부끄러운 소리를 입에 담을 수가 없었다.

그래서 플룸은 이 제도를 가지고 투정을 부렸다.

마음 같아서는 「형님이 1등을 할 수 없는 제도는 잘못됐어!」라고 외치고 싶지만, 그 말도 할 수는 없었다. 그래서 빙빙 돌려서 비판한 것이다.

"플룸. 너, 유카리 님의 결정에 불만이 있는 거냐?"

"아, 아니라고요! 그래도…… 이건 좀 아니지 않나요?"

"아니긴 뭐가 아냐. 그냥 내가 약한 것뿐이야. 잘난 녀석은 일 뿐만 아니라 싸움도 잘하는 법이지. 나는 그렇지 못한 거야. 이 서열은 올바르다고."

"하지만…… 형님……."

플룸이 한심한 목소리로 또 칭얼거리려 한 순간— 이 자리의 분위기가 일변했다.

"……해."

이브가 손을 들며 무슨 말을 한 것이다.

이 자리에 모여 있던 하인들은 그녀의 옆에 있는 통역의 말에 귀를 기울였다.

"나도 이상하다고 생각해, 라고 하십니다."

그 말에 다들 술렁거렸다.

"……고 ……데……."

"나 같은 건 조사도 못 하고, 암살도 한 적이 없는데 1위잖아, 라고 하십니다."

설득력이 넘치는 발언이었다. 다들 「그건 그래」 하고 납득했다.

그리고, 동시에 의문을 느꼈다. 「그럼 유카리 님의 생각이 잘못된 것인가?」 라는 그 의문의 답은 NO다. 전원이 즉시 부정했다. 그들에게 있어 유카리의 존재는 세컨드에 버금갈 만큼 절대적인 존재다.

그렇다면, 이 위화감은 대체 뭘까…… 그런 그들의 의문을 풀어 줄 존재가, 타이밍 좋게 이 자리에 나타났다.

"서열전의 다음 개최 시기는 미정입니다. 정해지면 발표하겠습니다."

바로 유카리 본인이다. 그녀는 담담히 사무적인 전달사항을 입에 담았다.

큐베로는 마침 잘됐다는 듯이 적당한 타이밍에 질문을 던졌다. 역시 학급 반장이라 불리는 인물답게, 그는 하인들을 적절히 통솔하며 이끌었다.

"유카리 님. 대인 전투 능력만으로 서열을 결정하는 제도에 불만이라는 의견이 있습니다만, 어떻게 생각하십니까?"

그는 정중한 말투로 질문을 던졌다. 그러자 유카리는 영문을 모르겠다는 듯이 잠시 뜸을 들인 후, 입을 열었다.

"전투력만으로, 라는 부분이 이해가 안 되는군요. 서열전에서, 전투력 이외의 무엇이 필요하다는 거죠?"

"……네?"

그 말에 다들 영문을 모르겠다는 표정을 지었다. 몇 초 후, 뭔가를 눈치챈 유카리가 입을 열었다.

"그래요. 이제 이해했습니다. 당신들은 서열전의 서열이 하인의 격을 가리킨다고 생각하고 있는 거죠?"

"네."

"아닙니다. 서열전은 이제까지 투명하지 못했던 당신들의 개인 전투 능력의 가시화하기 위해 열리는 것일 뿐, 하인의 서열과는 상관이 없습니다."

"아!"

하인들은 경악했다. 이제까지 착각에 빠져 있던 이들의 숫자가 상당했던 것이다.

"애초에 하인에게는 격 같은 건 존재하지 않습니다. 당신들은 모두 평등하게 주인님의 노예이며, 퍼스티스트 가의 일원이죠. 굳이 따지자면 0기생, 1기생, 2기생 사이에 선후배란 관계만 존재한다고 할 수 있을까요."

"그럼 서열전은……."

"전투 능력에 따른 서열일 뿐, 그 이외의 의미는 딱히 없습니다. 아, 그래도 다른 방식으로 개개인을 평가를 하고 있으니 안심하세요."

즉, 유카리는 하인의 전투력을 측정하기 위해 참고삼아 서열전을 여는 것이며, 그것은 하인의 서열을 의미하지는 않는 것이다.

……하인들은 그 말을 듣고 흥이 가신 듯한 반응을 보였다.

그렇다고 뭔가가 달라지는 건 아니지만 말이다.

바로 그때, 뜻밖의 손님이 이 자리에 나타났다.

"—어? 다들, 모여서 뭐 하는 거야?"

"주인님! 이런 누추한 곳에 무슨 일로 오신 겁니까?"

"어? 아, 산책하는 중이야."

호주머니에 손을 넣은 채 「누추한 곳이라니, 여기는 우리 집인데」 하고 중얼거리는 절세의 미남자. 그 사람이 바로 이 자리에 있는 하인들의 주인인 세컨드다.

"응? 이게 뭐야? 서열?"

"아, 이건 말이죠……."

세컨드는 게시되어 있는 서열전 결과를 보며 고개를 갸웃거렸다.

서열전을 모르는 세컨드에게, 유카리가 간결히 설명했다. 하인끼리 싸워서 전투 능력의 서열을 정하는 이벤트, 라고…… 설명, 하고 말았다.

"이것들이이이이이이이—!!"

세컨드는 분노를 터뜨렸다. 평소와 다르게 언성을 높였다. 하인

뿐만 아니라, 유카리도 깜짝 놀라며 몸을 움츠렸다.

—아차! 그 순간, 유카리는 자신의 짧디짧은 생각을 후회했다.

세컨드의 소유물인 하인이 멋대로 싸움을 벌인 끝에 서열을 정한다는 건, 곰곰이 생각해보니 어리석기 그지없는 행위일지도 모르는 것이다.

……사과하자. 그렇게 결심한 유카리는 사과의 말을 건네려고, 입을—.

"이렇게 재미있는 이벤트를 나 몰래 열지 말라고!! 정말!!"

—열려다 말았다.

"앞으로는 나도 참가할 거야! 실비아와 에코도 참가시키겠어! 아, 유카리도 참가할래?"

"아뇨, 사양하겠습니다."

"그래?! 아무튼 다음에 할 때는 나한테도 말해! 꼭이야!"

그 결과, 서열전은 세컨드 공인 정례 행사가 됐고, 퍼스티스트 가의 명물로 자리했다.

이 서열전이 제2의 타이틀전이라 불리게 되는 건, 훗날의 이야기다…….

에필로그 재시동

대인전이란, 정말 멋지고, 가슴 뛰는 것이다.

타이틀전— 다양한 스킬의 정점을 정하기 위해, 각자가 인생을 걸고 도전하는 뜨거운 대결. 나는 뫼비온에서 이것을 가장 좋아한다 해도 과언이 아니다.

무엇보다, 알기 쉬운 점이 가장 좋다. 어느 스킬의 타이틀을 획득하면 그 스킬의 정점, 최강인 것이다. 그렇다면 모든 스킬의 타이틀을 획득한다면, 모든 면에 있어서 최강. 즉, 누구나 인정하는 세계 1위라 할 수 있다.

물론 세계 1위가 세계 1위인 이유는 그것만이 아니다. 하지만 타이틀 획득은 필요조건이다. 세계 1위에게 필수적인 요소이며, 이 세상에서 세계 1위가 되는데 있어 크나큰 첫걸음이 될 것이다.

나는 정말 즐거워서 미칠 것만 같았다. 타이틀전에 대한 기대 때문에, 딱히 흥미도 없는 정쟁에서도 최선을 다했다. 회사원이 퇴근 후의 맥주 한 잔을 고대하며, 주말 낚시를 고대하며, 연휴의 여행을 고대하며 매일같이 열심히 일하는 것처럼, 나는 타이틀전을 고대하며, 바쁜 하루하루를 보냈다.

드디어 때가 됐다. 드디어, 나는 이 세계에 오고 처음으로, 세계 1위가 되기 위한 길에 오른다.

세계 1위의 남자로 이 세상의 인간들에게 인식될 때가, 다가오고 있었다.

정쟁이 끝난 순간부터, 내 머릿속은 타이틀전에 관한 생각으로 가득 찼다. 아무것도 손에 잡히지 않았다. 깨어있을 때도, 잠들어 있을 때도 오직 타이틀전만 생각했다. 어떤 식으로 준비하면 좋을지, 실비아와 에코가 출전할 타이틀전을 포함해 이미 계획을 세우기 시작했다.

캐스탈 왕국 안에서의 문제가 해결되고, 타이틀전이 무사히 개최된다면, 남은 시간은 한 달 하고 며칠 정도다. 그 사이에 모든 준비를 마쳐야 한다. 내가 획득하기로 마음먹은건 【검술】 타이틀 「일섬좌」와 【마술】 타이틀 「예장(叡將)」, 【소환술】 타이틀 「영왕」. 이렇게 세 가지다.

제2기사단의 부단장 가람은 좀 실망스러운 실력이었지만, 현 타이틀 보유자라면 그럴 일은 없을 것이다. 과연 어떤 출전자가 나올지를 생각만 해도 몸이 떨려올 만큼 고대됐다. 전생과는 다른 의미로, 기대감으로 가슴이 부풀었다.

정말 순조로웠다. 지금까지는 어느 정도 예정대로 육성했다. 조금, 아니, 꽤나, 전생과 다른 요소가 존재했고, 그 바람에 옆길로 좀 새기도 했지만…… 기다리고 또 기다린 타이틀전이 드디어 열리게 됐으니, 아무래도 상관없다.

세계 1위다. 아아, 드디어, 다시 차지할 수 있다. 그 영광을 또 한 번 거머쥘 수 있다.

이 지점이, 결승점이자, 출발점이기도 했다. 나는 여기에 도달했고, 그리고, 이제부터 다시 시작한다. 전생에서 얻지 못했던 사회적 지위와, 사랑하는 동료, 그리고 행복한 일상을 거머쥔 채…….

자아, 드디어 오프닝의 막이 오른다—.

■작가 후기

안녕하십니까, 작가인 사와무라 하루타로입니다.

「세계서브」 제4권을 구매해주셔서 진심으로 감사드립니다!

이번 권의 정쟁은 어떠셨는지요. 재미있으셨다면 정말 다행입니다. 그리고 이번에도 마로 선생님의 일러스트는 정말 끝내줬습니다. 특히 저 신들린 듯한 컬러 일러스트는 몇 번을 봐도 감동적입니다. 저는 저 그림을 처음 봤을 때, 방에 혼자 있으면서도 고함을 지를 뻔했습니다. 귀중한 경험이군요. 아아, 감사하옵니다…….

자아, 본론은 이쯤에서 마치기로 하고 별것 아닌 이야기를 좀 해볼까 합니다. 무슨 이야기를 하려는 거냐고요? 그야 물론 여러분도 알고 계신 제 취미, 낚시에 관한 겁니다.

저는 초등학생 때부터 아버지를 따라 낚시를 하러 다녔습니다만, 제대로 「빠져든 것」은 1년쯤 전부터입니다. 어쩌다 빠지게 됐는지, 애초에 한동안 안 했던 낚시를 왜 이 바쁜 시기에 다시 하게 됐는지, 아무리 생각해도 기억이 안 납니다. 하지만 틀림없는 건…… 낚시가 너무나도 재미있다는 겁니다.

여러분은 「정답이 단 하나만 반드시 존재하는 문제」와 「정답이 있는지 알 수 없는 문제」 중에서 어느 쪽이 매력적이라고 느끼십니까? 저는 후자입니다. 정답이 없기에, 자유롭게 생각할 수 있어서 마음이 편하죠. 거꾸로 정답이 존재한다면, 거기에 도달할 때까지 끙끙 앓는 타입입니다.

낚시에는 기본적으로 정답이 없습니다. 아니, 정답이라 할 수 있는 게 다수 존재합니다만 그것은 인간이 멋대로 정답이라 정해둔 것이며, 진실은 물고기에게 물어봐야만 알 수 있겠죠. 그런 상황에서, 지식을 모으고, 도구를 갖춰서, 어림짐작으로 물고기들과 교류합니다. 목적은 단 하나, 생선을 낚는 것이죠. 뻔질나게 낚시터에 다니고, 때로는 낚시터를 바꿔가며, 수도 없이 시행착오를 하다 보면 「이렇게 하면 낚을 수 있을 것 같은 느낌이 드는걸?」이란 느낌이 올 때가 늘어납니다. 그리고 실패와 성공을 되풀이하며 수많은 경험을 쌓은 끝에, 자기 나름의 정답에 도달하게 되죠. 하지만 그것은 결코 정답이 아니며, 더욱 갈고닦을 수 있는 칼날입니다. 이 여행에는 종점이 없는 것이죠.

이렇게 표현하니 고생 같습니다만, 이게 참 재미있습니다. 열심히 짠 예상이 적중했을 때, 반대로 예상 밖의 일에 휘둘렸을 때, 저는 너무 즐겁습니다. 자기가 조사한 지식으로, 자기가 갖춘 도구로, 자기가 낚은 물고기를, 직접 손질해서 먹습니다. 정답이 있다고는 할 수 없는 거친 풍파 속에서 「해냈다」라는 느낌이 들면서, 참 기분 좋습니다.

이 느낌은 무언가와 흡사하다고 느낀 저는 그게 뭔지 곧 눈치챘습니다. 「소설」입니다.

여러분 안에서 헤엄치고 있는 「즐거움」을 낚기 위해, 저는 낚시를 하듯 이리저리 고안하며, 정답이 없는 이야기를 써 내려가고 있구나…… 하고 생각합니다. 그리고 이것은 참 즐거운 일이라는 것을, 낚시를 다시 시작한 후에 마음속 깊이 깨닫습니다.

그러니 여러분에게서 미터급의 즐거움을 낚아 올릴 수 있도록, 앞으로도 힘내겠습니다!

■ 역자 후기

안녕하십니까. 근로청년 번역가 이승원입니다.

『전 세계 1위의 서브 캐릭터 육성일기』 4권을 구매해주셔서 진심으로 감사드립니다.

2022년의 본격적인 봄에 저는 이 후기를 쓰고 있습니다.

집 앞 산책로의 벚꽃이 지고, 화단에 키우는 채소들이 본격적으로 맛있어지는 시기가 됐습니다.

요즘 잘 자라는 건 고수와 바질입니다. 커피 찌꺼기와 물만 듬뿍 주면 참 잘 자라더군요.^^ 그리고 일이 바빠서 컵라면이나 먹을 때도, 화단에 있는 고수와 바질을 따서 넣어주면 색다른 맛을 즐길 수 있습니다, AHAHA.

농담 보태서 채소가 고기보다 비싼 세상인 만큼, 자급자족도 나쁘지 않네요.^^

챙겨준 만큼 잘 자라는 채소를 보며 힐링하고 있습니다.

여러분께도 채소 재배를 추천드립니다!

그럼 본편에 관한 이야기를 해볼까 합니다.

스포일러가 포함되어 있을 수도 있으니 본편을 읽지 않으신 분들은 유의해주시길!

이번 4권은 작품 초반부터 언급이 된 캐스탈 왕국 내부의 정쟁을 해결하는 이야기였습니다.

주인공인 세컨드의 곁에는 정쟁의 피해자들이 계속 모여들었고, 그들의 주인인 세컨드는 그 문제를 해결하기 위해 본격적으로 착수합니다.

하지만 그런 그가 정쟁에 참가한 가장 큰 이유는 역시 '타이틀전' 입니다. 세계 1위가 되기 위해 꼭 거쳐야 할 목표인 타이틀전이 치러지는 곳이 바로 캐스탈 왕국이기 때문에, 그는 이 정쟁에 참가한 겁니다.

어찌 보면 그런 그의 행동이 속물적이라는 느낌을 받을 수도 있겠습니다만, 저는 이세계에 온 후로, 아니, 현세에 있을 때부터 일관된 그의 행동이 참 매력적으로 느껴집니다.

드디어 자신의 목표에 한 걸음 다가선 세컨드가 앞으로 어떤 행보를 보여줄지, 그리고 그의 매력적인 동료들의 보여줄 활약상이 참 기대됩니다!

그럼 이만 줄이겠습니다.

L노벨 편집부 여러분, 항상 재미있는 작품을 맡겨주셔서 감사합니다. 앞으로도 최선을 다하겠습니다.

빵(^^) 회사를 때려치우고 나온 악우여. 다음에 한잔하면서 회포 좀 풀자.^^

마지막으로 언제나 제게 버팀목이 되어주시는 어머니와 『전 세계 1위의 서브 캐릭터 육성일기』를 읽어주신 모든 분께 진심으로 감사드립니다.

드디어 타이틀전의 막이 오르는 『전 세계 1위의 서브 캐릭터 육성일기』 5권 역자 후기 코너에서 다시 뵙겠습니다!

2022년 4월 중순

역자 이승원 올림

전 세계 1위의 서브 캐릭터 육성 일기 4
~폐인 플레이어, 이세계를 공략 중!~

초판 1쇄 발행 2022년 5월 20일

지은이_ Harutaro Sawamura
일러스트_ Maro
옮긴이_ 이승원

발행인_ 신현호
편집장_ 김승신
편집진행_ 권세라 · 최혁수 · 김경민 · 최정민
편집디자인_ 양우연
관리 · 영업_ 김민원

펴낸곳_ (주)디앤씨미디어
등록_ 2002년 4월 25일 제20-260호
주소_ 서울시 구로구 디지털로 26길 111 JnK디지털타워 503호
전화_ 02-333-2513(대표)
팩시밀리_ 02-333-2514
이메일_ lnovellove@naver.com
L노벨 공식 카페_ http://cafe.naver.com/lnovel11

MOTO · SEKAI 1I NO SUBCHARA IKUSEI NIKKI Vol.4
~HAI PLAYER, ISEKAI WO KORYAKU CHU ! ~

ISBN 979-11-278-6449-1 04830
ISBN 979-11-278-5446-1 (세트)

값 10,000원